ÁNGEL, CAMINO A LA REDENCIÓN

© Hilda Rojas Correa, 2017

Diseño de Portada: Pamela Díaz Rivera
Imagen de Portada: Istock
Corrección: Pamela Díaz Rivera / Andrea Valenzuela

Primera Edición Marzo 2017
©Editorial Pamela Díaz Rivera E.I.R.L
San José de la Estrella 0610, La Granja
Santiago, Chile

ISBN: 978956975216-2
DDI N° 272.245

CAMINO A LA REDENCIÓN

Hilda Rojas Correa

Primera Parte

«*El dolor, cuando no se convierte en verdugo, es un gran maestro.*»

Concepción Arenal

Prólogo

Verano, año 1999

—¿Esto es lo que quieres, Ángel? —preguntó Gloria a su nieto, segura de su respuesta.

—Sí, Noni, ya lo decidí… Tengo que arreglar las cosas. Se lo prometí a él cuando moría en mis brazos. Tú me enseñaste lo que es el honor, no voy a romper mi promesa. No ahora —contestó firme y decidido. Estaba nervioso y asustado, pero su voz no lo delató.

—Pero, mi niño, esto es mucho más grande que tú. ¡Puedes morir!... Ya enterré a un esposo y a un hijo. No quiero enterrar a un nieto —suplicó Gloria, aferrándose con dientes y uñas a sus argumentos.

—No, Noni… Eso nunca sucederá, soy mucho más inteligente y cuidadoso de lo que crees —aseguró convencido, incluso un poco arrogante—. He estado mucho tiempo rodeado de ellos, conozco sus códigos, sé cómo…

—¿Y tú crees que nunca te van a descubrir? —lo interrumpió antes de que Ángel continuara, porque ya había escuchado suficientes veces sus argumentos.

—Nunca lo harán. Soy uno de ellos.

—Sabes que no lo apruebo, pero ya eres un adulto y no puedo hacer nada… —claudicó con pesar, sabiendo que no podía cambiar el parecer de Ángel—. Sandro no te lo perdonará nunca —advirtió, usando su última carta.

—Siempre será mi hermano. Algún día, cuando todo acabe... Él debe mantenerse alejado de toda esta mierda. Prométemelo.

—¡Por Dios, deja de decir palabrotas! —lo reprendió duramente—. Yo no te he criado de esa manera, en esta casa se me respeta.

—Perdón, Noni —rogó como un niño avergonzado—. Se me escapó.

Gloria miró a Ángel de pies a cabeza, no se había dado cuenta lo rápido que había crecido y, sin embargo, era tan joven aún.

—Que así sea, hijo… —Cerró los ojos y los abrió mirando al cielo—. Que Dios me perdone. —La augusta y noble mujer inspiró profundamente, ésa iba a ser la mentira más grande que iba a decir en toda su vida, pero su conciencia estaba tranquila, todo era por sus nietos a los que adoraba con el alma. Era la única forma de proteger, al menos, a uno—. ¡¡Vete de aquí, Ángel!! ¡Te lo dije mil veces, si no te sales de ese mundo, ésta ya no seguirá siendo tu casa! —vociferó con los ojos acuosos, mirando fijamente a su nieto mayor.

Ángel entendió y asintió. Él también debía seguir con la charada. Todos debían creerla, incluso ellos mismos.

—¡No lo haré, sabes que no puedo! —respondió en voz alta, fingiendo enojo y rebeldía, desafiando a la mujer que adoraba, la que era una madre para él.

—¡Entonces, lárgate con tus amigotes! ¡Ellos son tu familia ahora! ¡Vete de una buena vez!

—¿Sabes qué?, te haré caso. Me tienes harto. ¡Me largo de esta casa y de tus estúpidas reglas! —Miró a su abuela una última vez y dijo sin voz un «gracias», y dando un feroz portazo se fue de su hogar partiendo su vida en dos.

Gloria rompió en un doloroso llanto, porque Ángel ya era un hombre y ella no podía hacer nada contra ello. Iba a apoyarlo en todo lo que pudiera, en todo. Iba a mantenerse en pie hasta el último día de su vida.

El hermano de Ángel, Sandro, observaba desde la ventana de su habitación cómo él se alejaba de la casa. Se secó unas lágrimas con el dorso de su mano, estaba furioso y con el corazón roto, lleno de tristeza y pesar. No entendía el actuar de Ángel y tampoco lo aprobaba. Se prometió a sí mismo no hacer llorar a su Noni, ella ya sufría suficiente a causa de su estúpido e imprudente hermano… No, él ya no era su hermano, Ángel había muerto para él.

Capítulo 1

*V*erano, año 2009, diez años después...

Ángel estaba fumando un cigarrillo al salir de su casa, era un mal hábito, lo sabía, pero era lo único que lo relajaba al caer la tarde. Tenía una reunión importante, pero iba vestido con sencillez —según él—, camisa lavanda, corbata, traje a rayas de gabardina e impecables zapatos negros. Según sus compinches, iba vestido como para un bautizo o un matrimonio, pero ellos ya estaban acostumbrados a él y a la «excentricidad» de sus atuendos. Sabían que Ángel era uno de ellos, pero no era exactamente como ellos, porque hablaba con educación y siempre vestía de punta en blanco. A veces, no se explicaban cómo un tipo como él estaba metido en medio de toda esa mierda. Llevaba tantos años en ese barrio que ya era parte del paisaje y le daba identidad y, a pesar de todo, nadie sabía a ciencia cierta cómo se había convertido en «El Rucio». Algunos decían que mató al antiguo jefe y se apoderó de la mercancía y del territorio, otros decían que empezó haciendo mexicanas, quitadas de droga, y que fue escalando posiciones rápidamente, y a otros, simplemente, no les importaba, ya que las explicaciones eran irrelevantes, mientras estuvieran abastecidos de pasta base de cocaína para poder seguir drogándose.

Apagó el cigarro, pisándolo con la suela de su lustroso calzado de cuero negro y se encaminó hacia su destino. Su andar era seguro, rápido y firme. Saludaba con un gesto con la cabeza a quien lo llamaba, pero nunca les dirigía la palabra, a menos que estuvieran a dos metros de distancia. No le gustaba gritar, y todos lo sabían. Nadie cuestionaba su forma de ser, ni le pedían explicaciones. Era amo y señor, y nada se movía sin que él lo supiera.

Siempre estaba atento a su entorno, era un auténtico experto usando su vista periférica, y era muy raro que lo sorprendieran con la guardia baja. Las calles de la población no cambiaban mucho con el paso de los años, la misma suciedad de basura acumulada y alcantarillado en mal estado que infestaba el aire con un olor nauseabundo, ese mismo hedor que respiraban los vagos y *zombies* parados en las esquinas, además de niños jugando solos y que ya dominaban la jerga callejera y marginal. Independiente de si era hombre o mujer, pocos se salvaban de su destino, el cual se dividía en tres caminos: delincuencia, drogadicción o partirse el lomo trabajando por un sueldo paupérrimo, el cual se transformaba en la única luz de esperanza de la próxima generación para salir de ese hoyo. Era un paisaje deprimente y desolador, y todo era culpa de la falta de una buena educación, de familias disfuncionales y la maldita droga, el cáncer de los pobres.

Hizo parar un taxi en la esquina de la avenida principal, tomando la precaución de que nadie lo siguiera, y se subió, indicándole al conductor que lo dejara en la estación más próxima del metro. Ángel siempre cambiaba sus rutinas. Era un hombre frío, calculador e impredecible para sus pocos enemigos y, por lo tanto, intocable.

Cuando llegó a su destino, pagó la carrera al taxista y se dirigió al metro. El trayecto iba a ser largo, tenía que llegar hasta la estación Cal y Canto, por lo que sacó sus audífonos y apretó la tecla *play* del reproductor de MP3. Ángel solo escuchaba música clásica, pero ese día repetía una y otra vez el Canon de Pachelbel. Su humor mejoraba cuando oía esa melodía, por alguna razón le llegaba al corazón y le hacía sentir que todavía era un humano. Vivir en el núcleo de una población y ser testigo de sus miserias lo habían endurecido al punto de no sentir nada por nadie. No podía salvar esas vidas, era algo inútil si ellos mismos no querían ser salvados. Él no era un Don Quijote o Robin Hood, pero aceptó ese hecho cuando la mitad de quienes fueron sus primeros amigos cayeron bajo el flagelo de la delincuencia y las drogas. Tarde o temprano morían.

Llegó al lugar habitual a la hora acordada. Nuevamente miró a su alrededor y se internó en el añoso y elegante edificio que era un monumento nacional. El palacio, construido en 1903, era un claro ejemplo de la arquitectura de esos años y estaba conservado en perfectas condiciones. Era escalofriante el brutal cambio de la ciudad con solo una hora de trayecto, era como viajar a otro país, en otro continente, muy lejos de la población donde vivía gran parte de su vida.

Se identificó en portería y se dirigió a su destino final, se presentó educadamente a la secretaria nueva, lamentó que la antigua jubilara, le caía bien. La muchacha tomó el intercomunicador y fue anunciado. No le hicieron esperar y entró en una de las pulcras oficinas de la jefatura de la Brigada Investigadora del Crimen Organizado, más conocida por sus siglas BRICO.

—Buen día, subprefecto Reyes —saludó Ángel al hombre que se encontraba del otro lado del escritorio.

—Buen día, detective Larenas. Tome asiento, por favor.

—Gracias. —Ángel se quedó en silencio, a la expectativa de lo que su superior le iba a informar, ya que por lo general él era quien comunicaba y fijaba las reuniones, no al revés.

El tenso silencio se tornó incómodo para ambos. El subprefecto Reyes tosió para aclararse la garganta y decidió iniciar la reunión de una vez por todas.

—Bien, lo llamé porque tenemos una emergencia. A raíz de la última información obtenida, gracias a sus pesquisas, descubrimos que la red que estamos tratando de desbaratar es mucho más grande de lo que imaginamos, no es solo droga, va mucho más allá. Estamos hablando de tráfico humano, trata de blancas, prostitución infantil. —Le acercó una carpeta engrosada con cientos de páginas de un enorme informe—. Todo está ahí, pero tenemos un eslabón perdido, el que conecta nuestra investigación con la de la Interpol.

—Vaya al grano, por favor.

—Debes ir a Italia.

—¿Italia?... ¿Por qué yo?, ¿no se supone que la Interpol tiene agentes mucho, mucho —enfatizó—, más entrenados que nosotros?

—Sí, claro. Ese es el problema, están entrenados. Tú eres uno de ellos, eres un delincuente. En el bajo mundo ya te has hecho de un nombre. Todos saben que eres un narcotraficante excéntrico, pero respetado, y esa fama no la tiene ningún agente por mucho entrenamiento que tenga. Tú estás metido hasta el fondo.

—¿Y qué quieren que haga, exactamente? —interrogó, intuyendo de qué se trataba el nuevo trabajo.

—Necesitamos identificar al individuo que está conectado con nuestra investigación. Sabemos que es de Italia y que pertenece a la mafia, pero no sabemos a ciencia cierta a cuál de todas, de las que existen en ese país, pertenece. Han fallecido dos agentes de la Interpol que fueron descubiertos. En sus informes figurabas nombrado varias veces como un intermediario del proveedor de cocaína y pasta base sudamericano. Nos contactaron para apresarte e interrogarte y debimos revelarles que eras un infiltrado. Lo demás está todo en el informe que tienes frente a ti. Estúdialo, porque la próxima semana vas a Roma donde te reunirás con la gente de Interpol y te darán sus instrucciones.

A Ángel la noticia le cayó como balde de agua fría, ya que el tener que ir a Italia le disparaba todas las alarmas. De pronto, tuvo un muy mal presentimiento. Para un hombre como él, ese país era sinónimo de peligro, venganza y muerte. La historia de su familia estaba marcada a fuego por ese lugar. Definitivamente, no era su deseo ir, pero había hecho un juramento, y ese temor no iba a ser un motivo para romperlo. Además, sabía que en algún momento de su vida tendría que visitar aquel país.

—Usted, asume que voy a aceptar esta misión como si nada. —Ángel desafió a su superior para dilucidar qué tan serio era que él fuera a Italia.

—No estás en condiciones de rechazar esto, Larenas. Eres el único elemento apto. No levantarás sospechas y además, el italiano es tu segundo lenguaje nativo.

—Tratar con la mafia italiana no es lo mismo que tratar con los narcotraficantes que vienen del norte.

—Eso hará más creíble tu papel. El rumor ya se ha diseminado por América y Europa. Un cargamento de cocaína de alta pureza, listo para ir a Europa y ser rematado al mejor postor. Tú estarás a cargo de las negociaciones, solo se necesitará la identidad de los posibles compradores o, por lo menos, sus rostros para ser identificados.

Ángel resopló resignado, si lo analizaba bien no iba a correr mucho peligro. Cuando se inicien las conversaciones y las negociaciones todos son amigos y te hacen un montón de «regalos» para lograr alguna ventaja. Los problemas vienen mucho después y, lógicamente, él no iba a estar para cuando eso sucediera.

—Bien, supongo que el pasaje de avión está aquí en la carpeta.

—Ya te dije, todo lo relacionado con la investigación y tu misión está ahí. —Se hizo nuevamente un silencio incomodo, siempre ocurría. Ángel lo miraba fijo, él nunca desviaba sus ojos—. Eso es todo, Larenas, informaré que estarás en Roma el próximo lunes.

Las conversaciones con su superior siempre tenían ese tenor, frías y escuetas. El subprefecto Reyes nunca aprobó las decisiones de su predecesor en lo que se refería a la infiltración de Ángel Larenas en el mismo barrio donde creció, era una apuesta inédita, única y arriesgada, demasiado para su gusto. El detective tenía demasiado poder y libertad de acción. Debía reconocer que todavía no daba señales de corrupción ni de abuso de su posición, y la información que brindaba siempre era fidedigna, pero así y todo, el subprefecto desconfiaba profundamente de Ángel. Pero para el detective Larenas eso no era ningún misterio, y con mayor razón trabajaba con más ahínco para que sus acciones nunca dieran lugar a dudas o sospechas de ningún tipo.

Se despidió del subprefecto Reyes con un gesto de cabeza y se retiró del edificio tal como entró. Su cerebro empezó a planear el viaje, a inventar las excusas pertinentes y a delegar su trabajo a alguien de su confianza. Eso era fácil.

Lo difícil era cuando tuviera que darle su mensaje a su abuela, a través de su hermano. Su relación con él no era de las mejores. Por obligación, Sandro iba a informarle del estado de salud de su Noni y él, a su vez, le informaba si todo estaba bien o no. A Ángel lo mataba no contar con él, pero no le culpaba, era el precio que tenía que pagar por sus errores y ya nada podía hacer al respecto. Tenía la esperanza de que cuando todo acabara pudiera reconstruir su relación con su hermano menor que, irónicamente, siguió los mismos pasos de él sin saberlo. Hacía poco había salido de la Escuela Policial y, tal como Ángel, también era un detective, pero esa información Sandro se la ocultaba deliberadamente. Era lógica su actitud, es más, era lo más sensato, porque para todo el mundo Ángel Larenas, alias «El Rucio», era el narcotraficante más temido y respetado del sector sur de la capital.

Capítulo 2

Ya era de noche, pero Ángel en vez de ir de regreso a la población donde tenía su «centro de operaciones» —y donde todos creían que vivía—, hizo una escala en el departamento que poseía en una comuna aledaña al centro de la ciudad. Ese era su santuario, el único sitio en el mundo donde se permitía ser una persona relativamente normal. Era su hogar. Antes de que su abuela enfermara, ella lo visitaba regularmente a escondidas de su hermano. Gloria le dio el toque acogedor a cada rincón para que él no se sintiera tan solo cada vez que encontraba en ese lugar.

Abrió la puerta y entró. Siempre lo recibía el gélido silencio. Dejó las llaves en el recipiente que tenía en una mesita que estaba al lado de la puerta, se quitó los zapatos, y luego fue a la cocina americana a prepararse un té con canela. Mientras esperaba que hirviera el agua, comenzó a hojear el informe para estudiar su misión y planificar los pasos a seguir para llevarla a cabo con éxito.

Ángel era un hombre metódico y muy meticuloso… y estaba a un paso de desarrollar algún comportamiento obsesivo compulsivo. Vivir en ambos lados de la ley le obligaba a no mostrar sus sentimientos ante nadie, ni siquiera a su familia, o bien, lo que quedaba de ella. Siempre se exhibía duro e implacable para así no delatar sus puntos débiles, el desligarse de sus seres queridos fue la única forma de protegerlos. Todo el mundo sabía que a «El Rucio» le importaba un pepino su abuela y su hermano, así que cualquiera que quisiera meterse con él estaba consciente de que era un desperdicio de energía usar ese recurso.

Sonó el pito de la tetera que le anunciaba que el agua estaba lista, por lo que en un infusor puso una generosa dosis de hojas de té con unas ramitas de canela. Luego, llenó un tazón con el agua caliente que humeaba caracoles de vapor, hundió el infusor y esperó a que el agua tomara el color y aroma que le indicaba que estaba en el punto que él disfrutaba. Ese era el ritual que ejecutaba en solitario cada vez que entraba en esos setenta metros cuadrados.

Eso era lo más cercano a la paz y tranquilidad.

—«Operación "la joya del pacífico"», qué ocurrentes son estos tipos con los nombres, hasta suena cursi… ni que fuera una película de James Bond —ironizó, mientras leía el título del informe y bebía un sorbo de té—. ¿¡Un mes de negociaciones!? —exclamó sorprendido, nunca había estado tanto tiempo fuera del país, solo unos días y ya—… La Cosa Nostra, la Camorra, la 'Ndrangheta, la Sacra Corona Unita… ¿Cómo no van a saber a cuál pertenece el contacto? ¡Esto es inverosímil!... Alguien debe estar jugando sucio desde adentro de la Interpol —especuló.

Continuó leyendo los antecedentes del caso, observando fotografías de todos los implicados, memorizando las fichas de los agente de la Interpol con los que debería tratar en Roma. Se tomó su tiempo analizando y decidiendo cómo llevar a cabo su papel en ese juego peligroso que llevaba años practicando. A veces, se preguntaba cuándo se le iba a acabar la suerte, sobre todo esos días en que sentía que perdía el norte y lo consumía el hastío de su vida rutinaria y al borde del peligro.

«Esto se ve demasiado sencillo, me están ocultando algo, lo sé», pensó paranoico al terminar de leer los documentos unas horas después. Negó con la cabeza. Definitivamente, la fatiga le estaba haciendo una mala jugada y sus emociones se tornaban pesimistas. Debía descansar algo antes de volver a la población de madrugada y seguir con la fachada en la que se había transformado su vida.

Se fue a su dormitorio y se quitó toda la ropa. Ángel poseía un porte atlético, alto e imponente, no era extremadamente musculoso, pero sí tenía lo justo para que las mujeres de todas las clases sociales le dieran miradas lascivas al pasar. De hecho, muchas conocían su cuerpo, pero el derecho de compartir las sabanas con él, solo les era permitido a las desconocidas. Únicamente, ellas sabían que la piel la tenía salpicada con tatuajes que siempre tenían un significado; que en las piernas tenía algunas manchas borrosas obtenidas de sus juegos de infancia cuando todavía era un niño travieso y risueño; y que cerca de la clavícula izquierda se encontraba la prueba física que le recordaba su promesa, la cicatriz de un impacto de bala. Ángel instintivamente se la tocó, recordando lo sucedido hace diez años…

—*Siempre lo arruiné, Ángel… No supe hacer otra vida… Por favor… Encuéntralas y diles que me perdonen.* —Tosió y escupió sangre, jadeaba por atrapar algo de aire, hablar era cada vez más complicado—. *Ella… siempre tuvo la razón… Promételo.*

—*¡Enzo, no!… ¡Aguanta, amigo!* —animaba desesperado, porque en el fondo, y muy a su pesar, sabía que él no iba a salir vivo de ésa.

—*¡Promételo! ¡Encuéntralas!* —presionó vehemente, era importantísimo para él, para su espíritu, para descansar en paz.

—*Lo prometo, lo prometo* —aceptó finalmente con la voz ahogada, sin dimensionar lo que aquello significaría para su vida—… *Te vas a recuperar, no digas esas cosas… Lo vamos a lograr.*

—*Perdóname, Ángel.* —Sus resuellos eran cortos y acelerados, estaba hiperventilando, el pecho de Enzo silbaba con cada bocanada de aire. No le quitaba la vista a Ángel, pero su imagen era casi borrosa—. *No hagas lo… mismo que yo…* —Tragó un poco de saliva con dificultad—… *Eres mejor que esto… No te hundas en esta miseria… No, no, no…* —Dejó de respirar de golpe, lanzando una última exhalación… Con los ojos completamente abiertos, mirando fijamente a su joven amigo, Enzo dejó de existir.

—*Enzo… ¿amigo?… ¡¡¡Noooo!!!…*

Parpadeó de pronto volviendo al presente, su mente había vagado demasiado. Era como si hubiera sido ayer, si no fuera porque su cuerpo había cambiado demasiado y sus sienes estaban adornadas con aquellas canas prematuras, habría pensado que solo habían pasado apenas unos días desde que Enzo murió. Sin embargo, una década había transcurrido, tenía treinta años y todavía no había podido cumplir con su promesa, aún no las encontraba. A esas mujeres se las había tragado la tierra y él tampoco contaba con demasiada información. Estaba en un punto muerto, ya solo esperaba un milagro.

Inspiró profundamente para quitarse la sensación de frustración y desasosiego, se acostó en la cama y se tapó con las mantas, el sopor rápidamente lo invadió y se sumergió en un sueño profundo, pero intranquilo. Ya no sabía cuándo había sido la última vez que su mente había descansado.

¿Alguna vez podría estar simplemente en paz?

El celular sonaba insistentemente, atravesando la bruma de los sueños de Ángel. No alcanzó a contestar. Dirigió su vista hacia la ventana y aún estaba oscuro, por lo que miró el reloj de la mesa de noche, eran las cinco de la madrugada.

Tomó el móvil y se dio cuenta de que solo tenía una llamada perdida de uno de sus compradores habituales. Ese hombre estaba desesperado, un caso perdido, ¡pues, que espere!, él no iba a correr para abastecerlo, se iba a tomar su tiempo.

Era la hora de comenzar un nuevo día.

Un taxi lo dejó a medio kilómetro de la población, Ángel siguió su camino a pie con las manos en los bolsillos. Estaba vestido con la misma ropa del día anterior, nunca se sabía si lo estaban vigilando, a ciertas personas no debía subestimarlas bajo ningún punto de vista.

Eso sería un error que le podía costar demasiado caro.

Todavía no amanecía y el silencio era casi sepulcral, la actividad de la ciudad estaba a punto de empezar, y ya se escuchaba a lo lejos los microbuses haciendo su recorrido y uno que otro silbido de los drogadictos y delincuentes que se llamaban unos a otros anunciando que él llegaba.

Su andar era relajado —en apariencia—, pero estaba atento a todo, con todos los sentidos en alerta, por eso no le sorprendió que una silueta amenazante emergiera de entre las sombras.

—Ella quiere saber cómo estás.

—Podrías saludar al menos, Alessandro —regañó, enarcando una ceja reprobadora—. Te estás volviendo maleducado.

—No me llames Alessandro, sabes perfectamente que lo odio… ¿Hasta cuándo vas a probar el límite de mi paciencia? —lo reprendió ofuscado. Respiraba profundo para contenerse y no propinarle un golpe que le cerrara la boca permanentemente a su hermano mayor—. ¿Vienes llegando de alguna juerga que no estás en condiciones de contestar una simple pregunta?

—Eso no es de tu incumbencia, mocoso —replicó con suficiencia—. Dile a la Noni que estoy bien, y que el sábado salgo de viaje fuera del país por un mes.

—¿Un mes?, ¿en qué mierda te estás metiendo, Ángel? —interrogó, ocultando pobremente su interés.

—¿Estás preocupado, acaso? —espetó.

—Es lo que hubiera preguntado la Noni —rebatió, escudándose en su abuela para justificar su inquietud—, solo le quiero dar respuestas para no llenarla de más angustias por tu causa.

—Muy amable de tu parte... —ironizó—, solo dile que estaré bien y que la llamaré en cuanto llegue al aeropuerto.

—No sé por qué diablos ella me envía a hablar contigo, si existen los teléfonos —rezongó malhumorado.

—Porque ella odia hablar por teléfono, ya sabes cómo es de mañosa y orgullosa la italiana —respondió Ángel en un tono paternal, mientras esculcaba uno de sus bolsillos hasta que encontró una cajetilla de cigarros—. ¿Tienes fuego?

—No, estoy dejando de fumar... —respondió sin pensar, había momentos en que Sandro bajaba la guardia y empezaba a tener una conversación normal con Ángel.

—Qué bien, es un muy mal hábito —alabó. Era cierto, era un muy mal hábito que compartían, pero que él todavía no pretendía dejar—. ¿Y por qué lo estás dejando? —preguntó, tentando a su suerte, a la vez que buscaba un encendedor en sus bolsillos. De pronto, recordó que lo tenía dentro de la misma cajetilla.

—No es asunto tuyo —bufó, recordando que detestaba al traidor de su hermano—. ¿Tienes algún otro mensaje para la Noni?

—Creo que es suficiente información la que acabo de darte —dijo mientras ponía el cigarrillo en la boca y lo encendía para luego inhalar a placer la primera bocanada de nicotina. Asqueroso y reconfortante mal hábito.

—Bien... —resolvió lacónico—. Solo vuelve vivo, no quiero que mates a la Noni de la pena si se te ocurre morir...

—Hasta pronto, hermano...

Silencio. No hubo despedida, Sandro se había ido.

Ángel sonrió con un dejo de tristeza, cada vez que hablaba con su hermano sentía que el abismo que los separaba au-

mentaba de tamaño, exponencialmente. Se preguntaba si algún día iba a perdonarle todas las mentiras que había acumulado de manera inextricable a lo largo de todos esos años.

Eso esperaba de corazón… Si es que salía entero intentando cumplirle la promesa a Enzo.

Capítulo 3

—*Y*eison... —Así, tal cual, sus padres ignorantes al querer ponerle un nombre original, y en inglés, erraron profundamente en la escritura. En realidad, querían ponerle Jason para concederle algo de estatus… No resultó—, ya sabes cómo funciona esto. No quiero que nadie rompa las reglas, ¿está claro? Es la primera vez que me ausentaré por tanto tiempo, y es importante que las cosas se mantengan tal como si yo estuviera —indicó por enésima vez a su socio en «el negocio». Debía asegurarse que entendía de verdad la tarea encomendada y su importancia—. Nadie debe enterarse de mi ausencia, ¿entiendes?, porque lo primero que van a hacerte será una «mexicana», y tu cabeza saldrá rodando por esa puerta.

—Lo sé, lo sé… Pero, ¿*estai* seguro de dejarme a cargo de toda la «merca»?

—Por algo te elegí, ¿no crees? No eres estúpido y sabes en el problema en el que te meterías si te quitan la mercadería. Ya sabes lo que le pasó al «Ladilla», no querrás terminar igual que él.

Ambos recordaron ese episodio. Ángel hizo un viaje a Arica hacía un par de años ya. En cuanto se vio solo y sin vigilancia, el «Ladilla» se quiso pasar de listo y no halló nada mejor que vanagloriarse ante todos de que era el nuevo jefe, provocando a pandillas rivales y a otros narcotraficantes. En menos de veinticuatro horas ya estaba como un cadáver más en el Servicio Médico Legal, con cinco balazos en el pecho y sin un gramo de mercadería.

Fue todo un incordio arreglar el estropicio causado por el «Ladilla», Ángel se demoró meses en dejar todo el negocio tal como estaba antes de su partida.

—*Pa'naá* jefe, no soy tan *gil* y *ahueonao* como el «Ladilla» —aseguró con vehemencia, y un escalofrío le recorrió todo el espinazo—, si preguntan por *uste*, diré que anda en el Kim, haciéndose zumbar *'onde* las perversas…

Ángel dio una sonrisa de medio lado, aprobando su coartada. «Si supieras, si supieras, mi estimado Yeison…»

—Lo cual no está tan alejado de la realidad, mi ingenioso Yeison —replicó Ángel para seguir alimentando las historias sobre sus costumbres.

Aparte de la fama de narcotraficante, Ángel también era conocido por su afición por las prostitutas y clubes nocturnos. Eran casi una leyenda urbana y con ribetes épicos las proezas que él llevaba a cabo en aquellos antros donde reinaba el sexo, la noche, el alcohol, orgías y mujeres por doquier. Era muy fértil la imaginación de las personas, Ángel se las había arreglado para sembrar ese rumor y así tener una perfecta tapadera para sus salidas nocturnas que, en realidad, eran destinadas para descansar tranquilo unas cuantas noches a la semana en su departamento.

Pero parte de esa reputación era cierta, toda leyenda tiene un origen verdadero y real. Desde que él decidió tomar ese camino, también resolvió que lo haría solo. No quería correr un riesgo innecesario, sabía que en el mundo en el cual se movía no existía el honor, la rectitud, ni nada por el estilo, si él tenía una pareja o alguien que amara con toda su alma, esa persona se convertiría en su talón de Aquiles, y lo transformaría en un blanco fácil para sus enemigos. Ángel no quería eso, él no resistiría perder a alguien importante por su causa.

Así que como hombre que era y tenía necesidades, optó por tomar las cosas de manera práctica, fría e informal con cualquier señorita que tuviera tarifa y que cobrara justamente por sus servicios carnales; y para llevar a cabo esa rutina, Ángel tenía sus propias reglas que nunca rompía bajo ningún punto de vista.

Una vez a la semana, por tres horas.

Nunca repetía a ninguna señorita.

No dormía con ninguna señorita.

No usaba su departamento para acostarse con ninguna señorita.

No conversaba con ninguna señorita.

No besaba a ninguna señorita en la boca.

Nunca revelaba su verdadero nombre.

Las reglas y leyes se inventan cuando hay una necesidad de establecer un marco seguro de acción. Eso no lo sabía tan bien el joven Ángel al principio, cuando todavía le quedaba algo de ingenuidad. En aquellos tiempos, cuando empezó con esta rutina junto a las damas de la noche, el objetivo era principalmente para aprender. Así que en su afán por obtener conocimiento en las artes amatorias, optó por recurrir a una señorita en específico que le enseñó todos los secretos que ella poseía para complacer a una mujer. Aquello sucedió antes de las reglas, antes de no sentir. Aquella mujer fue su primer y único amor, uno imposible. Con ella, Ángel aprendió a amar, a proteger… a perder.

Se enamoró casi sin darse cuenta con el paso de los meses, pero lo hizo intensamente. Ella era joven, suave, tierna y sabia. Ángel quiso sacarla de ese mundo, hacerla su mujer y que no dependiera de su cuerpo para sobrevivir y pagar las deudas. Ella era su bella luciérnaga, la única que le daba luz a su oscura realidad. A Ángel no le importaba que hubiera sido una prostituta la mitad de su vida, ni que se supiera el Kama Sutra al derecho y al revés, no le importaba ser parte de una interminable lista de clientes, no le importaba que ella llevara años atada económicamente a su cafiche… En realidad, a él no le importaba nada en absoluto.

No le importaba, porque ella también lo amaba, estaba loca por él e iba a dejarlo todo. Ángel valía la pena, era el único que había visto a través de ella, porque vio a la mujer, no a la puta. Sí, estaba decidido, ella iba a dar el paso definitivo, solo debía afinar un par de detalles para dar fin y de manera correcta a su «carrera profesional» e irse a vivir con Ángel, pero un día, simplemente, desapareció de la faz de la tierra.

Fueron cinco largos días en que Ángel la buscó por todas partes, en cada esquina, en cada club nocturno, en hospitales. Incluso, se arriesgó a poner una denuncia por presunta desgracia en carabineros… Eso fue un presagio, una horrible premonición, porque la desgracia se hizo patente en su vida el día que ella apareció muerta debajo de un puente del río Mapocho. Su cuerpo fue violentado y torturado y finalmente abandonado para que agonizara y muriera en medio del frío. Nadie vio nada, nadie hizo nada, no hubo pistas, huellas, ni testigos. El asesinato de su luciérnaga se transformó en un enigma que nunca se resolvió.

Una prostituta no valía ninguna investigación a fondo y el caso se cerró sin más. Si hubieran muerto cinco en similares características, ahí recién habrían hecho las indagaciones correspondientes. Pero por una sola, no.

Ángel en ese entonces tenía veinticinco años. En el funeral era el único hombre, entre todas las compañeras de ese trabajo que la mayoría de las veces era tan ingrato. Todos los años, en el aniversario de su muerte, le dejaba una rosa roja en su tumba, y muy a su pesar nunca dio con el o los culpables y aquello lo destrozó en vida, porque esa pequeña luz que lo iluminaba se apagó. De ahí en adelante se impuso aquellas inquebrantables reglas, porque su corazón estaba de luto, y no deseaba correr el riesgo de amar otra vez y poner una vida en peligro. Por lo menos, no se expondría él, ni a nadie antes de seguir inmerso en su doble vida. Él no tenía dudas, si había un culpable por la muerte de su luciérnaga, ese era él.

A veces, la recordaba con tristeza, ya se había acostumbrado a vivir con el dolor. Pero nunca, nunca la olvidaba. Una de las cosas que más le dolía era no poder haberse despedido de ella y verla por última vez. Su vida estaba marcada por partidas sin poder decir adiós. Pasó con su madre y su padre, quienes fallecieron en un accidente automovilístico cuando él era un niño, Enzo su amigo que murió en sus brazos, pero no fue capaz de decir adiós por aceptar su promesa, su amada luciérnaga... Todos se iban sin despedirse.

—Durante un mes estarás solo. Prácticamente, estarás incomunicado. Todo depende de ti —instruyó Ángel a Yeison en un tono de voz serio y solemne.

—No te *preocupí*, Rucio, si ya entendí la *hueá*. —Rio escandalosamente... tanto que se escuchaba a tres cuadras de distancia. Todos sabían cuando Yeison reía—. No *seai* tan *persegui'o*. Nadie se va a dar cuenta. ¿Te *acordai* cuando pasaste tres meses con las perversas? Esto es la misma *hueá*, claro que ahí, al menos, te veíamos de repente.

—Me quedo más tranquilo, entonces. ¿Ves?, no fue difícil que te empoderaras de la situación, ¿no es así? —acotó de manera paternal.

—Empode… ¿qué? —preguntó intrigado. «El Rucio» siempre usaba palabras raras y aprendía algo nuevo con él, por eso lo admiraba, él no lo trataba como si tuviera el ébola, eran iguales, independiente de la educación. Yeison consideraba un amigo a Ángel, un hombre con el cual podía contar para todo.

—Empoderado, que te involucras en tu trabajo o rol a cabalidad y que te beneficias de ello desarrollando tu confianza en tus propias capacidades —explicó con naturalidad.

—Eres un diccionario con patas… empoderado, suena bien —dijo con una sonrisa que mostraba un par de dientes faltantes a causa de una paliza que le propinó su padrastro.

—Ya, me voy. Nos vemos en treinta días. —Se despidió, abrazando a su compinche con sus palmadas de macho en la espalda.

—Cuídate, Rucio… —respondió Yeison emocionado, a pesar de ser un tipo encurtido en el hampa era muy sensible y ya tenía los ojos enrojecidos con lágrimas a punto de salir.

Ángel salió de su casa en la población a las cuatro de la tarde, sin maletas, solo con lo puesto. Nadie sabía que «El Rucio» iba a desaparecer por un mes, así que verlo paseándose por las calles era algo tan habitual que no levantó sospechas de ningún tipo.

Pasó por fuera de su antiguo hogar, aminorando el paso, observando la casa a modo de despedida. Vez que estaba frente a la reja de fierro le bajaba la melancolía por pertenecer a algún lugar y recibir cariño; añoraba el calor de su familia, sus raíces. Su abuela que ahora, prácticamente, permanecía en casa por su enfermedad, miraba por la ventana. Ángel hizo un gesto imperceptible con su mano y ella lo vio. Emocionada por ver a su pequeño antes de partir, sonrió y le lanzó un beso con sus dedos temblorosos, le dio su bendición, haciendo la señal de la cruz como buena católica que era y cerró la cortina con pesar para no delatar de alguna forma a su nieto.

A Ángel se le llenó el corazón de lamento, no quería causarle angustias a su Noni, pero debía cumplir con su deber. Por lo tanto, inspiró profundamente para darse coraje y comenzar a caminar. Dio un paso, luego otro, y otro más.

Siguió con su camino, sin volver la vista atrás.

Capítulo 4

*T*ras doce horas de viaje y dos escalas, Ángel pisaba tierra italiana. Era un frío e invernal domingo. Desembarcó del avión a las siete y media de la tarde con una actitud de que era asiduo visitante del lugar, sin embargo, estaba nervioso e intranquilo. Pasó sin problema a policía internacional, a pesar de estar bastante quisquillosos con los turistas sudamericanos, pero él contaba con toda la documentación y permisos pertinentes para poder portar su arma de servicio.

Como siempre lo hacía, cuando estaba fuera del país, compró un sencillo teléfono móvil de prepago en una de las tiendas al interior del aeropuerto para estar comunicado en caso de emergencia y que no fuera fácil de rastrear como de su propiedad. Tomó un taxi a la salida y le indicó al chofer en perfecto italiano que lo llevara a la dirección que le habían indicado en el informe, sin desvíos turísticos.

Recorrió las calles de Roma a través de la ventanilla del automóvil, el cielo estaba gris y encapotado. Todo indicaba que estaba a punto de llover. Su ánimo y humor tampoco era de los mejores, el cansancio y el *jetlag* le estaba mermando la energía. El taxista que ya llevaba años en su oficio, de inmediato decidió que lo mejor que podía hacer era mantener la boca cerrada y no tratar de entablar conversación con su cliente de facciones inescrutables. Y eso Ángel lo agradeció.

Había partes en que la arquitectura le recordaba Santiago, a Ángel la ciudad no le asombró, era como cualquier otra. Tal vez, si iba a los lugares correctos y famosos se sorprendería. Sí, probablemente se sorprendería al ver la Fontana di Trevi o el Vaticano, pero él no iba a turistear, tal vez algún día, pero no hoy.

Al terminar el trayecto Ángel pagó, dio una generosa propina y le pidió su tarjeta al chofer en caso de necesitar sus servicios en el futuro. El hombre de aspecto bonachón, sin dudar, le dio sus datos anotados en un papel, ya que no tenía tarjeta de contacto. Ángel leyó el nombre del taxista, agradeció con un gesto con la cabeza y se despidió.

Ángel miró el edificio que se erigía ante él, era un hotel de aspecto moderno y minimalista, *The Independent Hotel* sería su hogar durante los próximos treinta días que duraría su estadía. Inspiró profundo y entró con sus maletas. En recepción se registró con facilidad, ya que las reservas estaban hechas y le dieron la llave de su cuarto. La hermosa y voluptuosa recepcionista le coqueteó descaradamente, pero Ángel la ignoró por completo, él no flirteaba ni buscaba a ninguna mujer, en este viaje no contrataría el servicio de ninguna señorita, solo era llevar a cabo su misión sin distracciones ni perder la concentración para volver a su país lo más pronto posible.

En cuanto entró a su habitación, fue directo a la cama y se derrumbó de cansancio. Ni siquiera sentía el arrullo de la lluvia al caer.

El sonido del teléfono que estaba en la mesa de noche sonaba insistentemente, Ángel de pronto se sintió desorientado, por inercia tomó el auricular y contestó con la voz pegoteada de sueño.

—Aló, diga —habló en español.

—*¿Signor Larenas?, ha visita del signor Cesare Avenati…* —anunció la recepcionista a través de la línea telefónica. Ángel, en ese momento, se espabiló al escuchar las palabras en italiano. Automáticamente, se enfocó para entender lo que le decían—. Lo estará esperando en el comedor.

—Muchas gracias, bajaré en quince minutos —respondió fluido y seguro en la lengua de Leonardo da Vinci.

Se restregó los ojos, debía mentalizarse en hablar en italiano, si bien todos sabían que era chileno, era mejor que supieran que él entendía el idioma a la perfección, al igual que el inglés.

Cesare Avenati era su superior a cargo de la misión que debía llevar a cabo Ángel Larenas, lo estaba esperando tomándose un café *espresso* y un par de tostadas, eran las ocho de la mañana, y el frío era descomunal. Debían empezar lo más pronto posible para poder mantener la operación fuera de toda sospecha. Tenía fe en aquel agente sudamericano, si había logrado engañar a toda la Interpol siendo un infiltrado, entonces tendrían la partida asegurada.

Estaba bebiendo un sorbo de su café cuando su vista se desvió hacia la entrada del comedor, y un hombre bastante alto estaba ingresando, buscando a alguien con la mirada. De inmediato lo supo, ese hombre era Ángel Larenas. Se sorprendió mucho, no era lo que imaginaba, para nada, si bien tenía una fotografía para identificarlo, verlo en vivo y en directo era bastante impresionante.

Ambos hicieron contacto visual, y Ángel se dirigió a la mesa sin vacilar, saludándolo con un apretón de manos. Cesare lo invitó cordialmente a que lo acompañara a desayunar, a lo que Ángel aceptó gustoso, ya que estaba realmente famélico. De hecho, lo último que comió fue en una escala en Miami, en uno de los restaurantes del aeropuerto.

Lo primero que le llamó la atención a Cesare fue el particular desayuno que pidió Ángel, sin duda su fama de excéntrico no era por nada. Pidió té con canela, pan francés, aguacate molido con sal y queso crema. Se preguntaba si eso comía en su país todos los días. Si hubiera hecho esa pregunta en voz alta, Ángel le habría contestado que sí, que todos comen casi lo mismo al desayuno, pero que la única diferencia entre Chile e Italia era por el pan. En Chile se come pan marraqueta, un estilo de pan francés que solo se consume en ese país.

Una vez que Ángel comenzó a desayunar, Cesare decidió que ya era momento de empezar a conversar sobre lo que los tenía reunidos en ese lugar, pero primero debía saciar su curiosidad.

—No logro identificar el acento de su italiano, no es el típico de una persona latina.

—Mi abuela era de Nápoles, mi padre y ella me enseñaron el idioma desde que aprendí a hablar. Así que es mi segunda lengua nativa.

—Sí, puede ser acento napolitano. De todas formas, no habla como extranjero, eso le facilitará mucho las cosas. —Se quedó unos segundos en silencio, cada vez estaba más convencido en el éxito de sus planes, ya que el hombre que tenía al frente no tenía comparación con nadie—. Ángel, según mis documentos usted usa su verdadero nombre para sus acciones encubiertas, ¿es eso cierto?

—Así es, soy parte de una iniciativa inédita en la Policía de Investigaciones de mi país. Antes de entrar a la Escuela Policial era amigo de narcotraficantes y delincuentes, pero no estaba involucrado en sus «trabajos». Así que me convertí en el candidato ideal para seguir con mi meteórica carrera en los negocios ilícitos. Nadie sospechó nada. Por eso uso mi verdadero nombre…

—Y su familia, ¿qué dice?

—Ellos no dicen nada, ya no tengo familia —respondió seco.

—Oh, lo siento. Solo tengo curiosidad. En verdad su trabajo es único, por lo menos en Sudamérica, no teníamos conocimiento de este tipo de prácticas.

—Por eso mismo ha funcionado. Mientras menos gente sepa mejor… pero creo que ahora saben de esto demasiadas personas para mi gusto —contestó parco. Ángel interrumpió sus palabras abruptamente, y se reprendió mentalmente pensando en que estaba siendo demasiado duro con el señor Avenati. Al parecer, se estaba pareciendo demasiado a sus «amigos» y estaba olvidando la amabilidad que tanto le costó inculcarle su Noni—. Perdón, es importante que pocas personas tengan conocimiento de este tipo de operaciones. El esfuerzo de siete años será en vano, en Chile hemos ido desbaratando carteles de a poco. Pero esto es mucho más grande de lo que imaginábamos.

—No se preocupe, su secreto está a salvo con nosotros. De hecho, somos muy pocos los que manejamos la información de esta operación, ya que como sabe, han fallecido dos agentes que estaban muy cerca de hacer el contacto, especulamos que los descubrieron cuando ya iban a proporcionarnos la información.

—Es una lástima, realmente lo siento mucho. En este mundo se desconfía demasiado, sobre todo de la gente nueva. Se elimina al sospechoso apenas se descubre su identidad.

—Así es, en estos tiempos cada vez se vuelve más difícil infiltrar a uno de los nuestros… Bien, vamos al grano. Hemos esparcido el rumor que usted llegará el día de mañana a este mismo hotel y que viene a rematar al mejor postor un cargamento de cocaína que está esperando para zarpar en Valparaíso, el más grande de la historia... Como ya sabe, necesitamos saber quién está tan interesado como para rematar en la cantidad de dólares que sea, para traer tanta droga a este lado del océano. En algún momento todos los candidatos se bajarán y solo uno quedará.

—Y cuando solo quede uno…

—Esa será nuestra señal, ahí intervendremos. Tal como lo ha hecho en su país, tiene libertad de acción para que lleve a cabo la operación a como dé lugar. Tiene a su disposición todos nuestros recursos.

—De momento, no necesito nada. Tengo memorizado su contacto en las oficinas de Interpol y las de sus superiores. Estaré reportando a diario en la medida que me sea posible.

—Excelente. Creo que es todo por hoy, voy a informar a mis superiores sobre mi reunión con usted. Estaremos atentos a sus progresos. —Se levantó de su asiento y le extendió la mano para despedirse—. Ha sido un gusto conocerlo, estaremos en contacto. —Ángel respondió al gesto y se despidió con un apretón firme y seguro. «Definitivamente, este es el hombre», pensó Cesare, optimista.

—Que tenga un buen día, Cesare.

—Hasta pronto, señor Larenas.

Ángel observó cómo Cesare abandonaba el comedor y notó algo extraño en su pierna derecha, miró por debajo de la mesa y había un maletín. No hizo amago de llamar a su dueño, primero le echaría un vistazo y dependiendo de lo que encontrara resolvería qué hacer. La vida que llevaba le había hecho aprender a creer en su instinto, y en ese momento lo mejor era quedarse en silencio y hacer que nada había sucedido.

Terminó de tomar su desayuno, se sentía cansado. Su cuerpo todavía no se recuperaba de la diferencia horaria. «Me estoy volviendo viejo para estos menesteres», pensó divertido, porque era muy cierto. Tomó el maletín y se dirigió a su habitación, ese día iba a hacer algo que no había hecho hace mucho tiempo. Nada.

Ya era parte de su rutina cuando se encontraba en un hotel, Ángel siempre era cauteloso y repetía el mismo ritual cada vez que ingresaba a una habitación. La cerradura hizo clic al girar la llave y la puerta se entreabrió sin emitir ningún ruido. Se quedó quieto por un instante para percibir algún sonido ajeno al silencio y por la rendija se coló un aroma dulce que le llegó a sus fosas nasales. Sin duda, había algo o alguien en su habitación. Eso lo puso en alerta de inmediato y agudizó sus sentidos, por lo que sigilosamente sacó su arma que llevaba en su tobillera y liberó el seguro. Maldijo para sus adentros, pues era casi seguro que ya había delatado su presencia y no contaba con el factor sorpresa. Ni modo, abrió la puerta silenciosamente y entró, apuntando en todas direcciones.

Vacío… No había nadie… excepto en la cama.

Una mujer vestida con lencería de encaje negro y rojo, estaba con la vista vendada y atada de manos con pañuelos de gasa roja. Ella se contoneaba sobre su cama en una pose sensual, su largo cabello era ondulado y de color azabache. A Ángel la imagen le pareció que era de un exquisito erotismo puro y duro, y rápidamente su torrente sanguíneo comenzó a concentrarse en una parte muy específica de su anatomía. Ella no representaba ninguna amenaza, por lo que bajó el arma y se la guardó de nuevo. Observó detenidamente a la joven y notó que ella tenía un pequeño tatuaje sobre su pómulo izquierdo que no supo distinguir bien la forma desde donde él estaba.

Estaba marcada, era evidente, se trataba de una esclava sexual. El deseo rápidamente se transformó en lástima.

A los pies de la cama había una nota impresa.

«*Esperamos que disfrute su estadía y de su regalo. Es libre de hacer con ella lo que se le plazca.*
»*Estaremos en contacto.*
»*Atentamente, M.*»

La mujer estaba en silencio, a Ángel no le gustó para nada la situación. Nadie debía saber que él se encontraba en el país, y ya le estaban enviando «regalos». Alguien del hotel debió dar la información y esa sensación de sentirse observado le hizo tomar una drástica y rápida decisión.

—Vístete y vete de aquí. Me voy ahora mismo de este sitio.

Capítulo 5

La mujer estaba espantada, confundida. No, esto no debía pasar, no estaba dentro de lo planeado y eso la aterró. El miedo desbordaba cada fibra de su ser, ¿qué iba a hacer ahora?

Ángel le quitó la venda a la mujer y la desató con premura. A pesar de estar vestida con lencería, ella se sintió desnuda bajo la dura mirada de ese hombre. Apenas se vio liberada, la joven se abrazó a sus rodillas, y en su mente repetía una y otra vez «no quiero volver, no quiero volver, ¡por favor, no quiero volver!»…

—¿Quiénes te trajeron? —Ángel la interrogó con un tono de voz gélido que daba a entender que no iba a repetir la pregunta dos veces. Los labios de él eran una fina línea y sus ojos no expresaban nada.

—M-mi proxeneta, él lo hizo —respondió nerviosa, era la verdad.

—¿Él es «M»? —preguntó, entregándole la nota para que la leyera. La mujer lo hizo y comprendió las palabras de quien era hasta ese momento su dueño. «Tendrás una nueva vida, pero si fracasas. Te puede costar caro… muy caro, putita…», recordó ella cuando le hablaron de una oportunidad para salir de ese maldito burdel. Sí, una oportunidad y una amenaza, todo en uno. No le dieron muchas alternativas para elegir.

—No. Se llama Lucio, él no es «M»… No sé quién es esa persona… solo sé que tú… que tú… que yo soy tu regalo de bienvenida.

—No me interesas, no necesito esta clase de regalos, puedes irte a tu casa… o donde sea —expresó con crueldad.

—¡¡Nooooo!! ¡No puedo, no debo! —exclamó con vehemencia, arrodillándose, pero nunca bajando la vista, siempre mirándolo fijamente a los ojos—. ¡Cualquier cosa menos eso!... Se lo suplico, no me haga volver... Haré lo que sea, ¡lo que sea! —rogó aterrada, era preferible ser objeto de un solo hombre que de cientos, eso sí lo podría soportar—... Lo que sea... —susurró desesperada y con la voz quebrada.

Ángel escrutó con la mirada a esa joven que clamaba por no ser devuelta, buscaba algún rastro de falsedad, algo que le dijera que todo era una trampa. La mujer era contradictoria, sí, estaba muerta de miedo, y a la vez no le bajaba la vista, casi desafiándolo a no dudar de ella. No sabía qué hacer, ella podría ser su perdición si la ayudaba, y a la vez, él no podría vivir con la culpa si le sucedía algo terrible a esa pobre mujer por no creer en su palabra y abandonarla a su suerte.

—Se lo juro, no tengo idea de quién es «M», Lucio solo me dijo que me iban a entregar a un nuevo dueño, que mi vida cambiaría... y que si fracasaba... —Tragó saliva con dificultad, le era doloroso por el nudo que tenía en la garganta—. Yo no quiero volver a ese lugar. No tengo casa, no tengo familia, no sé dónde ir... solo ayúdeme. —Ella no tenía reparos en suplicar, rogar, arrastrarse si con ello lograba dejar atrás la vida que tenía, no le avergonzaba pedir ayuda. Ese hombre no reflejaba ningún sentimiento, y por eso mismo ella estaba haciendo la apuesta más arriesgada de su vida, apelar a la posible bondad de él o descubrir que era un ser igual o peor que su proxeneta—. No le estorbaré, mándeme a otra ciudad, hágame desaparecer de la vista de Lucio si no quiere mis servicios, pero no me devuelva, se lo imploro...

Una cosa que jamás reconocería Ángel Larenas ante nadie, era que su debilidad número uno era ver a una mujer rogando desesperada, suplicándole por ayuda. Él no podía ayudar a nadie, ni siquiera a él mismo... pero si se lo pedían de esa manera... simple y llanamente no podía decir que no, haría lo que estuviera al alcance de su mano. Esa muchacha estaba al borde de las lágrimas, había miedo en sus ojos, pero no por él, eso estaba claro.

—¿Sabes en qué te estás metiendo, muchacha? —la interpeló, necesitaba respuestas, necesitaba estar seguro.

—No, pero cualquier cosa es mejor que volver —respondió sin vacilar.

Era evidente la lucha interna de ella por no llorar delante de él, el orgullo de su «profesión» que les impedía derramar lágrimas ante nadie —y en el caso de ella—, ni siquiera cuando estaba rogando por su vida y su libertad... ¿Cuántos años tendría?, especuló Ángel, ¿veinte?, tal vez un poco más... Quizás, cuánto tiempo llevaba en el negocio.

—¿Tienes ropa? —preguntó, suavizando un poco el tono de su voz.

—Solo un abrigo —contestó en el acto, esperanzada, y desvió su vista a la gruesa prenda que colgaba en el respaldo de una silla—. Me trajeron solo vestida con... con esto —continuó, tocando casi con asco su sugerente atuendo—. Supongo que creyeron que no iba a necesitar más ropa.

—Imbéciles... —masculló Ángel molesto. Detestaba a los hombres que trataban como un pedazo de carne a las mujeres. Claro, él no era mejor si una vez a la semana requería los servicios de una señorita, pero al menos tenía la delicadeza de tratarlas bien y hacerlas disfrutar. Algo que no sucedía muy a menudo en el mundo del sexo con tarifa—. ¿Cómo te llamas, muchacha?

—Mariposa...

—Tu nombre real, muchacha. —exigió. Ella lo miró con sorpresa y totalmente desconcertada—. No quiero tus servicios —explicó.

—Rossana... Rossana Spada —respondió dudosa... «¿A este hombre no le gustan las mujeres?», se preguntó esperanzada, «si tengo suerte, no me tocará un pelo».

—Muy bien, Rossana... Escucha, voy a guardar mis cosas, ponte la ropa que te voy a entregar y el abrigo que traías contigo, por favor... Nos vamos de aquí. —La miró de arriba a abajo, todavía sin creer que la habían llevado en esas condiciones, él no era un animal para llegar y tomarla como si fuera una muñeca inflable, ¡ella era un ser humano, por todos los santos!—... Luego conseguiremos algo decente para que vistas apropiadamente, hace demasiado frío afuera.

La joven se quedó pasmada con el cambio de actitud de ese hombre, pero no le dio más vueltas al asunto, cualquier cosa era mejor que volver a ese lugar y que Lucio volviera a tocarla, ¡cerdo asqueroso! Tanto tiempo esperando a saldar su deuda y quedar en libertad, y ahora estaba a merced de otro hombre... uno que aparentemente no tenía ningún interés sexual en ella, y eso a esas alturas de su vida, le pareció una bendición.

Ángel se dispuso a ordenar en su maleta las pocas prendas que había sacado. Afortunadamente, no había desarmado su equipaje, solo bastaron cinco minutos y ya estaba listo para partir. Le entregó un pantalón deportivo y una camiseta a la mujer, y mientras ella se vestía con premura, él sacó el celular de su bolsillo y marcó el número del taxista que lo transportó el día anterior, se llamaba Giuseppe, le indicó que lo necesitaba en quince minutos a la salida del hotel, a lo que el bonachón taxista respondió afirmativamente, prometiendo estar ahí en el tiempo acordado.

Ya todo estaba arreglado, Ángel observó detenidamente a Rossana que estaba de pie en medio de la habitación con el abrigo puesto, pero algo no le gustaba en su apariencia, bueno, aparte de que toda la ropa le colgaba sobre ese cuerpecito que se veía más pequeño y frágil con su ropa puesta. Se acercó a ella lentamente para no asustarla, tocó su cabello delicadamente con sus dedos, la joven tembló y contuvo la respiración... Sí, eso era.

—Rossana, quítate la peluca y el maquillaje, por favor. No quiero que te reconozcan en la recepción.

La mujer exhaló aliviada, por supuesto que lo haría. Si tenía suerte, y se mostraba al natural, ese hombre dejaría de mirarla tan intensamente como lo había hecho hace unos segundos.

—No soy un monstruo, muchacha —aseguró él, notando cómo ella se relajaba por su petición. Quizás, por cuantas cosas había pasado esa pobre mujer. Y de pronto, Ángel sintió una profunda compasión por ella.

Era raro, hacía mucho tiempo que no sentía compasión por nadie.

Rossana se fue escopetada al tocador, se lavó la cara como si fuera un especie de ritual de purificación, sus movimientos eran casi violentos y desesperados, como si quisiera rasgarse la piel, y con ella, ese maldito tatuaje con forma de dragón tribal que marcaba su mejilla. Cuando terminó, se miró al espejo y casi desconoció a la mujer que le devolvía la mirada, sus ojos estaban enrojecidos por el jabón y sus propias lágrimas que salieron expulsadas en cuanto su rostro tuvo contacto con el agua.

Era extraño sentir esos sentimientos en su corazón, era algo parecido a la esperanza, gratitud, e incertidumbre. Pero eso era mejor que el miedo.

Se quitó la peluca con cuidado para no dañarla y se peinó el cabello corto y rojizo con los dedos, dejándolo alborotado y rebelde. Ese era su color natural y lo odiaba, pero a los hombres les encantaban las pelirrojas y las trataban peor que a las demás por la falsa creencia de que son más fogosas y que les gusta el sexo duro en el peor sentido de la palabra. Por eso usaba peluca negra, Lucio la castigó duramente cuando se cortó el pelo en un arranque de locura y desesperación. Estuvo sin comer una semana, desnuda, encerrada en un cuartucho y solo le daban agua para beber…

Salió lentamente del tocador y se expuso ante Ángel con su nueva apariencia, él estaba mirando hacia el exterior por el gran ventanal con las manos en los bolsillos, estaba perdido en sus pensamientos, organizando su nuevo plan de acción y qué hacer con esa muchacha. Todavía no podía creer cómo se había torcido todo. Por lo menos, él siempre era precavido y contaba con una o dos alternativas por si las cosas se enturbiaban… como ahora.

Rossana tosió para llamar la atención de Ángel y él se dio media vuelta…

¿En qué diablos se estaba metiendo? La muchacha era una maldita hada. No quedaba ningún rastro de esa *femme fatale* que estaba sobre su cama, dispuesta a ser usada por él. ¿Cómo era posible que una mujer se pudiera transformar de esa manera tan radical con solo un poco de maquillaje y una estúpida peluca? Se quitó diez años de encima y ahora parecía una niña.

—¿Pasa algo malo, señor? —preguntó Rossana preocupada, ya que el hombre la miraba serio y parecía que estaba enojado… Mierda.

—¿Cuántos años tienes, muchacha?, y no me mientas —advirtió.

—Veintitrés —respondió. «Aunque a veces me siento de ochenta», pensó triste.

—No pareces de esa edad, ¿tienes identificación?

—N-no… ellos la tienen… Pero le juro por la tumba de mi madre que tengo veintitrés —aseguró impetuosa, también eso era verdad.

—Bien… —aceptó a regañadientes, «voy a ver qué hacemos con eso», pensó—. ¿Estás lista?

—Sí… —Ella se quedó en silencio unos segundos, no quería decirle «señor» por todo y a cada rato—… Mmmm… ¿Podría decirme cuál es su nombre?

—Ángel —respondió lacónico. Tomó la maleta de viaje, el maletín y se dirigió a la salida, invitándola a seguirle.

Rossana no era una mujer creyente, lo había dejado de ser hacía muchísimos años, pero a partir de ese momento no tuvo ninguna duda… porque ese hombre le estaba haciendo justicia a su nombre.

Capítulo 6

Entraron en el ascensor en silencio, y ese silencio sordo y plúmbeo se mantuvo mientras bajaban. Rossana tenía la vista al frente, mirando el reflejo de Ángel en las puertas cromadas. ¡Dios, era enorme verlo tan de cerca! Ella se sentía minúscula al lado de él, por lo que suspiró profundo y se sintió rodeada por el suave aroma que de él emanaba, era muy agradable y masculino, no tenía nada que ver con los hombres que yacían sobre ella. Cerró los ojos para quitarse esa horrible sensación del cuerpo y volvió a respirar profundamente para tomar otra dosis de ese aroma que la tranquilizaba.

—Sube el cuello de tu abrigo para que cubra parte de tu rostro e intenta disimular ese tatuaje —instruyó Ángel a Rossana en cuanto las puertas del ascensor se abrieron y salían en dirección al hall de entrada—. Necesito que te adelantes a unos diez metros de distancia de la recepción, y espérame ahí. Yo debo finiquitar mi estadía y dar instrucciones.

Rossana asintió y obedeció sus indicaciones al pie de la letra. Apresuró el paso, siguiendo las indicaciones dadas por Ángel y cubrió su tatuaje, fingiendo que tenía una comezón en la mejilla cuando pasó frente al mesón de atención a una distancia prudente. Se quedó al lado de una columna, haciendo como que era el pilar de concreto más interesante que había visto en toda su vida, pero aun así no pudo evitar mirar de soslayo la espalda de Ángel, un perfecto triangulo invertido que concluía en estrechas caderas y piernas largas y fuertes. Se quedó un tanto hipnotizada mirando su porte. Sí, de lejos también se veía enorme.

Ángel se sintió observado y miró hacia atrás en dirección a Rossana. La sorprendió espiándolo y frunció el ceño, reprendiéndola mentalmente para que dejara de mirarlo y no se delatara. Ella al instante se dio por aludida, captando el breve y firme mensaje, desviando de inmediato sus ojos a una planta ornamental que estaba al lado de la columna. Él volvió su atención hacia la recepcionista del hotel y esperó a que se desocupara de un llamado. Al terminar, ella le sonrió como saludo.

—¿En qué le puedo ayudar, señor Larenas? —consultó la mujer. ¡Cómo olvidar al cliente que iba a estar un mes en ese hotel!, si era todo un gusto verlo caminar.

—Voy a pagar mi estadía, no voy a permanecer los días acordados en la reserva —respondió escueto. La recepcionista hizo un visible gesto de decepción—. Hubo un repentino cambio de planes —acotó un tanto incómodo.

—Muy bien, señor. —La mujer comenzó a gestionar el pago en el sistema computacional con eficiencia y profesionalismo—. El valor de su estancia es de trescientos euros, señor Larenas. Además, debe pagar el 50% de los días de la reserva como multa por la cancelación. El valor final es de dos mil quinientos euros.

—Perfecto. —Ángel registró uno de sus bolsillos, sacó su billetera y pagó en efectivo—. Necesito un favor muy importante de parte de ustedes. Estaba esperando reunirme con unos clientes durante este mes, pero me ha sido imposible comunicarme con ellos. Ellos sabían que me estaba alojando en este hotel, si preguntan por mí, por favor, entregue esta dirección de correo electrónico para hacer un contacto vía *Skype* —solicitó, entregando discretamente una tarjeta blanca en la que solo tenía una línea escrita con el e-mail de negocios de Ángel, junto con otros trescientos euros para asegurar el servicio adicional.

—Pierda cuidado, se hará como usted ordene —aseveró, recibiendo la tarjeta y los billetes por el «servicio»—. ¿Le llamo un taxi? —ofreció diligente.

—No, ya tengo uno esperando afuera. Muchas gracias, señorita, hasta pronto.

—Que tenga un buen viaje, señor Larenas. Vuelva pronto.

Ángel emprendió rumbo hacia la salida con su andar felino y arrogante, y al pasar por el lado de Rossana le susurró que caminara cerca de él. Ella obedeció, siguiéndolo un par de metros, rezagada, con aparente naturalidad, y agradeció para sus adentros que el abrigo la cubriera por completo, porque parecía una vagabunda vestida con la ropa de Ángel, aunque el aroma de él estaba también impregnado en las fibras de las prendas que le había prestado y se confundía con el propio, pero el resultado no era desagradable, olía a fresco y limpio.

Salieron a la calle y el frío los golpeó cruel hasta los huesos. Rossana comenzó a tiritar al instante, Ángel se dirigió directo a un taxi que se hallaba en la calzada, esperándolos, y abrió la puerta para que ella entrara primero, y mientras ella lo hacía el taxista guardó las maletas en el interior del portaequipaje. Ángel, antes de subir, miró en todas direcciones, asegurándose de que nadie les prestaba atención. Nada, todo normal. Aliviado abordó el automóvil que se puso en marcha de inmediato en cuanto él cerró la puerta.

—Buen día, señor. ¿A dónde nos dirigimos? —consultó alegre Giuseppe.

—Al 5 de la *Via dei Liguri* —contestó Ángel.

—Como ordene, señor —obedeció solícito y emprendió rumbo a la dirección señalada.

Rossana miraba el pasar de las calles a través de la ventanilla, la ciudad húmeda y fría se veía tan diferente y a la vez tan familiar, llena de recuerdos felices y otros horribles. No podía dejar de temblar a pesar de que la calefacción estaba encendida y unos tímidos rayos de sol se asomaban entre las nubes negras. Su futuro era tan incierto y abrumador, no sabía qué diablos sentir. Pero algo sí sabía en el fondo de su corazón, porque en ese preciso momento, estando encerrada en un taxi al lado de ese hombre, estaba viviendo lo más parecido a la libertad, a ser persona. En ese instante tenía más derechos humanos que los que poseía hace menos de una hora. Sí, era muy parecido a la libertad. Y estaba profundamente agradecida de estar lejos de las manos de Lucio.

Se limpió con premura una lágrima rebelde que rodó por su mejilla, Ángel lo notó, pero no dijo nada. Supuso que lo mejor era estar en silencio y darle espacio a la muchacha que ahora era su responsabilidad. Era casi una niña, pero indudablemente no quedaba nada de ella. No pudo evitar recordar a su luciérnaga, tan joven y que tanto había vivido, demasiado camino recorrido, y así y todo le faltaba muchísimo para ser feliz. Esbozó una sonrisa triste en su memoria, siempre la recordaba.

Él nunca reía. De hecho, casi había olvidado la sensación de estar contento.

Ambos estaban sumergidos en sus recuerdos y pensamientos cuando en sus oídos se colaba la melodía que sonaba en la radio del taxista. Era música clásica, Rossana no tenía idea de cómo se llamaba la pieza, pero le agradaba mucho. Por su parte, Ángel sí la conocía, la identificó en sus primeros acordes, ya que era el primer movimiento de la sonata «Claro de Luna», nada más armónico con su sombrío estado de ánimo. En el fondo, ellos eran dos almas solitarias que por azares del destino se habían encontrado forzosamente, y ahora estaban unidos con desesperación. Él, por el compromiso que había adquirido de ayudar y proteger a esa muchacha y ella, por escapar de su antigua vida con la única garantía de que ese hombre no actuaba como los demás. Sabía que era un sujeto que estaba al margen de la ley, no era tonta como para pensar que era una blanca paloma pero, sin embargo, Ángel parecía poseer algo que no había visto nunca en su vida y menos en un hombre: honor, seguridad, compasión… y tal vez, bondad.

—Llegamos, señor —anunció Giuseppe, deteniendo el automóvil en una estrecha calle llena de edificios con arquitecturas que contrastaban, tal como todo en Roma, se fusionaba lo nuevo y lo antiguo en armonía.

—Gracias, Giuseppe —dijo, entregándole el importe del servicio y una jugosa propina, tan jugosa que el taxista podría tomarse el día libre.

—¡Por la santísima virgen, señor, esto es demasiado! —exclamó el hombre al ver tanto dinero por un servicio ordinario.

—Quédatelo, te volveré a llamar. Necesitaré que siempre estés disponible para cuando eso suceda. Y por favor, discreción —advirtió con un tono de voz pétreo.

—Como ordene, señor —afirmó, liberando el seguro del portamaletas y bajando del taxi para sacar el equipaje de la pareja.

Ángel y Rossana también bajaron del automóvil, a ella el frío le estaba quemando la piel hasta que, de pronto, sintió una calidez en la espalda, era la mano de él que la invitaba a entrar al edificio de departamentos que estaba frente a ellos, el cual no era muy alto, solo cinco pisos. Ángel tocó el timbre y una señora de mediana edad atendió. Al ver a la pareja comprendió de quienes se trataban y les invitó a entrar.

—¿Señora Catalina? —preguntó Ángel para confirmar. La mujer asintió con la cabeza y una sonrisa.

—Supongo que usted es Ángel Larenas.

—Así es. Hablamos por teléfono —confirmó con amabilidad.

—Fue muy afortunado, señor, justamente el día de ayer se desocupó el departamento por el cual llamó hace un rato —comentó—. Está listo para ustedes, es muy difícil conseguir uno sin reserva, tienen muchísima suerte —indicó, mientras los guiaba al interior del edificio—. Hay que subir hasta el cuarto piso por las escaleras. No tenemos ascensor. Por acá, por favor.

—Muchas gracias. Mi novia y yo tuvimos un problema con el alojamiento y unos amigos nos recomendaron sus servicios —mintió, mientras la seguía.

—No hay mejor publicidad que el boca a boca… ¿Cuántos días se quedarán?

—Probablemente, unos treinta, pero no estamos seguros todavía. Le pagaré quince por adelantado.

—Perfecto…

Siguieron subiendo por las escaleras hasta el cuarto piso y la mujer les indicó el departamento 405. Abrió la puerta y les mostró el interior, era pequeño, no más de cincuenta metros cuadrados. Tenía un dormitorio, cocina, un baño con tina y una pequeña sala de estar, todo relucía y se encontraba en perfectas condiciones. El lugar estaba completamente equipado para cocinar, descansar, entretenerse. En fin, Ángel solo tendría que ir de compras para los víveres y algo de ropa para Rossana… ¿Qué talla sería?, se preguntó, mirándola de pies a cabeza, mientras ella recorría el lugar con curiosidad y con una leve sonrisa dibujada en los labios. Por lo menos, ya no tenía esa cara de espanto y desesperación que hace una hora atrás.

—Hay servicio semanal de aseo y lavado de sábanas. Este último deben solicitarlo. Contamos con calefacción, agua caliente, televisión por cable, internet. La contraseña está escrita en el *router* que da la señal *wifi*… —siguió instruyendo la señora Catalina. El discurso se lo sabía de memoria.

Una vez terminado el recorrido, Ángel pagó a la mujer el valor de los quince días de residencia en efectivo y ella le entregó un juego de llaves, dejándolos a solas. Rossana no tardó en notar el detalle de que Ángel no usaba tarjetas de crédito, todo lo pagaba con dinero contante y sonante. Definitivamente, él no era de los trigos limpios, y ni se inmutaba por pagar la cantidad de dinero que fuera, pero ella esperaba de todo corazón que ese hombre, por lo menos, fuera el grano de trigo menos sucio.

Ángel se sentó pesadamente en el sofá de la sala de estar y se pasó las manos por el cabello, desordenándolo, se sentía completamente frustrado, detestaba salirse de ruta y usar el plan B, C, D… y pasar por todo el maldito abecedario hasta llegar a la Z. Él necesitaba tener el control de todo, era imprescindible para su vida, de lo contrario, caería por un precipicio tan profundo que nunca sería capaz de salir. En su mente comenzaba a reestructurar los siguientes pasos a seguir para encajarlos nuevamente en su lugar. Rossana, por su parte, lo observaba atentamente, estaba de pie en la entrada de la sala de estar. Por un momento creyó ver algo más en Ángel, ¿fragilidad?, no lo sabía bien, había sido todo muy fugaz. Desvió sus ojos hacia el ventanal, no era ni medio día y ese hombre parecía estar tan cansado, tanto como ella…

—Gracias —dijo tranquila, volviendo a mirar a Ángel. Esbozó una sonrisa, una genuina, no era una actuación para agradar al cliente, era un gesto de real gratitud.

Inmediatamente, él salió de sus cavilaciones, volviendo su atención a ella, a sus ojos castaños, iguales a los suyos, pero a diferencia de él, ella se veía más… viva, mucho más viva que hace una hora atrás, gracias a esa pequeña sonrisa que se dibujaba en ese rostro de hada, y aquello le indicó que había hecho lo correcto. Por primera vez en la vida, sentía de corazón que había hecho bien.

—No fue nada, es lo que haría cualquier persona —respondió sereno, parafraseando a su Noni, ella siempre decía lo mismo cuando le daban las gracias por algún acto de bondad.

—No es cierto, por lo menos, no de donde yo vengo…

—Supongo que así es —concordó, dándole la razón, no había que ser muy inteligente para deducir que tan malo era el medio en el cual se movía Rossana.

Se quedaron unos segundos mirándose, intentando descifrar al otro, encontrar algún tipo de señal que los pusiera en alerta… pero no hubo nada. Un silencio incómodo se instaló entre ellos, no sabían qué decir.

—Bien, tengo que preparar varios asuntos importantes, ve a dormir e intenta descansar un rato… si lo deseas —resolvió Ángel, rompiendo el silencio para deshacerse de esa maldito acto reflejo de buscarle el lado malo a las cosas. No podía ser tan desconfiado, ¡la mujer estaba agradecida por la ayuda, por Dios!—. Después, si quieres, saldremos a comprar algo para comer y ropa abrigada para ti.

Rossana asintió un poco desconcertada y se marchó al dormitorio. Era casi increíble, cayó en la cuenta que podía hacer lo que quería, ¡cualquier cosa! Pero en este preciso instante de su vida ¿qué más podía hacer?, ¿escapar?, ¿a dónde?, ¿recurrir a quién? Era una triste verdad la que le había dicho a Ángel, no tenía casa, familia, amigos —literalmente—, ella no tenía nada, ni nadie, estaba sola, ni siquiera tenía educación… y la vez que intentó tenerla… No. No quiso seguir pensando en ello, el daño estaba hecho y de nada servía lamentarse por el error más grande que había cometido en la vida.

No había más alternativa que seguir confiando en Ángel. Estaba segura de que si tenía algo de suerte, ya no volvería a ver a Lucio nunca más, ni tampoco volvería a vender su cuerpo sin ver un centavo, sin saber cuánto faltaba para saldar su deuda. Nunca más volvería a soportar esa vida asfixiante que últimamente tantas veces pensó en dejar atrás, queriéndose lanzar al vacío.

Saltar, ser libre unos segundos y morir.

Capítulo 7

Rossana despertó tranquila y descansada. Había tomado en cuenta la sugerencia de Ángel y se acostó para dormir un rato y reponer energías, ya que vivir una montaña rusa emocional la agotó física y espiritualmente. Ya no recordaba cuando había sido la última vez que había dormido tan bien una siesta, dormir solo por placer y, simplemente, descansar. La cama era una delicia blanda y acogedora, y en ese momento se dio cuenta de que solo existía esa cama en el departamento que Ángel estaba rentando. ¿Dormirían juntos, acaso? ¿La obligaría?

El ambiente era particularmente silencioso, demasiado. De pronto, la voz de Ángel la sacó de sus cavilaciones y elucubraciones… Puso atención, las palabras de Ángel se percibían de manera extraña, la impostación y el tono. Él estaba hablando en otro idioma. Agudizó un poco más el oído para escuchar con más claridad… Al parecer, era español y Ángel lo hablaba a la perfección, pero el acento era raro, muy diferente a los de España, tampoco era como el de un italiano hablando español. No, este no era tan marcado, era más bien… ¿cómo explicarlo? No lo había oído en su vida, no tenía ninguna forma clara para definirlo.

Se levantó y caminó de puntillas, sigilosa, para escuchar más de cerca. La voz de Ángel cuando hablaba en ese idioma era la cosa más tranquilizadora que había sentido en su vida… ¿Con quién hablaba? El tono que usaba con su interlocutor era dulce, cordial, y hasta podría decirse que en cierto modo era sumiso… Se acercó un poco más…

—Noni, no te preocupes… Como ya te expliqué tuve un percance al llegar a hotel y no pude hablar contigo como lo prometí…

Era como un niño dando justificaciones por una travesura, a Rossana le provocó gracia e incluso ternura... ¿Quién sería Noni?, ¿su esposa?, ¿su novia?, era improbable que estuviera hablando con su madre. El español es semejante al italiano en algunas palabras, pero así y todo no entendía por completo la conversación de Ángel.

—Por favor, no me regañes —Ángel se quedó en silencio escuchando a la otra persona—... Tú sabes lo complicado que es todo esto... —Volvió a quedar en silencio unos segundos—... Estoy hablando en español contigo porque estoy rodeado de italianos, ¿vale? —confesó de manera indirecta en qué país se encontraba para explicar por qué no hablaba con ella en italiano, como era la costumbre entre ellos... —Otra vez silencio, uno más extenso. Ángel respiraba profundo y pausado—. Sé lo que piensas, Noni. Te juro que tendré cuidado... Volveré pronto... Por favor, no llores... —Recién en ese momento Rossana pudo distinguir algo de la voz de la mujer con quien hablaba Ángel—... Sí, sí, me cuidaré. Te lo prometo... —¿La mujer estaba llorando? Parecía que a mares, ya que casi podía escucharla—. Yo también, Noni... *Addio...*

Ángel cortó el llamado resoplando para sacarse la tensión del cuerpo y se quedó mirando fijamente el celular de prepago. Levantó una ceja, sabía que no estaba solo. Miró de reojo a sus espaldas y notó la sombra del hada curiosa.

—Sal de ahí, Rossana —dijo en italiano—. ¿No te han dicho que es de mala educación escuchar conversaciones ajenas?

Rossana dio un respingo, entornó fuerte los ojos y se dio un mudo golpe en la frente con la palma de su mano, reprendiéndose mentalmente por su torpeza. Salió de su escondite lentamente con la cara colorada como tomate.

In fraganti.

—Perdón, solo tuve curiosidad —dijo apresurada, no iba a decir que no quería escuchar, porque no era cierto. Ella no quería mentirle a él, era lo mínimo que le debía.

—La curiosidad mató al gato, Rossana. No vuelvas a hacerlo, por favor. Es peligroso —pidió amablemente, como si fuera un padre benevolente, pero con autoridad.

A Rossana le llamó la atención la advertencia, ¿por qué era peligroso? No entendía nada, pero no se sentía con el derecho para exigir explicaciones. Pero lo que no podía evitar era la curiosidad. ¿Ángel era italiano o de otro país? Estaba confundida, ambos idiomas los hablaba a la perfección y con fluidez. ¿Quién era él?, ¿por qué es tan importante como para que la usaran a ella como un regalo? En su mente tenía un mar de preguntas y prácticamente para ellas no tenía ninguna respuesta.

—Rossana, te estoy hablando, contesta —la reprendió Ángel al ver que no le hablaba ni le prestaba atención.

—Perdón… ¿Qué decías? —respondió, parpadeando, se había distraído fácilmente pensando en lo misterioso que era ese hombre tan particular.

—Te preguntaba que si me quieres acompañar a comprar algunos víveres y ropa para ti o si deseas esperarme aquí.

—Prefiero ir… Hace… hace mucho tiempo que no salgo a la calle y mucho menos de compras—respondió a la par que se le apagaba la voz.

A Ángel se le encogió el corazón, se le revolvía el estómago con tan solo imaginar la clase de vida que tenía esa muchacha. Él estaba curtido emocionalmente para enfrentar las miserias que lo rodeaban sin que lo salpicaran, pero cuando lo veía de cerca, y de labios de una joven que apenas era una adulta, simplemente, no podía evitar… sentir. Y eso podía ser fácilmente su perdición si no blindaba a tiempo su corazón. Sin darse cuenta, ya había quebrado suficientes reglas por ayudarla. Tenía que arreglárselas pronto para alejar a Rossana de su antigua vida y darle el albedrío e independencia para que tuviera la oportunidad de vivir una nueva.

—Bien… Me tomé la libertad de pedirle a la señora Catalina alguna ropa que haya dejado algún antiguo huésped. Le dije que perdimos tu equipaje en el aeropuerto —explicó, evadiendo el contacto visual, haciendo como que estaba pendiente de la *laptop* que tenía abierta frente a él—. El asunto es que me trajo una muda de ropa que puede quedarte mejor que la mía y también unas zapatillas… es posible que te queden grandes —dijo, apuntando hacia una silla que estaba frente a él, donde había una bolsa que contenía lo que él indicaba—… Pero es mejor que lo que llevas puesto.

A Rossana se le iluminó el rostro y asintió contenta, ¡iba a salir!, ¡iba a tener ropa nueva!... ¡para estar vestida! Ropa normal, nada de lencería barata, disfraces o andar media desnuda... Desde que había caído en ese maldito burdel apreciaba cada instante de normalidad como si fuera un tesoro, cada cosa que le indicara que era humana, era lo que le hacía anclarse a este mundo y le daba un poquito de fuerza para sobrevivir. Sabía en el fondo de su corazón, que en cualquier momento todo pasaría... pero no sabía cuándo, y cada vez que su fuerza flaqueaba, recurría a cada uno de esos trocitos de recuerdos felices para volver a tener fe, para no desfallecer y no recurrir al alcohol o a las drogas para evadir su miserable realidad, bastaba con ser testigo de cómo sus compañeras se convertían en harapos humanos gracias a ello.

La droga de Rossana eran los momentos felices y fugaces y, sin duda alguna, ese momento era el más feliz que había vivido en muchos años, y no pudo evitar no ocultarlo, no alcanzó a ponerse la máscara y aparentar que no le importaba. Él le hacía bajar la guardia... porque pudo haber hecho una infinidad de cosas para aprovecharse de ella, pudo haberla tomado, pudo haberla abandonado a su suerte, pudo haberla golpeado... incluso, cuando dormía pudo haber escapado y dejarla plantada, pudo haberla violado... y no hizo nada de eso... Nada.

Él solo la trataba como a una persona, no la odiaba por el hecho de ser una mujer o una puta... porque eso era, una puta... y ese hecho no significaba nada para Ángel. Ella no era una profesional del sexo porque lo eligió de manera libre, lo era porque no le quedó otra opción y él parecía adivinarlo o, simplemente, no le importaban los motivos.

Rossana tomó la bolsa y se arrodilló al lado de Ángel que tenía la vista perdida en la pantalla del computador, intentando ignorarla. Ella no era tonta, eso estaba haciendo él. Le tocó la mejilla y tácitamente le pidió que la mirara. Ángel se resistió un poco, pero sentir el toque delicado de los deditos de ella en su cara, pidiéndole, rogándole que no fuera indiferente, le hizo girar el rostro y darle lo que ella quería.

—Gracias, Ángel... No tienes idea de lo que significa esto para mí. No tengo nada, no soy nadie importante, pero te prometo que si necesitas cualquier cosa de mí te la daré con gusto, haré lo que esté a mi alcance para poder darte lo que sea. Algún día te devolveré lo que estás haciendo por mí... Gracias —declaró con fervor y convencida. Le besó la mejilla, larga y suavemente, gesto que a él lo pilló por sorpresa y le hizo aguantar la respiración.

—No es nada, es… —contestó descolocado, recuperando el aliento.

—Es lo que haría cualquier persona —continuó ella, interrumpiéndolo—. Lo sé. Pero para mí, esto —dijo, aferrándose a la bolsa plástica—… Esto, es importante… esto, no lo hace cualquiera, esto, me convierte en persona… No sé quién eres, no sé qué es lo que haces, ni de dónde vienes… pero no me importa. Lo único que sé es que eres una buena persona, y eso es lo único que vale para mí. —Se quedó en silencio unos segundos, mirando los ojos de él que la escrutaban fijamente, como si estuviera viviendo una lucha interna de proporciones épicas, y ahí se dio cuenta de que ella significaba una carga para ese hombre, un lastre, y que debía salir pronto de su vida, porque odiaba ser un estorbo—. No te preocupes, solo dame unos días para poder pensar a donde irme sin que Lucio me encuentre y pronto te dejaré en paz… Has hecho suficiente, por favor, no sigas haciendo estas cosas o mi deuda será impagable… Me voy a cambiar… no me demoro.

Rossana se puso de pie y fue rápidamente al dormitorio para vestirse. En su corazón tenía una sensación de congoja y decepción, estaba acostumbrada a no esperar nada de nadie, pero por algún motivo eso ahora la entristecía y angustiaba. Ángel, por su parte, se quedó solo, pensando en silencio. Se imaginó a Rossana haciendo una vida normal, lejos de Roma, tal vez en una ciudad pequeña, con un buen trabajo, formando una vida, tal vez un esposo, hijos. Eso merecía, una vida feliz y tranquila, pero eso no era posible, no todavía. Sus posibilidades de tener una vida común y corriente en estos momentos serían casi nulas. Ese tatuaje de dragón que tenía en su rostro era el símbolo inequívoco de que era una esclava y a quien pertenecía, porque esa marca siempre sería la condena de Rossana y lo que la delataría ante cualquier persona que conociera el significado de ese símbolo.

Si él iba a hacer algo, lo iba a hacer bien, total, ya estaba metido hasta el fondo. Ella solo estaría segura bajo su protección, si la dejaba en cualquier lugar, tarde o temprano la encontrarían y ni siquiera era capaz de imaginar lo que le harían.

No había alternativa para ninguno de los dos... por el momento. No iba a despreciar el «regalo», porque eso sería un desaire para quien lo hizo y lo pondría en aprietos con la mafia y esa no era la idea ni el objetivo de su estancia en Italia... Todo debía seguir su curso y no pretendía levantar ninguna sospecha.

Se estaba volviendo loco, Rossana debía saber la verdad, ella no podía ignorar en el tremendo lío en el que estaba totalmente involucrada. En algún momento ella debía enterarse de la magnitud de toda la operación, porque de eso dependía su futuro y de cómo actuar y qué medidas tomar para salir airosa y que nunca más la encontrasen. El instinto de Ángel le decía que no podía mentirle a ella porque era algo muy riesgoso dejarla en desconocimiento de su posición, pero a la vez él no sabía si podía confiar en ella lo suficiente como para contarle lo que nunca le había revelado a nadie, ni siquiera a su luciérnaga.

Se levantó de su asiento, cerró la *laptop* bruscamente, estaba ofuscado consigo mismo, él no era tan inseguro, odiaba serlo. Necesitaba descansar un poco para decidir. De momento, los posibles clientes no lo habían contactado, así que debía permanecer a la espera.

Una odiosa espera.

Capítulo 8

$\mathscr{P}$ara Rossana era extraño estar dentro de un supermercado. Cuando era niña y vivía con su madre, iban de vez en cuando a negocios pequeños para abastecerse de víveres, ya que eran muy pobres y compraban cuando podían. La situación empeoró cuando ella tenía trece años y su madre falleció, evitando que unos delincuentes le robaran el poco dinero que había ganado ese día. Sin familiares cercanos, Rossana fue a parar a un hogar de menores, y desde ese momento su existencia fue una constante debacle hasta el día que conoció a Ángel.

Sacudió su cabeza para espantar los recuerdos amargos y centrarse en el presente. Ángel caminaba a su lado lentamente, llevando el carrito de compras, y en silencio sacaba y sacaba cosas de las estanterías. Rossana estaba asombrada, parecía que iba a alimentar a un regimiento en vez de dos personas adultas... y pronto solo una.

—Rossana, ¿tú sabes que no puedes salir tan fácilmente del «negocio»? —le preguntó de pronto, mientras elegía distraído una caja de cereales.

Ella dejó de caminar abruptamente, sí, lo sabía, por lo que se tocó el tatuaje de su mejilla y se quedó mirando fijamente a Ángel. Acaso, ¿él la iba a entregar?, ¿ella ahora iba a ser parte de su «negocio»? Su instinto de supervivencia se activó y se preparó para salir corriendo a toda velocidad ante la más mínima señal de que Ángel estaba jugando con ella.

Ángel se dio media vuelta al notar que Rossana no estaba a su lado y nuevamente vio el miedo reflejado en los ojos de ella. Mierda, debería tener más tacto, ¡era un idiota!, ¡cómo no se daba cuenta de que estaba tratando con una joven que venía saliendo de la esclavitud! Tantos años viviendo de cerca con la crema y nata de la delincuencia que ya estaba embrutecido y, asimismo, perdiendo toda delicadeza, sobre todo con el sexo opuesto.

Idiota.

—Perdón… no me expliqué bien… No te preocupes, mi negocio no es el mismo de Lucio —aclaró rápidamente—. Quiero… Estuve pensando en que no puedes escapar tan fácilmente sin que te descubran en el acto… Rossana, yo no soy como ellos —declaró, intentando suavizar el tono de voz, ya que lo que menos quería era que ella le tuviera miedo, el miedo hacía que las personas cometieran estupideces.

Rossana volvió a respirar y sus piernas temblaron, una lágrima escapó rodando furiosa por la mejilla tatuada y ella rápidamente la limpió, desesperada. Inspiró profundo e intentó caminar, pero sus pies estaban pegados al suelo y no le obedecían.

Ángel estaba desarmado, esa muchacha era un maldito libro abierto, era demasiado transparente, no sabía cómo le había hecho para aguantar estar inmersa en ese mundo perverso y decadente sin volverse loca o adicta a cualquier basura, él conocía de cerca los síntomas que delataban a los consumidores de alcohol y droga, y ella de lo único que padecía era de las ansias de ser una persona libre y normal. Tal vez, eso mismo le hizo sobrevivir, igual que él, porque con los años era prisionero de sus promesas y de sus errores, y lo único que lo mantenía a flote era la esperanza de que todo se solucionaría y recuperaría a su familia para, tal vez, retomar lo que alguna vez deseó para su vida.

Rossana no se movía, él se acercó a ella e impulsivamente la abrazó, porque no halló otra forma de convencerla de que no le haría daño. Esta vez, solo le susurró suavemente al oído «perdón, no fue mi intención asustarte… lo siento». La situación se tornó absurdamente fuerte para ella y estalló en mudas lágrimas al sentirse rodeada por el cálido contacto de ese hombre que la cubría por completo, ¿hace cuánto que nadie la abrazaba así, sin esperar nada a cambio, salvo su confianza?, ¿él le pedía perdón? A ella nadie le pedía perdón, nadie se disculpaba y, de pronto, sintió todo el peso de esos malditos años sobre sus hombros y la pena la embargó. No podía creer al límite al que había llegado, porque ahora tomaba conciencia de la miseria en que se había convertido su existencia, en la que tan solo un abrazo inocente era la muestra más grande de humanidad y humildad.

—Todo va a estar bien, Rossana —prometió Ángel, sintiendo entre sus brazos el espasmódico ritmo del llanto silencioso de ella—. Yo te voy a ayudar, nunca más volverás a ese lugar, te lo juro… —Estuvo tentado de confesarle la verdad a ella en ese momento, pero retuvo su lengua para no cometer un error, no en público, no en ese lugar rodeados de personas curiosas que miraban de reojo la escena protagonizada por ellos y que, probablemente, conjeturaban que estaban llevando a cabo una pequeña pelea de enamorados—. Cuando volvamos al departamento conversaremos, por favor, confía en mí.

Ella asintió sin palabras, se secó la cara con la manga del abrigado *sweater* y avanzó junto con Ángel por el pasillo, concentrándose en tranquilizarse y quitarse esa sensación de inseguridad reciente que le atenazaba el corazón.

Continuaron recorriendo el supermercado en silencio, Ángel siguió echando al carrito más cosas para preparar comida, y quince minutos después estaban en la sección de vestuario femenino, en la cual había mucha ropa bonita, como si fuera hecha especialmente para ella.

—Elije lo suficiente para unas semanas —indicó Ángel—, y que sea muy abrigado, te miro y me da frío, muchacha.

Rossana no sabía por dónde empezar, miraba en todas direcciones… Dios, los precios… no era tan caro, pero si elegía ropa para un par de semanas sería mucho dinero que gastaría Ángel en ella y…

—No te preocupes por el dinero, tengo suficiente… —aseguró él, intuyendo el predicamento de ella—. Parte por la ropa interior… —sugirió, desviando su mirada al pasillo en donde se encontraban los pijamas, calzones, medias, pantys y sostenes.

Rossana se encaminó donde le indicaba Ángel, eligió prendas sencillas e inocentes de algodón, nada de encaje, nada provocativo. Eran con diseños y estampados de mariposas, casi infantiles. A pesar de que ese era su «nombre profesional», a ella le encantaban las mariposas, porque eran un hermoso símbolo de lo frágil y bella que era la libertad, ella misma era un ejemplo de ello. A Ángel no le pasó desapercibida la elección de ella, siempre la observaba, cada gesto, cada palabra susurrada para ella misma…

Después, todo fue más fácil, Rossana eligió camisetas manga larga, pantalones, *sweaters* gruesos y mullidos, zapatillas cómodas, un par de botas y un abrigo, suficiente para tener unos cuantos cambios de ropa. El humor de ella fue sosegándose con la distracción de comprar hasta volver a la quietud y seguridad de que con Ángel ella no corría ningún riesgo. Ya ni siquiera le importaba que él la mirara fijamente, lo sabía, pero ella se hacía la desentendida y que no se daba cuenta. En todo caso, no le incomodaba en absoluto, porque la mirada de él era más bien de estar interesado en ella. Ángel estaba estudiándola minuciosamente, los ojos de él no estaban cargados de deseo y lascivia sino, más bien, de curiosidad, como si quisiera leerle la mente e indagar en sus más profundos pensamientos.

Un par de horas después, ya estaban de vuelta en el departamento. Ángel estaba sumido en la tarea de guardar los víveres en la despensa, mientras que Rossana se fue al dormitorio para guardar la ropa en el closet, era maravilloso el aroma a nuevo. Se quedó mirando las prendas un rato, con una sonrisa en los labios. Mañana empezaría a usarlas, el día de hoy estaba casi terminando, por lo que no se iba a cambiar, estaba demasiado cansada para ello.

Ángel dejó en la mesa los ingredientes para preparar algo de comer, estaba muerto de hambre y, probablemente, Rossana estaría peor. Lo mejor para un día frío era una cazuela de pollo, así que se puso manos a la obra para preparar ese plato que se suponía que era típico de Chile, pero que en realidad se trataba de una fusión de la comida española y de América, y que su origen era más bien, incierto.

Peló dos papas medianas, un par de trozos de zapallo y dos trozos de maíz, dejándolos aparte. Picó cebolla, pimiento morrón, ajo, porotos verdes o judías, ralló zanahoria, y todo eso lo sofrió con dos muslos de pollo por unos minutos. En unos instantes el ambiente fue invadido por los variados y exquisitos aromas que emanaban de la cocina. Rossana en ese momento se dio cuenta de que estaba fatigada y con un hambre atroz. Como si estuviera hechizada se dirigió a la cocina y se quedó observando a ese tremendo hombre, con la camisa arremangada, desenvolviéndose como un pez en el agua en la cocina, como si fuera un hechicero preparando una exquisita poción de energía.

Ella se sentó en un taburete y se dedicó a observar como la magia se obraba, mientras que Ángel, al verla sentada con una sonrisa en la cara, se puso un tanto nervioso, sirviéndole un vaso de jugo de naranja y continuando con la cena. Para él, cocinar era algo que hacía en solitario desde que su abuela había enfermado. Antes, ella lo acompañaba una vez a la semana para almorzar juntos. Sí, esos pequeños momentos familiares que tanto apreciaba lo mantenían lejos de la soledad en que la ahora vivía. Había pasado mucho tiempo desde que él no cocinaba para nadie. A Ángel le gustaba hacerlo bien y con cariño, y esta vez no iba a ser diferente, por lo que se centró en su misión y volvió a la olla.

Una vez que la tierna carne de pollo se tornó blanca, echó agua, sal, una pizca de comino, orégano, una ramita de apio, y las verduras que había dejado aparte, y esperó a que el agua hirviera. Cuando ésta empezó a borbotear, verificó que las papas y el pollo estuvieran a punto de estar totalmente cocidos y echó tres puñados de arroz. Diez minutos después, *voilà*, cazuela de pollo lista.

Sirvió los platos humeantes y le echó un poquito de cilantro fresco y picado, para que no faltara el verde.

A Rossana se le hacía agua la boca, y probó el caldo. Cerró los ojos extasiada y atacó el plato sin piedad. Era un manjar de los dioses, la cosa más exquisita que había probado en toda su vida, cómo le encantaría comer eso todo el tiempo. Ángel supuso que le había quedado rica la comida a juzgar por los gemidos extáticos que emitía Rossana cada vez que se llevaba una cucharada de sopa a la boca. Porque no decía palabra alguna, solo comía con avidez y a la vez disfrutaba el momento.

Él también comió, lo hizo más tranquilo para guardar un poco la compostura, a pesar de que el hambre también lo tenía famélico. Mantuvo toda la atención en su plato, porque los gemidos de ella empezaban a perturbarlo un poco y no quería tener pensamientos libidinosos con ella, ¡por Dios, con ella, no!

Los platos estaban vacíos, los estómagos llenos, y el ambiente se tornó ideal para conversar. Ángel no sabía cómo empezar, en el supermercado pretendió hablar algunas cosas de manera casual en un terreno público y neutral, pero lo hizo todo mal y se sintió culpable por ello.

—Rossana… Necesito aclarar unas cosas contigo... Por favor, escúchame en silencio y no temas —dijo como preludio a lo que ya tenía entre manos.

—Está bien, te escucho —respondió nerviosa.

—Tú fuiste entregada a mí como un regalo, uno que no debía recibir el día de hoy, porque se suponía que yo llegaba mañana a este país. Esa información no debía manejarla nadie, a menos que en el hotel hubieran dado el aviso, por eso me fui, estaba siendo observado y eso no forma parte de mis planes. —Rossana lo miraba con atención y en silencio, hasta Ángel tosió un poco nervioso y continuó—. Yo soy de Chile, allá y en todas partes soy conocido como un narcotraficante… —Ella palideció al escuchar esa palabra, por lo menos no traficaba con personas, solo droga, por lo que se mantuvo estoica, debía escuchar todo el relato—… e intermediario de algunos carteles… Vine a rematar un cargamento de cocaína entre las mafias que operan en Italia… y uno de los interesados te entregó, supongo yo, para tener algún tipo de ventaja o beneficio para la subasta. —Los ojos de Rossana se ampliaron, al fin entendía su papel, ahora tenía algo de información y ya podía saber en qué terreno se encontraba, y era muy peligroso, pero irónicamente no se sentía asustada. Ángel no le daba miedo ahora que sabía cuál era su ocupación—. No puedo dejarte en libertad, no todavía, porque sería un tremendo desaire para quien te ofreció.

—«M», ¿cierto?

—Así es, Rossana. Y si escapas, te encontrarán tarde o temprano por ese tatuaje que te identifica como propiedad de Lucio y de quien te compró, ¿entiendes? —Ella asintió en silencio, se preguntaba cómo iba a salir de semejante situación a pesar de las buenas intenciones de él. Sí, Ángel tenía poder, pero a la vez podrían exigirle que la devolviera y él no tendría ninguna posibilidad, porque sería perjudicial para el negocio—. Mi intención no es devolverte, bajo ningún punto de vista, primero debo llevar a cabo lo que me trajo a Italia y después haremos lo que sea necesario para que seas libre.

—Pero ¿cómo vas a hacer eso? Si nos descubren será malo para tu negocio con los dones y…

—Tengo los contactos y los recursos suficientes para que desaparezcas del planeta… legalmente —confesó a medias.

—¿Qué?... No entiendo… ¿A qué te refieres con desaparecer legalmente?, ¿puedes hacer eso?, ¿pero, cómo? si eres un narcotraficante. No puedes arriesgarte de esa manera… —preguntó, atropellándose con sus propias palabras, ya que no entendía nada, porque Ángel era una incógnita muy complicada de resolver.

—Rossana… Puedo hacer eso y más, porque mi verdadero oficio no es ser narcotraficante… Soy un agente encubierto de la Policía de Investigaciones de Chile, trabajando para la Interpol —declaró al fin y sintiendo una inusual ligereza en su espíritu, una que nunca esperó sentir. Ella lo miraba atónita, pero sin miedo, eso era una buena señal—. Soy uno de los buenos —bromeó, y una tímida sonrisa adornó sus labios. Qué raro era decir la verdad. Sí, era extraño y liberador.

Ahora todo encajaba, todo tenía sentido para Rossana, no sabía si reír o llorar. Estaba boquiabierta mirando a Ángel que se rascaba la cabeza en un claro signo de nerviosismo e incertidumbre ante su reacción.

¡Maldición! Estar con Ángel era tanto o más peligroso que estar con un narco de verdad, pero si quería tener una oportunidad de tener una vida normal, se iba a arriesgar a apoyar la misión en la que se había metido de forma involuntaria.

—Supongo que no me queda alternativa —dijo resignada a su suerte.

—No. No la tienes. Lo siento.

Capítulo 9

El mundo de Rossana se salió de su eje en tan solo un día, porque de ser una esclava sexual pasó a ser una especie de cómplice de un agente encubierto extranjero bajo las órdenes de la Interpol, situación de la cual no tenía posibilidad de escapar, ya que si lo hacía, probablemente, no pasaría mucho tiempo en libertad. Lucio era un hombre de muchos recursos cuando se trataba de gente que le debía dinero, y ella todavía le debía mucho o, al menos, eso creía.

Rossana estaba con los ojos pegados al techo, no podía dormir, estaba agotadísima, pero el sueño se le había espantado abruptamente en cuanto puso la cabeza en la almohada. Ángel estaba durmiendo a pierna suelta en el sofá que estaba en la sala de estar del departamento. Al terminar su confesión, él decidió que era suficiente por un día, por lo que se llevó un par de mantas, le deseó buenas noches y la dejó sola en la habitación. Afuera llovía intensamente, como si echaran el agua con baldes, y todo indicaba que en cualquier momento iban a haber rayos y truenos, y eso ella lo odiaba.

Primero fue la luz que atravesó las cortinas, luego el estruendo que retumbó en cada pared. Ella se quedó quieta en la cama, detestaba ese clamor de los cielos que le traspasaba el pecho, y como acto reflejo, todo el cuerpo se le tensó y la boca se le secó. Aguantó la sed un buen rato, pero no lo soportó más, inspiró profundamente y se levantó a buscar agua a la cocina.

Al pasar por la sala de estar vio a Ángel acostado en el sofá, él roncaba grave y profundamente, y parecía que no escuchaba nada de lo que sucedía en el exterior. Bendito sean los sordos, pensó ella con una punzada de envidia. Se quedó mirándolo unos segundos y le causó gracia ver que el sofá era demasiado pequeño para él, porque las piernas le colgaban por un extremo, al igual que el brazo izquierdo que casi tocaba el suelo.

Súbitamente, y de la nada, apareció un número indeterminado de sujetos vestidos de negro con el rostro cubierto y armados hasta los dientes. ¡Estaban completamente rodeados y sin escapatoria! A Rossana la tomaron con brutalidad e intentaron inmovilizarla, ella luchaba con todas sus fuerzas, retorciéndose y pateando, sin embargo, los sujetos eran demasiados y mucho más fuertes que ella.

Al mismo tiempo, Ángel fue tomado por sorpresa por tres sujetos, tenía la cabeza embotada por haber sido despertado repentinamente y apenas entendía lo que sucedía a su alrededor. Sus ojos se desviaron de inmediato en dirección a los chillidos de Rossana que forcejeaba e intentaba gritar, pero que era acallada con un trapo en la boca. Un par de hombres rasgaron su pijama con violencia, dejando su cuerpo a merced de esos animales. ¡Dios, no, a ella no! ¡No!

—¡Rossana! ¡Déjenla en paz, hijos de perra! ¡Es inocente! —gritaba Ángel con la voz rota de tormento. Un dolor profundo e infinito se coló en su pecho, y el miedo a verla sufrir le recorrió cada terminal nerviosa, su alma era invadida por la impotencia y el dolor. Ni siquiera pensaba en él mismo, no deseaba que nadie la tocara, para él ella era un ser que solo merecía felicidad. Se sintió mareado ante la expectativa de lo que le iba a suceder a Rossana, estaba a punto de vomitar.

—¿Sabes qué es lo que se le hace a un cerdo cuando descubrimos que es un policía? —preguntó uno de ellos, poniéndole el cañón frío de un revólver en la sien—. Se les mete plomo en la cabeza y follamos a sus mujeres hasta preñarlas.

—¡¡Rossana, no!!

Disparo, dolor, culpa, oscuridad.

—¡Ángel!... ¡Ángel!... ¡Despierta, por favor!... ¡Ángel!

Ángel abrió los ojos aterrado, lo primero que vio fue a Rossana que lo miraba angustiada y con los ojos húmedos, sentía sus manitas cálidas sobre la cara, las mantas las tenía enredadas entre las piernas. La oscura habitación se iluminó por unas milésimas de segundos, y luego un estruendo reverberó en cada rincón del departamento. La lluvia caía copiosamente afuera, mientras adentro el silencio solo era interrumpido por la agitada respiración de ambos.

—Fue una pesadilla, Ángel —susurró ella sin apartar las manos de su rostro—. Todo está bien —aseguró, al tiempo que con sus dedos pulgares le secaba un par de lágrimas que habían brotado de sus ojos mientras dormía—… Fue una pesadilla… Tranquilo, ya pasó… Tranquilo… —aseguró suave y serenamente, como si fuera una madre arrullando a su hijo.

Ángel todavía estaba confundido, el sueño había sido demasiado vívido, demasiado impactante, todo lo había sentido muy real. Aún tenía esa sensación de dolor en el pecho y en la sien le corría una gota de sudor helado. Miró a Rossana fijamente, su cara de hada compasiva le devolvía la mirada llena de tranquilidad, y le confirmaba, sin palabras, que solo había sido su imaginación. Un alivio tremendo le inundó el alma y poco a poco volvía a sosegarse.

—Perdón… no quise asustarte, Rossana… —murmuró Ángel con una mezcla de pánico y vergüenza en la voz. De pronto, se dio cuenta de que tenía las manos empuñadas y los nudillos blancos por la tensión. Respiró hondamente a la vez que abría las manos y relajaba los dedos, los tendones de sus antebrazos protestaron con un malestar agudo ante la repentina distensión.

Ella sonrió cálidamente, negando con la cabeza. Había sido algo terrible verlo teniendo esa pesadilla, se veía tan vulnerable, había tanto dolor en su rostro, tanto sufrimiento y luego gritando su nombre desesperado… fue horrible.

—Ya estaba despierta, Ángel. Los truenos no me dejan dormir… me ponen los nervios de punta —explicó, soltándole lentamente el rostro, dejando una estela de calor en la piel de él—. No han cesado desde hace una hora. Además, este sofá es muy pequeño para ti, debías estar incómodo y, a lo mejor, por eso tuviste un mal sueño.

—No importa si el sofá es incómodo… Así y todo te asusté… lo siento —manifestó, incorporándose y estirando los músculos.

—No me asustaste. Sufrías mucho, me tenías preocupada… —Se quedó pensativa unos segundos. Ángel se dio cuenta de que algo tenía en mente, pero no se decidía—. ¿Y si cambiamos lugares? Yo que soy más pequeña, me quedo en el sofá, y tú que eres más grande, ocupas la cama —propuso resuelta, era lo mejor y más práctico.

—No, estoy bien... ve a dormir a la... —No pudo terminar de hablar, una punzada le atravesó la espalda y no pudo evitar hacer una mueca de dolor.

—A eso me refiero. No se diga más, te vas a la cama que yo me quedo aquí —ordenó firme, tomando un extremo de las mantas para arrebatárselas, sorprendiéndolo, y a ella misma también, que se desconocía en esa faceta mandona. Tanto tiempo agachando la cabeza que no sabía que también era capaz de exigir. Pero estar frente a un hombre que sabía que no iba a abusar de ella, que no iba a usar su fuerza o la violencia para hacer valer su posición, le infundía seguridad y valentía. Se sintió bien al tratar de imponer su punto de vista e iba a ganar. Así que le quitó las mantas a Ángel, quien intentó retenerlas por unos segundos, pero que finalmente cedió ante los decididos tirones de ella.

—Bien —accedió, restregándose la cara, sintiéndose muy frustrado por la tozudez de ella. Esa hada del demonio estaba empezando a sacar las garras, y no debía extrañarle, era italiana y en su ADN estaba la terquedad y el orgullo—. No quiero quejas mañana en la mañana —advirtió, mientras se ponía de pie—. Buenas noches —dijo, revolviéndole el cabello solo como un intento fútil para dar la última palabra y de pasada, para asegurarse de que ella estaba bien en realidad. Aliviado se dirigió al dormitorio.

—Buenas noches —dijo ella descolocada por el gesto tan familiar. Sacudió la cabeza y se acomodó en el sofá, que también era bastante espacioso para ella, y se arropó con las mismas mantas que le había arrebatado a Ángel.

El fragor de la lluvia amainaba y la quietud poco a poco invadía la habitación. Rossana pronto fue recibida por los brazos de Morfeo con el dulce sabor de la victoria en la boca e inhalando el aroma de Ángel que estaba impregnado en la almohada, un aroma que con el paso de las horas estaba siendo sinónimo de seguridad.

Ángel se acostó en la cama de dos plazas que de pronto se le hizo demasiado grande para él solo. Lentamente lo abandonaban los malos recuerdos de aquella horrenda pesadilla y solo quedaban rastros borrosos en su memoria. Cerró los ojos, pronto amanecería, esperaba que el famoso «M» hiciera contacto en el transcurso del día, y también revisaría ese misterioso maletín de Cesare, que con la avalancha de sucesos ocurridos el día anterior lo había olvidado por completo.

Entre las sábanas de la cama todavía permanecía la tibieza de ella, y le daba una agradable sensación de tranquilidad que se tradujo en un sopor cálido y calmo que le permitieron conciliar el sueño en cuestión de minutos. Ángel se sumió nuevamente en una profunda inconsciencia, ahora dormía mucho más tranquilo que la vez anterior. Ahora ya podía descansar.

—¿Y qué haremos hoy? —preguntó con curiosidad Rossana, mientras daba una mordida a una tostada con aguacate molida y sal. Algo maravilloso para sus papilas gustativas que nunca habían comido pan de esa manera—. ¿Tienes algo en mente? —interrogó con la boca llena.

Ángel que estaba resignado a no seguir ocultándole cosas a Rossana —ya que era algo completamente inútil si ya sabía lo más importante—, se encogió de hombros, porque en realidad lo que sucediera ese día no dependía directamente de él.

—De momento, tengo que esperar a que me contacten los sujetos interesados, entre ellos «M», que parece ser el más interesado de todos. —Tomó un sorbo de té y luego mordió su tostada—. Asumo que no tardarán demasiado en llegar al hotel y darse cuenta de que no estoy. Dejé instrucciones específicas para concertar una videoconferencia por *Skype* con la recepcionista.

—Ahhhh… ¿La recepcionista era esa rubia que estaba mostrándote las tetas? —bromeó Rossana con sarcasmo y luego bebió un poco de té. Ángel levantó una ceja inquisidora—. Era evidente su descaro, ¡qué quieres que te diga!, sé reconocer cuando una mujer desea obtener la atención de un hombre —argumentó.

—Estoy en viaje de negocios, muchacha. No de placer y, además, las rubias no son mi tipo.

—¿Las morenas?

—Las pelirrojas —admitió serio, mirándola fijamente por unos segundos, ella sorprendida y con el rostro encendido dejó la tostada a medio camino hasta que Ángel estalló en carcajadas—. ¡Mírate la cara! —Continuó riendo hasta que le dolió la barriga, al tiempo que ella lo miraba atónita—. Era una broma, era una broma… —aseguró, calmando el catártico episodio de risa, una que él mismo no escuchaba hacía mucho tiempo.

—Y yo que pensaba que no eras capaz de reír —añadió ella, también sonriendo por la broma—, y mucho menos de hacer bromas… después de lo de anoche…

—Ni me lo recuerdes… ya pasó… Tenías razón, era el sofá —reconoció. Definitivamente, había descansado muy bien después de cambiar de lugar con Rossana.

—Lo sé —sentenció con suficiencia—, tienes mejor cara que anoche.

—Y tú, ¿dormiste bien?

—Pues claro, hasta el suelo es mejor lugar que donde Lucio —aseguró con un poco de desenfado para suavizar la crudeza de sus recuerdos.

—Imagino que sí…

Quiso preguntar que cómo había llegado ella a estar en manos de ese hombre, pero un sonido de su *laptop* que estaba sobre la mesa de centro, capturó su atención. Era una notificación de *Skype* de un contacto que deseaba ser aceptado para establecer conexión. Ángel se dirigió inmediatamente a verificar, y resultó que tenía tres solicitudes. Las aceptó todas sin vacilar.

La operación «La joya del pacifico» acababa de empezar.

Capítulo 10

Ángel se sentó frente a la *laptop* concentrado, y con una actitud severa comenzó a preparar todo para capturar en audio y video las conversaciones que llevaría a cabo con los interesados en la subasta. Después de ello, escribió un mensaje de bienvenida a cada uno de sus contactos, pero dos estaban offline, por lo que solo esperó respuesta del tercero.

Rossana observaba cómo la expresión de él se tornaba dura e insondable cuando estaba inmerso en su papel, sin duda era un cambio extraordinario. Todavía estaba fresca en su memoria la primera vez que lo vio, cuando él le quitó la venda y la desató, y se encontró con un hombre imponente e implacable en todo el sentido de la palabra, que era perfectamente capaz de desprender fuerza y decisión en cada uno de sus movimientos, pero no a base de violencia. Su forma de hablar y de expresarse hacía que todos obedecieran sus demandas sin replicar.

«Buenos días, señor Larenas. Muchas gracias por aceptar nuestra solicitud», decía el mensaje que saludaba de vuelta a la bienvenida de Ángel.

«Gracias a ustedes que aceptaron las nuevas condiciones de contacto. Hubieron unos cambios logísticos de último minuto», justificó Ángel sobre su ausencia en el hotel, tenía que dar explicaciones de todos modos.

«No hay problema con ello, son gajes del oficio… ¿Disfrutó de su regalo?», fue el revelador mensaje que recibió de vuelta.

—Es «M»… —susurró Ángel con interés, levantando una ceja. Rossana alcanzó a escuchar y prestó mayor atención al computador, aunque desde su posición no podía leer lo que Ángel escribía.

«Entonces, usted es "M"... ¿Podemos tener una video-conferencia?, prefiero conversar en vez escribir y leer por este medio», fue el mensaje de Ángel, quien quería persuadir a «M» a que hablara por ese medio para así obtener más pruebas.

No esperó demasiado, pues comenzó a sonar la notificación de una invitación de llamada. Bueno, eso era mejor que nada. Ángel aceptó de inmediato la conexión.

—Mucho mejor —dijo Ángel, mirando la pantalla, sabiendo que podían verlo desde el otro lado porque tenía la cámara activa—. Prefiero ver o escuchar a las personas con las que negocio, los mensajes escritos se pueden malinterpretar fácilmente y siempre me han traído dolores de cabeza —explicó.

—Entiendo... ¿Dónde está Mariposa? —preguntó «M» con un tono de que no era una simple pregunta casual sino, más bien, inquisitivo. A Rossana se le tensaron todos los músculos, esa maldita voz repugnante ya la había escuchado anteriormente. Miró a Ángel, pero él solo estaba pendiente de la pantalla, absorto en su misión y muy serio.

—Durmiendo —mintió sin que se le moviera un pelo—. Digamos que recién le di una breve tregua. Es una pequeña putita viciosa. —Esbozó una perversa sonrisa—. Gracias por el regalo, sin duda fue una excelente elección.

—Sí, no puedo decir lo contrario, fue excelente... A usted su fama lo precede, por lo mismo, me aseguré de probarla exhaustivamente —enfatizó con un tono malicioso—, antes de enviársela. Definitivamente, era la mejor que tenía mi proveedor...

—Asumo que como ella es un regalo me la puedo llevar cuando termine la subasta —preguntó Ángel para asegurarse de que él era el propietario de Rossana—. En Chile las putas no están a la altura de Mariposa, con suerte hablan y fingen horrible sus gemidos, con ella por lo menos podré tener con quien hablar en italiano cuando vuelva a mi país.

—Mariposa es solo un regalo temporal —esclareció y Ángel maldijo mentalmente su mala suerte—. No me diga que usted es un hombre sentimental, Ángel —acusó sarcástico—, ¡qué importa! Si solo es una puta corriente, tampoco es tan excepcional. Claro, no puedo negar que es de muy buena calidad, está limpia y no es adicta a ninguna basura, pero no me diga que no puede conseguir putas mejores que ella. —Rio perverso cuando Ángel, sabiendo que lo observaban del otro lado, esbozó una sonrisa lobuna y negó con la cabeza.

—Soy más bien práctico. Cuando me gusta algo lo obtengo sin importar el precio, y ella me gusta mucho… mucho —aseveró dando a entender que ella no era la gran cosa pero que, sin embargo, estaba encaprichado con Mariposa. Sí, un capricho, el cual usaría hasta hartarse y luego desecharía como un guiñapo humano.

—Pues, la muchacha me costó mucho dinero, ¿qué tal si la hacemos parte del pago de la subasta? —propuso «M», confirmando las sospechas de Ángel, quería tener ventaja sobre los demás y se estaba jugando todas sus cartas, pero…

—No, eso es innegociable, ella es aparte, solo dime cuánto vale, para que hablemos de lo que es realmente importante.

Silencio… Rossana observaba a Ángel que permanecía imperturbable, no mostraba ninguna emoción, su rostro era como una roca esculpida. En cierto modo, él se parecía mucho a ella. Cuando estaba con los clientes, era otra, complaciente, vivaz, alegre, siempre dispuesta a jugar, y fingía con maestría el éxtasis, tanto así, que muchos hombres volvían por ella una y otra vez para sentirse los reyes del mundo. A algunos les gustaba hablar después del sexo, pero incluso eso Rossana simulaba a la perfección, que le interesaban los problemas y pensamientos de los hombres que pagaban por follarla.

Fingir, fingir, fingir, mentir, mentir, mentir…

Sí, era indudable, Ángel y ella eran iguales, por lo menos cuando se trataba de trabajo. Ella ya sabía la verdad, él en realidad no era como ese hombre que hablaba con «M» frente a la cámara, pero...

—Seis mil dólares… —dio su precio «M».

—¿No le parece que es demasiado? Por ese precio mejor me voy a Camboya a comprar una virgen, y así y todo pago mucho menos que eso —regateó Ángel con vehemencia. Él lo sabía, en realidad «M» intentaba pasarse de listo, pero no iba a permitir dejárselo todo tan fácilmente… Además, no podría considerarse un hombre de negocios si no regateaba, pondría en duda su actuar si, simplemente, aceptaba el precio impuesto.

—Entonces, ¿por qué no te consigues una virgen camboyana si son tan baratas? —interpeló con sarcasmo «M», se sentía cómodo y a gusto, y dejó el lenguaje formal de lado, ya que estaba divirtiéndose mucho con la pequeña negociación.

—Porque una camboyana virgen no habla italiano y hay que entrenarla. Yo prefiero mil veces una puta experimentada que una chiquilla inexperta... dos mil —ofreció sin vacilar.

—Tres mil.

—Dos mil quinientos.

—Hecho.

—Excelente. Le pagaré mañana al mediodía, envíe a alguno de sus hombres para recibir el dinero. Estaré en el restaurant del lugar donde me estaba hospedando, *The Independent Hotel* —indicó para cerrar el trato.

Rossana no perdía detalle alguno, y no pudo evitar sentirse enferma por el simple hecho de que esos hombres negociaban con su vida, con su cuerpo, como si se tratara de un animal. Sabía que Ángel estaba actuando, lo sabía, pero era tan convincente el maldito, porque en realidad no lo conocía y desconocía por completo lo que él pensaba de ella. A lo mejor, lo que él le decía a «M» en el fondo era verdad... Ella solo era una puta corriente... Se le revolvió el estómago, la boca se le llenó de saliva e intentó retener el impulso de vomitar ahí mismo. Su semblante bruscamente se volvió ceniciento y carente de vida. Rossana se perdió en sus recuerdos, preguntándose, ¿cómo iba a hacer para olvidar alguna vez? Nunca iba a dejar de ser una puta, se sentía sucia, una mierda inútil, sin profesión, educación u oficio, ella era un lastre... y Ángel... quizás, por mera lástima le ayudaría para empezar de cero, pero al final de cuentas, él iba a volver a su país y la iba a dejar sola, y esa idea la llenó de miedo e incertidumbre.

Se imaginó que no iba a ser nada fácil su futuro, conseguir algún trabajo decente, hacerse cargo de su vida, ocultar su pasado —cómo si eso fuera posible con ese horrible tatuaje en la cara—, y rogar al cielo que nadie ligado a Lucio la descubriera... Mentir... Sí, estaba condenada a volver a mentir, omitir, esconder todo lo que era su vida antes de conocer a Ángel... Pero al fin iba a ser libre, sin embargo, ¿llegaría el día en que no se sintiera prisionera de su pasado? No tenía mucha fe en ello, nunca podría borrar de su alma el haber sido una prostituta durante toda su vida adulta. No iba a ser capaz de tener una pareja, ni tener hijos... con qué cara iba a revelar su verdad a un hombre,

¿con el riesgo de que se lo restregara en la cara en cualquier momento?... ¿Con qué moral iba a criar y educar sin sentirse sucia? Para evitar ese dolor, lo mejor era seguir estando sola.

Rossana veía su futuro negro, pero sería por decisión propia y libre...

—Muy bien, así da gusto hacer negocios contigo... Te has llevado una joya.

—Lo sé... Bien, ahora que zanjamos la venta de Mariposa, aclaremos el motivo que nos convoca... —decretó Ángel para apresurar el asunto, no podía mirar a Rossana, pero quería asegurarse de que ella no estaba pensando mal de él, porque cuando se ponía en su papel era jodidamente bueno y convincente. Maldición, en verdad no se sentía a gusto hacer aquello frente a ella, debía finiquitar la entrevista pronto—. Como ha de saber, el motivo de mi visita a Italia es para establecer vínculos comerciales, y en realidad no me importa con quien, siempre y cuando estén dispuestos a pagar. Subastaré dos toneladas de cocaína de alta pureza avaluadas en setenta y cinco millones de dólares, y en este momento está todo listo para zarpar en Valparaíso.

»El remate comienza el día de mañana al mediodía, por el monto de treinta millones. Toda la operación será transparente a través de *EBay* por medio del articulo llamado «Retrato de Nápoles», vendido por el usuario «Luciérnaga», y que tendrá un valor base de 30 dólares, cada dólar equivale a un millón. De esa manera todos parten en igualdad de condiciones. La subasta será adjudicada cuando transcurran doce horas desde la última oferta —informó Ángel la forma de trabajar con un tono de voz pausado y monocorde—. ¿Alguna pregunta?

—¿Por qué haces el remate por *EBay*?

—Porque soy un hombre justo y no quiero problemas. El remate por medio de un inocente sistema electrónico y público no levanta sospechas. Perfectamente, podría haber contratado a un programador para que me hiciera un sistema de subastas propio, pero francamente no confío en nadie, y menos en alguien que puede meter algún código de rastreo sin darme cuenta. La gente siempre quiere pasarse de lista y sacar provecho. Por medio de *EBay* podemos ampararnos en el anonimato de cualquier casilla de correo que se registre.

—Eres un hombre muy inusual… me gusta tu forma de trabajar, Ángel Larenas —alabó «M», esta vez, sin sarcasmo, era un reconocimiento real—. Y estoy adentro, no lo dudes.

—Muchas gracias, «M»…

—Matteo, amigo… ya estamos en confianza.

—Matteo, entonces. Mañana estaré esperando para pagar por Mariposa.

—Muy bien… Hasta pronto, Ángel.

—Adiós.

Fin de la conexión.

Ángel soltó el aire de sus pulmones, y estaba enfurecido. Solo quería matar a ese infeliz malnacido, tenía unas ganas incontrolables de tomar la maldita *laptop* y romperla en mil pedazos contra el suelo. Quería soltar todos sus demonios y arrasar con todo, pero no podía, y solo descargó su puño contra la mesa de centro, una, dos, tres veces, hasta que sintió el dolor en su carne.

—¡Hijo de la grandísima perra! —masculló con rabia—. ¡Maldito infeliz malnacido!...

Miró a Rossana que estaba con la vista perdida, como si no estuviera ahí, lo que menos quería era asustarla, pero no podía controlar esa furia que sentía corriendo vertiginosa por sus venas. Cuando ese hombre le dijo que la había probado antes de enviarla, se contuvo a duras penas de mandar todo al demonio, buscar al maldito a como diera lugar y castrarlo. Ella era una mujer, una persona, tenía sentimientos… era frágil.

Se levantó del sofá y se acercó a ella cauteloso, con temor a herirla, porque sabía que lo había hecho, pero no tuvo más alternativa. Solo tenía la esperanza de que ella supiera que él no era así, que no la consideraba una cosa que se puede usar, destrozar y desechar… No quería que Rossana dudara de él.

—Rossana… —susurró, ella no lo miraba—… Hey, muchacha… Rossana… —Al no tener ninguna reacción por parte de ella, le tomó el mentón suavemente—. Mírame —pidió suavemente. Ella parpadeó rápidamente y luego lo miró fijo y largamente—. Nada de lo que dije de ti es verdad, yo no soy así… por favor, créeme, es mi trabajo… no debiste verme… —rogó casi desesperado para que ella no saliera corriendo para escapar de él.

Ella asintió lentamente, ese era Ángel, ese hombre que la estaba ayudando y protegiendo, no ese ser desalmado y sin corazón que estaba frente a la pantalla y hablaba de ella como si fuera ganado. Miró los ojos de él que le suplicaban que creyera en él, que mirara más allá de la máscara.

Y lo descubrió.

Pudo ver a través de él, vio esa misma fragilidad que una vez percibió fugaz el día anterior, y en ese momento estuvo completamente segura. Ese hombre era definitivamente uno bueno. Ahora ya no tenía ninguna duda, él era Ángel Larenas, el hombre, no el infiltrado o el narco. Un hombre que estaba inmerso en una red de mentiras y engaños, tal como ella, y que luchaba por no ser parte de ellos y no perderse a sí mismo. Un hombre que no quería permitir ser engullido por su propia doble vida…

Pero que un día, más pronto que tarde, se iría.

—Perdóname, Rossana… no quise… debía… —De pronto, él se sintió cansado de esa vida, cansado de mentir, cansado de todo. Sentía que la pasión que lo había empujado a emprender ese camino se había esfumado súbitamente con el paso de los días en ese maldito país… ¿Valía la pena todo eso?, ¿lo valía de verdad?

—Ya pasó… —interrumpió Rossana, no eran necesarias las explicaciones y lo abrazó, tal como él lo hizo en el supermercado con ella, ahora él la necesitaba, pero Rossana se sentía tan pequeña intentando abarcar el cuerpo de Ángel—. Sé que no eres así… eres un buen hombre, confío en ti… confío en ti.

—Gracias… gracias… —Cerró los ojos y dejó que ella lo rodeara con sus brazos, estaba indefenso, solo necesitaba algo de consuelo y conectarse con otro ser humano que lo viera a él, solo a él. Claro que él no lo entendía de esa manera, se sentía totalmente perdido.

Rossana se mantuvo así, quieta, abrazando a ese hombre que en ese momento la necesitaba, tanto como ella a él. Acariciaba la enorme y dura espalda de Ángel, dejando una estela tibia sobre las fibras de la camisa y le traspasaba la piel que por algún motivo desconocido calmaba la torturada alma de Ángel.

El momento fue interrumpido bruscamente por el sonido de un nuevo mensaje entrante. El deber nuevamente lo llamaba y sabía que no tenía alternativa en ese momento. Sondeó el rostro de Rossana para asegurarse de que estaba bien, a lo que ella respondió con un leve asentimiento. Se separó de ella y sintió el pecho frío y vacío.

—No soy así... —insistió él con un murmullo solo para ella, antes de regresar frente a la *laptop* y ponerse aquella máscara para interpretar ese papel que llevaba tantos años actuando.

Porque, de pronto, todo se volvió más pesado y difícil de lo habitual. Ya no deseaba continuar.

Capítulo 11

Ya cerca del mediodía, Ángel solo tenía a tres interesados en el remate y, sin duda, la entrevista con Matteo fue la más difícil de abordar. Los otros dos sujetos que contactaron a Ángel, identificados como Alfonso y Fabricio, fueron un simple trámite y aceptaron las condiciones impuestas por él sin poner ninguna objeción. Aparentemente, nadie más se sumaría a ofertar.

La subasta ya había comenzado en Ebay, tibia pero reñidamente, el precio del «Retrato de Nápoles» iba aumentando el precio, y ya iba en 35,5 dólares y no daba indicios de que esa era la última oferta.

Ángel estaba mirando fijamente el maletín que reinaba sobre el centro de la cama, estaba aprovechando ese instante en que se encontraba a solas en el dormitorio, ya que Rossana se estaba tomando un merecido baño de tina.

Su postura era aparentemente relajada, tenía las manos en los bolsillos y las piernas levemente separadas, pero internamente él estaba muy lejos de estar tranquilo y relajado. Por más que le daba vueltas al asunto algo no le cuadraba del todo en esa situación. Si Cesare hubiera olvidado ese misterioso maletín, ya lo habría contactado de alguna u otra forma para recuperarlo y ya habían pasado más de veinticuatro horas, entonces, razonó que el contenido estaba desde un principio destinado a él… pero, el gran «pero» era que Cesare nunca le habló o insinuó nada sobre el objeto en cuestión durante su conversación y era absurdo que lo hubiera olvidado así como así.

Aspiró aire y luego lo soltó, decidiendo que ya era el momento de abrir los seguros…

—Perdón… pensé que estabas en la sala de estar —balbuceó Rossana al entrar al dormitorio para vestirse y encontrarse con Ángel que le daba la espalda.

—Te has tomado el baño de tina más corto de la historia, Rossana —manifestó Ángel con sarcasmo, enarcando una ceja y dando la media vuelta, justo para encontrarse con ella y descubrir que solo estaba cubierta con una diminuta toalla que se ceñía firmemente a su cuerpo y marcaba cada una de sus femeninas y sinuosas curvas, y que apenas le tapaba los senos y dejaba a la vista prácticamente toda la longitud de sus piernas. El pelo lo tenía húmedo, y pequeñas gotitas se caían desde las puntas de los cortos mechones color granate. Era un cuerpo totalmente pecaminoso y provocativo, pero su rostro era terriblemente juvenil e inocente y solo evocaba ternura.

Maldita hada…

Ángel no pudo decir nada más, solo asintió con la cabeza en un gesto firme y salió rápidamente de la habitación para darle privacidad, cerrando la puerta tras de sí. En otro momento abriría esa cosa y saldría de la duda que estaba empezando a carcomerle la razón.

Definitivamente, eso sucedía, estaba perdiendo la cabeza, no había otra explicación para su reacción casi adolescente ante Rossana. Mejor se iba a la cocina a preparar el almuerzo. Sí, eso le vendría bien para distraerse y llenar el estómago que ya estaba dando indicios de estar vacío.

Avanzó dos pasos al entrar en la cocina.

—Maldición, olvidé guardar el maletín —masculló molesto por cometer un error tan elemental—. Estúpido.

Rossana, ajena a las turbulentas emociones de Ángel, se quedó mirando el maletín con curiosidad. Había algo en el interior de esa cosa que capturaba toda la atención de Ángel… Se encogió de hombros, ya se enteraría en algún momento sobre lo que contenía. Abrió la toalla, dejando su cuerpo totalmente desnudo y expuesto, y se miró al espejo que estaba colgado en una de las paredes. Con una punzada de vergüenza notaba que todavía no se iban del todo aquellos moretones que tenía regados en el cuerpo a causa de Matteo. Ahora sabía cómo se llamaba ese malnacido y recordaba perfectamente cómo sus asquerosos dedos se incrustaron brutalmente en la piel de ella, dejándola marcada en sus senos, caderas, nalgas y muslos. Obviamente, Ángel no los notó cuando ella estaba tendida en su cama en el hotel, pues los maquillaron hábilmente para ocultarlos y no mostrar que la mercancía estaba un poco magullada.

Cerdo repugnante.

Reprimió las ganas de llorar, tragándose el nudo que tenía en la garganta. Ahora que estaba prácticamente fuera del alcance de Lucio y Matteo, gracias a Ángel, Rossana se sentía muy vulnerable y con ganas de llorar todo el tiempo, como si esas lágrimas que nunca derramó en el pasado estuvieran exigiéndole salir en el presente ante la menor provocación.

Llenó de aire sus pulmones para apaciguar sus sentimientos y empezó a vestirse con la ropa nueva que le compró Ángel. Sonrió por ese recuerdo, fue un momento feliz, uno que iba a atesorar. Tenía que hacerse de un arsenal de ellos para cuando él se marchara, porque a partir de ese momento, ahí sí que se las tendría que arreglar sola.

Ángel no solo era el hombre que le había ayudado a no regresar con Lucio, porque también, y sin querer, se estaba convirtiendo en el salvador de su vida, enterrando la piedra angular de su futuro, demostrándole que sí había algo de esperanza para ella, comprando su libertad, y que involuntariamente le estaba dando pequeños y fugaces momentos de felicidad con los cuales alimentarse cuando todo fuera difícil e incierto. Porque de eso estaba segura, cuando ella ya no contara con la presencia de Ángel y todo su apoyo, las cosas se volverían inexorablemente cuesta arriba.

Cuando terminó de vestirse se miró nuevamente al espejo y se dio cuenta de que sus ojos estaban anegados en lágrimas sin ninguna explicación lógica, ya no quería llorar, no debía ponerse triste por algo que sabía que iba a suceder. No tenía que ser débil, mejor iba a disfrutar del presente, tenía que aprender de Ángel, tenía que ser como él, fuerte, dura, hábil, inteligente. Usar todas sus enseñanzas para honrar el regalo que le estaba dando, una nueva vida.

Estaba decidido, no importaba cómo sería su futuro, iba a aprovechar cada minuto, porque el presente merecía ser vivido a plenitud.

Rossana estaba obteniendo la experiencia más valiosa de su vida y no la iba a desperdiciar por nada del mundo.

—Estaba delicioso, eres un gran cocinero —alabó Rossana al dejar su plato vacío por segunda vez—. ¿Alguien te enseñó o eres un autodidacta? —interrogó ávida por aprender todo de él.

Ángel se quedó en silencio unos segundos, debatiendo consigo mismo si develar un poco sobre su vida personal o no. Una cosa era haberle contado que era un infiltrado, y otra cosa muy distinta era contarle detalles que, en el peor de los casos, podrían costarle caro a su propia familia.

En un lado de la balanza estaba esa soledad, la cual se estaba convirtiendo en un monstruo que crecía a pasos agigantados y que amenazaba con engullirlo sin piedad, y por el otro lado, estaba esta muchacha con cara de hada con la que debía convivir hasta que todo terminara, y que lo miraba con curiosidad, y él, en cierto modo, se sentía identificado con ella.

Porque también sabía lo que era la soledad.

Contarle un par de cosas personales no comprometería la seguridad de nadie si no era demasiado específico con sus historias.

—Mi abuela me enseñó —relató, viajando en el tiempo en ese mismo instante—. Ella, prácticamente, me obligó a aprender a punta de sermones. —Sonrió con el recuerdo de su Noni, la echaba de menos. Para Rossana no pasó desapercibida esa sonrisa de contenida emoción—. Solía decirme: «un hombre que no es capaz de hacer su propia comida, y que dependa de una mujer para ello, no es digno de llamarse hombre».

—Era muy sabia tu abuela.

—Lo sigue siendo, afortunadamente —aseguró sin dejar de sonreír—, y me enseñó muy bien.

—No hay duda de ello, nunca había probado un puré de patatas como este.

—Y no lo probarás nunca más si no sabes el secreto.

—¿Y cuál es ese secreto? —preguntó como si Ángel tuviera el remedio contra el cáncer.

—Hacerlo con cariño, siempre. Si cocinas para ti sola o para alguien más, siempre debe ser con cariño. Es una forma de quererse. Imagina si hubiera hecho un simple puré, pero instantáneo, un poco de agua, revolver y ya. No hay cariño, no hay un ritual, no tiene alma… y sabe horrible.

«Hacerlo con cariño», Rossana repitió mentalmente para no olvidar, «quererse a sí mismo».

—Creo que tienes razón, todo lo que preparas es delicioso, se nota que le pones algo de tu alma a lo que te vas a comer… —reflexionó en voz alta—. ¿Ella es Noni? —interrogó, recordando cuando lo sorprendió hablando español.

—Así es, pequeña hada curiosa —aceptó, diciendo el sobrenombre que le puso y que se le escapó gracias al buen humor de conversar cosas simples. Mentalmente se dio un sopapo y se mordió la lengua. Tarde.

—¿Hada? —interpeló absolutamente sorprendida.

—Tienes el tamaño de una, así que podría encerrarte fácilmente en un frasco de vidrio y… te sobraría espacio —bromeó, restándole importancia al apodo. Lógicamente, no describió sus otros atributos que le hacían recordar a esos seres místicos que hechizan a los hombres.

—¡Qué eres ridículo! —Rio ella con suavidad femenina—. Pero me gusta cómo suena ese sobrenombre. Cuando vivía en el hogar de menores, los niños siempre me molestaban por el color de mi cabello y mi estatura. Me decían «Granada Enana»

—Los hombres desde pequeños somos muy idiotas… ¿Viviste siempre en el hogar de menores?

—No. —Negó con un gesto de cabeza muy elegante, pero que se veía natural en ella—. Mi mamá murió cuando tenía trece años y no tenía más familiares. Mi papá huyó del país cuando tenía nueve años, estaba metido en la mafia, la Sacra Corona… Estuvo un tiempo en contacto con nosotras, pero al cabo de uno o dos años le perdimos la pista. Nunca más supimos nada de él, si estaba vivo o muerto… Mi mamá y yo dependíamos completamente de él, económicamente hablando... pero simplemente se marchó y nos dejó sumidas en la pobreza.

—¿Y después?

—Cuando fui mayor de edad, me tuve que ir del hogar de menores. No había terminado mis estudios secundarios, me atrasé cuando falleció mi mamá, pero quería terminarlos a toda costa, ir a la universidad, trabajar… Pero una chica recién salida de un hogar de menores, ignorante y sin educación no es apta ni siquiera para limpiar mierda. Estuve vagando en la calle un tiempo, y un día me encontró Lucio, me ofreció dinero... un préstamo. Era lo suficiente para vivir un año, me dije que con ese plazo podría estudiar algún oficio, encontrar un lugar donde vivir y un trabajo, y podría pagar mi deuda... —Una sonrisa que no llegaba a sus ojos surcó su rostro—. Acepté, era mi oportunidad de oro... iba camino al banco para abrir una cuenta de ahorro y tener mi dinero a salvo... pero me lo robaron. Lucio no tardó en encontrarme para cobrar, y yo no tenía con qué pagar... —Suspiró entrecortado—. Ya has de imaginar lo que sucedió después... no tuve alternativa. Esta vida no la elegí a propósito...

—Nunca tuviste opción, Rossana.

—¿En serio lo crees?

—Ejercer el oficio más antiguo del mundo, casi nunca se elige libremente. La mayoría de las veces, por no decir todas, es porque la mujer no tiene opción. Tú, simplemente, fuiste víctima de una sucia trampa.

—¿Trampa?

—Para mí es obvio, porque sé cómo operan los sujetos como Lucio. Estoy completamente seguro de que el préstamo y el robo de ese dinero fueron orquestados por él. Desde el principio ese fue el objetivo, que trabajaras gratis. Pero lógicamente nunca tendremos pruebas.

A Rossana se le cayó el alma a los pies, ella también lo pensó... millones de veces, pero tal como dijo Ángel, no tenía pruebas, y cuando tuvo la claridad para analizar todo ya era demasiado tarde para ella. Sintió compasión y lástima por sí misma, sentimientos que había enterrado para no volverse loca. A veces, pensaba que la vida se había ensañado con ella... demasiado.

—Rossana, Rossana... mírame —No se dio cuenta que Ángel le hablaba, últimamente se estaba volviendo recurrente ensimismarse de ese modo—. Nunca más volverás a ese lugar... te lo prometo.

—Eso espero... ¡Vaya! Estas cosas nunca dejan de caer —bromeó, restándole importancia a dos goterones que rodaban por sus mejillas, los cuales limpió apurada, parpadeando rápido para evaporar la emoción vivida—. Cuéntame algo bonito de tu país, Ángel —pidió, cambiando bruscamente de tema. No quería hablar más de ella y lo patética y triste que había sido su vida.

—Dicen que Chile es tierra de escritores y vino tinto —comenzó a relatar Ángel, obedeciendo al deseo de ella y distrayéndola de su dolor—… es un país largo, estrecho, y de grandes contrastes climáticos. A mí me gusta el olor a tierra mojada del campo en el sur, la brisa del mar inmenso y frío, el calor seco y estéril del desierto de Atacama, el mismo que una vez al año milagrosamente se llena de los colores de flores tan efímeras como un suspiro… Hace unos años vi ese jardín, es algo realmente maravilloso. —Rossana lo miraba embelesada imaginando lo que él le relataba, Ángel lo notó y pensó que estaba siendo demasiado sentimental—. La gente en general es cálida y buena… y hablamos horrible el español —remató con una broma, para poder bajar su propia nostalgia y mantenerla a raya.

—A mí no me pareció para nada horrible cuando te escuché hablando por teléfono.

—Tenemos un acento raro, hablamos demasiado rápido y por eso mismo la mayoría nos comemos la «S», o la «D». Usamos una infinidad de metáforas para decir algo simple… y en secreto envidiamos lo bonito que hablan en Perú o Colombia.

—No te creo… Tu voz cambia cuando hablas en español… es tranquilizante y profunda… —Rememoró las sensaciones que despertó Ángel en ella el día anterior y un escalofrío le recorrió la columna vertebral—. Dime algo en español.

—Eres la primera persona que me pide semejante cosa… —Rio divertido—. Pero hoy me siento especialmente benevolente. ¿Qué quieres que te diga en mi idioma?

—No sé, cualquier cosa… Algo bonito.

—Déjame pensar…

Ángel se quedó en silencio unos largos segundos y decidió recitar un poema, se sabía varios que aprendió en el colegio, pero al final eligió uno que aprendió ya siendo adulto, le pareció apropiado para Rossana. Recitó tranquilo, sereno, hondo, a veces exigente y duro, y luego su voz era suave y acogedora. Rossana estaba maravillada, no entendía nada de nada, pero solo la voz de él le daba un hermoso mensaje, no sabía realmente qué era, pero su corazón le decía que las palabras que salían de la boca de él eran maravillosas.

Cuando Ángel terminó de recitar, sonrió con un poco de timidez, ella lo miraba fascinada, sabía que Rossana no entendía ninguna palabra, pero él sí entendía el significado de ellas y el mensaje que entregaban.

—Precioso… ¿De quién es ese poema?

—Algunos dicen que es de Pablo Neruda, pero en realidad es de Virginia Gawel, se titula «Renacimiento».

—Creo que es muy lindo, ¿puedes traducirlo para mí?

—Supongo que puedo hacer el intento de hacer una traducción digna… —Y volvió a recitar en italiano.

Hoy volveré a nacer: pido permiso.
Permiso útero, permiso cordón prieto.
Permiso agua, placenta, oscuridades.
No podrá retenerme la tibieza
plácida y calma del vientre cobijante.
No podrán disuadirme las presiones
de este túnel de carne que hoy me puja.

Con decisión inequívoca y sagrada
determino nacer: me doy permiso.
Y aquí estoy, desnudo de corazas,
dispuesto a recibir besos y abrazos
(no la palmada que provoque el grito:
ya no permitiré que me golpeen.)

Parteros de quien vengo renaciendo,
miren quién soy: soy digno. Los recibo.
Miren quién soy: adultamente niño.
Miren quién soy: vengo a ofrecer mi entrega.
Miren quién soy: apenas si respiro,
pero, de pie, me yergo y me estremezco,
dándome a luz en mi realumbramiento.

Tengo coraje para empezar de nuevo:
fortalecido en mis fragilidades
lloro de dicha, de dolor… Lloro de parto.
Lloro disculpas a quienes no me amaron,
por el maltrato, el frío, el abandono:

lloro la herida de todo lo llorable.
Y lloro de ternura y de alegría
por tanto recibido y encontrado:
lloro las gracias por el amor nutricio,
por la bondad de los que me ampararon.

Lloro de luz, y lloro de belleza
por poder llorar: lloro gozoso.

Bienvenida es vuestra bienvenida.
Sin más queja, dolido y reparado
por la caricia de este útero abrazante,
aquí estoy: recíbanme. Soy digno.

Me perdono y perdono a quien me hiriera.
Vengo a darles y a darme íntimamente
una nueva ocasión de parimiento
a la vida que siempre mereciera.
Me la ofrezco y la tomo. Me redimo.
Con permiso o sin él, YO me lo otorgo:
me doy permiso para sentirme digno,
sin más autoridad que mi Conciencia.

Bendito sea este Renacimiento.

Hay momentos en que, sin ningún lugar a dudas, se reconoce que se está en el punto exacto donde comienza una nueva etapa de la vida. Para Rossana conocer a Ángel había supuesto ese punto de quiebre en su existencia, pero se había equivocado. Escuchar el significado de ese poema a través de la voz de Ángel, que le decía, le exigía, que ella tenía el derecho y la obligación de renacer y volver a empezar…

Ese fue el momento preciso en que su vida se partía en dos…

«Bendito sea este Renacimiento»

Capítulo 12

—Enséñame español, Ángel —pidió entusiasta Rossana.

—¿Para qué quieres aprender español? —preguntó asombrado sin saber qué más decir.

—Quiero aprender algo nuevo… algo bueno. —«Solo sé cosas perversas que no son útiles para un trabajo normal», pensó demasiado dura consigo misma—. Tengo que empezar a cambiar las cosas ahora que puedo… —«Porque después, tú ya no estarás», se mordió la lengua para no decirlo en voz alta.

Ángel la miró un tanto desconcertado. Probablemente, la poesía estaba obrando milagros en Rossana, y no iba a desaprovechar ese ímpetu que era contagioso, tenía la seguridad que ella podría aprender.

—Supongo que puedo enseñarte algo… —Se quedó unos segundos pensativo—. Pero debo advertirte que soy un maestro estricto, pero paciente.

—Seré una alumna aplicada, no te arrepentirás —aseguró contenta, su corazón latía más rápido y con más vida—. Te lo prometo.

—Bien, toma tu abrigo, vamos a salir —sentenció en español levantándose de la mesa.

—*Che cosa hai detto?* —preguntó confundida, pero con una sonrisa de oreja a oreja.

—*Le lezioni hanno iniziato a. Porta il tuo cappotto, lasciate che per uscire.*

La lección había empezado.

La noche estaba gélida, Ángel y Rossana caminaban en dirección al edificio donde estaban viviendo temporalmente. Él iba cargado con bolsas llenas de libros, ella comía un helado de pistacho y una expresión de felicidad que nadie se la podía quitar del rostro.

—Está delicioso *il gelato* —celebró Rossana en español, lamiendo y mordiendo la delicia congelada, a pesar de que hacía un frío atroz.

—Está delicioso el helado —corrigió Ángel, abriéndole la puerta de la entrada del edificio a Rossana.

—*Grazie...* —Entró primero y luego Ángel cerró la puerta tras de sí y se dirigieron a las escaleras—. Está delicioso el helado —repitió con lentitud, pero feliz, con un marcado acento, se le estaba acabando el helado y solo le quedaba el cono de galleta.

—*Bene*, el helado está delicioso —invirtió el orden de las palabras.

—El helado está... rico —improvisó Rossana, chupándose los dedos.

—Muy bien... *Ora dirò qualcosa in spagnolo e dirmi se si capisce...* —Ángel indicó las reglas del nuevo juego, él iba a decir algo en español y ella tenía que decir si lo había entendido.

—*Capisco...* —aceptó, subiendo las escaleras.

—La noche está fría.

—*La notte è fredda...* La noche está fría.

—Perfecto, *un altro più...* —Ella asintió, quería intentar con otra oración—. La calle está mojada.

—*La strada è... Qual è la parola?* —Se quedó un par de segundos pensativa, buscando la palabra que le faltaba—. *Ah, bagnata!...* La calle está mojada.

—Bien... *ultimo*, Rossana aprende rápido.

—*Rossana impara in fretta.* —Rio con una voz cristalina y contenta, estaba orgullosa de sí misma. Ya estaban en el cuarto piso—. Gracias, Ángel —agradeció en español.

—Suficiente por hoy —sentenció Ángel en italiano, al llegar a la puerta del departamento—. Te he bombardeado con demasiada información por un día.

—Ha sido increíble, y el español no es tan complicado —comentó con suficiencia. Se sentía maravillada, porque tenía mucha facilidad para aprender el idioma nativo de Ángel.

—Eso ha sido porque te he ensañado buen español, espera a que te enseñe mal español. —Ángel, estaba gratamente sorprendido, Rossana tenía un talento natural para aprender idiomas, no solo el español, porque si ella se lo proponía, sería capaz de aprender varios al mismo tiempo. Introdujo la llave y abrió la puerta y nuevamente hizo que entrara Rossana primero.

—¿Las palabrotas? —preguntó con emoción.

—Cuando seas grande te enseñaré la jerga de la calle, es muy… folklórica… Eso incluye las palabrotas. —Cerró la puerta, dejó las bolsas encima de la mesa de centro de la sala de estar y se arrellanó en el sofá, desparramando toda su humanidad cansada en él.

—¿Y por qué no ahora? —inquirió, haciendo un mohín que a Ángel le resultó encantador y perturbador a la vez.

—Suficiente por un día, Hada curiosa… —Cerró los ojos, estaba agotado—. Voy a revisar el estado de la subasta y luego creo que dormiré. Tú también deberías descansar.

—Bueno… —Rossana aceptó un poco decepcionada, todavía sentía que estaba llena de energía, y estaba ansiosa por seguir aprendiendo durante muchas horas más—. ¿Puedo ver los libros que compraste?

—Por supuesto, si son tuyos —respondió, arqueando una ceja y abriendo los ojos de nuevo para ver su reacción.

—¿Todos?

—Todos… Hay un diccionario de español-italiano y también algunas novelas de Isabel Allende que están en español… y otras en italiano para que te entretengas.

Rossana registró las bolsas, los ojos le brillaban, estaba feliz. Ese día había acumulado tantos momentos de dicha, más, mucho más de los que había vivido en diez años. Se sentía como la niña que fue alguna vez cuando su padre y su madre aún estaban con ella y eran una familia feliz. Cada año que pasaba olvidaba algo de esa vida, y ya casi no tenía recuerdos de esa época, solo sensaciones vagas.

Acariciaba los libros y los hojeaba con cuidado, eran su nuevo tesoro, uno tangible, uno que podía ver, oler, amar… Uno de ellos le llamó mucho la atención, se titulaba «El arte de la guerra» de Sun Tsu. ¿Por qué él elegiría para ella un libro así?

Ángel miraba de reojo a Rossana, era como ver una niña en Navidad abriendo sus regalos, y al contemplarla tan contenta y saber que él, en parte, era el causante de ese estado de ánimo, le hizo sentir bien. Sin duda, no fue ningún error ayudarla. Ahora sí estaba completamente seguro que había hecho bien.

Estiró su cuerpo y se sentó derecho, abrió la *laptop* y verificó si la subasta continuaba activa. Ángel sonrió levemente, la última oferta era por 45,8 dólares, y no había indicio de que alguien se bajaba de la puja. Todo iba viento en popa. Escribió un informe rápido a sus superiores del caso, entregando los datos obtenidos hasta el momento, audios de las conversaciones y los correos electrónicos usados, avisó que ya no se estaba alojando donde tenían previsto, omitiendo el real motivo por el cual había dejado el hotel, y tampoco, por su propia seguridad, indicó su actual ubicación.

Era todo por ese día, por lo que cerró la *laptop* y se volvió a recostar sobre el respaldo del sofá, extrañamente, y a pesar del cansancio, no se sentía con esa tensión constante. Estaba concentrado en su misión, no había perdido de vista el objetivo y, sin embargo, eso ya no era el epicentro su vida, tenía otras «responsabilidades» con cara de hada que eran mucho más agradables que cumplir... De hecho, no sentía que fuera una carga —a pesar que eso fue lo primero que sintió cuando la conoció—, se había dado cuenta de que ella era... diferente.

—¿De qué se trata este libro? —preguntó Rossana a Ángel, mostrándole el ejemplar de «El arte de la guerra». Se sentó al lado de él, se sentía cómoda con Ángel, no quería analizar mucho el asunto, pero él nunca le provocó rechazo, ni asco, a diferencia del resto de los hombres con los que forzosamente se relacionó.

—Fue escrito hace dos mil quinientos años por un general chino. Pero no te dejes influenciar por el título, no es solo un libro de prácticas militares sino, más bien, un tratado que enseña la estrategia suprema de aplicar con sabiduría el conocimiento de la naturaleza humana en los momentos de confrontación. No es un libro sobre la guerra, propiamente tal, es una obra para comprender las raíces de un conflicto y buscar una solución.

—Interesante...

—Ese libro me ha enseñado mucho, y me ha ayudado a entender algunas cosas… Un viejo amigo una vez me regaló un ejemplar… todavía lo tengo en casa —relató melancólico, mirando el libro entre las manos de Rossana.

—Háblame de tu amigo —pidió con un tono de voz que le decía a Ángel que los secretos de él estaban seguros con ella—. Por favor…

Se quedaron unos segundos en silencio, Ángel nunca le había contado a nadie sobre él, solo a su luciérnaga, pero esas confidencias se fueron junto con ella. Solo ella supo cómo ese hombre marcó de por vida a Ángel. Para bien o para mal, conocerlo cambió el rumbo de su existencia de una forma trascendental.

Rossana lo miraba, estaba tan empeñada por absorber todo lo que era Ángel, quería aprender, conocer, entender por qué ese hombre era cómo era. Quería obtener armas para poder defenderse en la vida y Ángel representaba para ella un verdadero arsenal.

—Enzo se llamaba, le decían «El Tano» —comenzó a narrar de pronto—. Era un compatriota tuyo, un día y de la nada llegó al barrio donde yo vivía. Era un tipo muy simpático, alegre, se reía de todo, se hacía el loco, pero en el fondo era un viejo zorro…

—¿Él te enseñó italiano?

—No, esa fue mi abuela, también era italiana, pero ella llegó a Chile siendo una chiquilla de quince años… Ahora que lo pienso, fue una extraña coincidencia que hubieran dos italianos en aquel barrio… En fin, Enzo, era muy inteligente y a la vez muy estúpido, empezó robando droga para montar su propio negocio de manera rápida. Se ganó muchos enemigos de esa manera.

—¿Cómo lo conociste?

—Es una historia larga… —Suspiró—. Pero resumiendo, perdí a mis padres cuando tenía doce años a causa de un accidente. Un tipo que conducía borracho los atropelló. Estaban celebrando su aniversario de matrimonio y fallecieron instantáneamente. Mi hermano y yo estábamos en la casa de mi abuela cuando sucedió.

—Lo lamento mucho.

—Yo también, todavía los extraño mucho... —Sí, a veces demasiado. Todavía dolía e intentaba no evocar sus recuerdos para no sentir su ausencia—. Los doce años es una pésima edad para quedarte sin padres, y con los años me volví estúpidamente rebelde y pasaba mucho tiempo en la calle, haciendo nada, pateando piedras, y un día una de esas piedras llegó a la cabeza de Enzo. Se convirtió en un amigo, e irónicamente me mantuvo alejado de su negocio y de los delincuentes y drogadictos y, en cierto modo, también se convirtió en una figura paterna para mí.

—¿Y él sabe que eres policía?

—Nunca llegó a saberlo. Falleció hace diez años en mis brazos... Le hicieron una quitada de droga y nos dispararon en la calle. Me hice policía por él.

—¿Venganza?

—No, una promesa. Ser policía es un medio para poder cumplir esa promesa.

—¿Todavía no la cumples?

—No. Tengo que entregarle un mensaje a unas mujeres que él conoció, supongo que son familiares, Enzo no hablaba mucho de él mismo. Pero al investigar el pasado de él me di cuenta que para mi desgracia Enzo, no se llamaba Enzo. Era un inmigrante ilegal, así que no tenía documentos reales que indicaran su identidad. Sin un nombre verdadero, no sé cómo llegar a las destinatarias del mensaje. Solo tengo una fotografía de él, y eso tampoco ha sido de mucha ayuda para encontrarlas.

—Estás en un callejón sin salida.

—Creo que sí...

—Es una promesa imposible de cumplir, creo que tienes razón en decir que Enzo era estúpido, ¿cómo no se le ocurrió decirte su verdadero nombre?

—Es un poco complicado decir eso cuando estas agonizando con una bala en el corazón —ironizó, reprendiendo con la mirada a Rossana.

—Perdón... no fue mi intención ser cruel... —se disculpó desde el fondo de su alma—. ¿La foto de él la traes contigo? —preguntó, quería ver el rostro del hombre que significaba tanto para Ángel.

—¿Nunca es suficiente para satisfacer tu curiosidad, pequeña Hada? —interrogó socarrón.

—A estas alturas, deberías saberlo. No me cambies el tema... Apuesto que tienes aquí la fotografía de él.

—Tenía que aprovechar que estaba en Italia para poder investigar un poco más sobre él, ¿no crees? —justificó—. Todavía no pierdo la fe.

—Muéstramela… por favor —suplicó con los ojos brillantes y las pupilas dilatadas, era como ver al gato con botas usando su arma secreta.

Ángel resopló. Definitivamente, Rossana era insaciable, terca y no aceptaba un no por respuesta. De mala gana sacó su billetera del bolsillo de su americana, hurgó entre los billetes y documentos hasta que la encontró. Casi sin mirarla se la entregó a Rossana que estaba radiante de conseguir una pequeña victoria sobre Ángel.

—Ahí tienes…

—¡Gracias! —agradeció casi quitándosela de entre los dedos. Examinó la foto durante unos segundos y su rostro pasó de la sonrisa pícara a la seriedad de la concentración. En la imagen había dos hombres, un joven y adolescente Ángel y otro sujeto mayor de unos cuarenta años—. Entonces, el hombre que está a tu lado en la foto es Enzo, ¿cierto?, ¿estás seguro de que no tienes otra fotografía?

—Ya te lo dije, es la única foto que tengo de él.

—Es una verdadera lástima… y no hay ninguna duda. Definitivamente, ese hombre no se llamaba Enzo… Se llamaba Francesco Spada.

Era su papá.

Capítulo 13

—¿Qué has dicho?

—Se llamaba Francisco Spada… Tu Enzo es mi padre —respondió con un tono de voz ahogado—. Y ahora sé que está muerto… —Dos goterones empaparon la fotografía, Rossana las secó con cuidado. Hacía tantos años que no veía el rostro de su padre, y ahora tenía la certeza que nunca más iba a volver a verlo.

—No puede ser… —Tomó la foto de Enzo y luego miró a Rossana repetidas veces, como si quisiera cerciorarse de lo que ella le decía. Los mismos ojos, la misma barbilla, los mismos labios. El color de cabello y los rasgos femeninos era lo único que los diferenciaba—. No puede ser… —repitió incrédulo.

El destino suele ser muy caprichoso y retorcido cuando se lo propone.

—Dame su mensaje —rogó con un hilo de voz—. Cumple tu promesa, Ángel, quiero saber que te dijo… Soy la única que puede recibirlo.

Ángel miró la fotografía nuevamente sin poder creerlo, el corazón le latía rápidamente y sentía que iba a salir disparado de su pecho en cualquier instante. Inspiró aire profundamente, necesitaba valor para ese momento.

—Sus últimas palabras… fueron… —Ángel tragó el enorme nudo que tenía en la garganta, iba a decirlo… iba a repetir esas palabras que una y otra vez inundaron su cerebro. Se le vino la imagen de Enzo agonizando, con el pecho ensangrentado, muriendo, y repitió sus palabras al mismo tiempo que sus recuerdos—: «Siempre lo arruiné… No supe hacer otra vida… Por favor… Encuéntralas y diles que me perdonen… Ella… siempre tuvo la razón… »

Rossana cerró los ojos, su llanto era silencioso, contenido. Ángel estaba en shock, no sabía qué diablos hacer, estaba perdido, ahogado de emociones que no podía controlar...

—Mi mamá siempre decía que cualquier día lo iban a matar, siempre, siempre le dijo eso... Él prometió que volvería a buscarnos... que lo esperáramos...—Sonrió triste por la ironía, limpiándose las lágrimas que no cesaban de caer. En dos días había llorado más que en diez años—. Por eso nunca volvió... Mi mamá tuvo mucha razón, pero nunca perdió la esperanza de que iba a volver... A pesar de todo, lo amamos mucho... Todavía lo amo... Papá...

¿Qué otra cosa más iba a pasar?, se preguntaba Ángel. Ante él tenía a la hija de aquel hombre que fue como un padre y que a la vez lo condenó a una empresa casi imposible de realizar. Lo hizo por honor, por agradecimiento, por todo lo que hizo por él. Pero su condena no era peor que la de Rossana, ella sí que había vivido en un infierno, uno mil veces peor que él. Maldijo a Enzo, lo maldijo mil veces, por permitir que el destino de su mujer fuera la muerte y el de su hija el ser una esclava sexual. Ángel no la consideraba prostituta, para él Rossana era una esclava en toda la extensión de la palabra, una muchacha que no debió vivir lo que vivió y se sintió afortunado de poder impedir que ella siguiera con el suplicio de entregar su cuerpo a cualquier imbécil dispuesto a pagar.

Ángel, aquel hombre que tenía una misión en la vida, en un par de segundos se quedó sin ella. Así, sin más, su búsqueda había terminado. No había motivos para seguir siendo un detective de la PDI, ni para seguir infiltrado en ese mundo que solo le quitaba lo que más quería. Podía hacer lo que quisiera con su vida y su futuro y, sin embargo, sintió que su deuda todavía no estaba del todo saldada. Para él no era suficiente el haber encontrado a la familia de Enzo, no era suficiente con haber entregado el mensaje. No, no era suficiente, porque cumplió su promesa demasiado tarde... Lo que había hecho él, simplemente, no bastaba. Él debía asegurarse hasta el final de que Rossana tuviera la vida que siempre debió vivir.

Segura, en paz, feliz.

Y si tenía que seguir interpretando ese mismo papel por toda la eternidad para lograrlo, que así fuera.

Una mano tocó la suya, era Rossana que rompía su letanía de pensamientos que se repetían una y otra vez. La miró a los ojos, todavía eran fuentes que manaban lágrimas y que parecían nunca acabar.

—Abrázame, por favor… Lo necesito… abrázame —rogó Rossana, sentía frío, anhelaba el cálido consuelo que encontraba entre los brazos de Ángel.

Él no dejó pasar un segundo más, la sentó en su regazo como si fuera una niña y la cobijó entre sus brazos, porque él también lo necesitaba, también necesitaba ser consolado. El silencioso llanto de Rossana estalló en sollozos, gemidos y lamentos, que le rasgaban la garganta, lloraba, lloraba, vaciando su alma en cada grito que quedaba atrapado en la dura pared del pecho de Ángel.

Desolación. Ángel estaba devastado y se quebró. También lloró, en silencio, estoico, porque no sabía hacerlo de otra forma. Él era un hombre, y los hombres como él solo lloran cuando no lo soportan más, cuando están rotos en mil pedazos y no tienen tiempo para recomponerse, y el dolor les pasa por encima del corazón como una estampida de caballos salvajes.

Ambos estaban unidos en un doloroso y a la vez liberador abrazo. Y lloraron juntos hasta derramar la última gota y el cansancio los cubriera con su manto para hacerlos dormir.

Ángel abrió los ojos con pereza, se había quedado profundamente dormido con Rossana, todavía estaba abrazándola fuertemente. Observó por unos instantes su rostro de hada, y todavía le costaba creer que era la hija de Enzo, bueno, Francesco. Eran idénticos, pero él no fue capaz de reconocer el parecido hasta comprobarlo, mirando la foto de su amigo.

Intentó separarse de Rossana para acomodarla en el sofá, pero ella se aferró a él, impidiendo que se moviera.

—No se vayan, no me dejen… —Ella suspiró entrecortado—… por favor, papá, mamá... —Una lagrima rodó lentamente por la mejilla tatuada de ella.

Estaba soñando, estaba llorando, añorando, sufriendo. A Ángel se le rompió el corazón, sabía lo que era perder a la familia, a sus padres, a estar solo.

—Estoy contigo, Rossana. No te abandonaré —susurró Ángel.

—Ángel… Ángel… abrázame… —Se aferró aún más a él ovillándose, haciéndose más pequeña.

—Shhhh… shhhhh… tranquila, pequeña hada —arrulló cobijándola más contra su pecho—. Debemos ir a descansar, han sido días demasiado duros para ti.

—No me dejes, Ángel.

—No lo haré… Rossana… despierta. No podemos estar toda la noche así.

Ella se removió y abrió los parpados pesadamente, y se encontró con los ojos de Ángel que la observaban de una manera que no supo interpretar.

—Debes ir a la cama, Rossana —insistió Ángel—. Mañana será un largo día.

—Tienes razón… Voy a buscar las mantas —dijo mientras se deshacía del contacto con Ángel. Sintió frío, con mucho esfuerzo reprimió el impulso de volver a los brazos de él. El calor que emanaba de su cuerpo era algo que le transmitía tanta seguridad. Nunca antes había sentido algo así.

—No. Quédate aquí, yo iré —Ángel se levantó y se dirigió al dormitorio, al entrar se encontró con el maletín que todavía reinaba en medio de la cama. Lo había olvidado por completo. No le dio más vueltas al asunto, y sin más ceremonias abrió la maleta.

En su interior había un par de pasaportes, supuestamente de él, con distinto nombre y nacionalidad, una pistola calibre 22, municiones, un fajo de billetes de euros, y una carpeta con el membrete de la Interpol. A Ángel le extrañó de sobremanera el contenido del maletín, porque en ninguna parte de las instrucciones que le fueron entregadas se indicaba que le iban a dar esos objetos. Lejos de obtener respuestas, el contenido lo intrigó y lo puso en alerta.

Volvió a cerrar el maletín y lo dejó en el interior del closet, a la vez que sacaba unas mantas, hasta que un golpe seco interrumpió sus acciones, el maletín se había caído. Una señal, Ángel siempre estaba muy atento a ellas, y ya eso terminó por ponerle los nervios de punta. Pero…

Primero es lo primero.

Rossana estaba esperando a Ángel sentada en el sofá, abrazando sus rodillas. En el momento en que él entró en la sala de estar y la encontró en esa posición, recordó inmediatamente el día anterior, cuando ella aterrada le suplicó por ayuda. Ángel sentía que habían pasado semanas desde ese primer encuentro y, sin embargo, ni siquiera habían pasado cuarenta y ocho horas.

Ella lo miró al entrar y con una sonrisa trémula lo recibió.

—Vamos, esta noche dormirás en la cama. Yo dormiré aquí —decretó para que Rossana durmiera tranquila.

—No. El sofá está bien para mí. —Ella se negó con naturalidad—. A ti te dan pesadillas y te queda estrecho —justificó.

—No importa, no quiero que duermas en estas condiciones —refutó, perdiendo un poco la paciencia. Rossana ni se inmutaba.

—No, Ángel. No quiero despertar a mitad de la noche por tus pesadillas. —*Touché*.

—Hada terca… —Se revolvió el pelo frustrado—. Ve a la cama, por favor —pidió suavizando el tono de voz.

—No, el sofá es perfecto para mí, hasta me sobra espacio —se negó nuevamente sin dejar que la disuadiera.

—He dicho que te vas a la cama y ya, señorita —ordenó ya en plano paternal y mandón.

—No.

—¡Por Dios, Rossana, no seas tan niña! —exclamó contenido, y haciendo acopio de su última gota de paciencia cruzó sus brazos, consiguiendo que su pecho se viera más grande e imponente.

—Por Dios, Ángel, no seas tan obtuso. Yo me quedo aquí. —Rossana no cedió ni un centímetro en su convicción y se cruzó de brazos también. Claro que ella no logró el mismo efecto

—Bien —claudicó—. No quiero quejas mañana —advirtió.

—Bien.

—Buenas noches… niña.

—Buenas noches, hombre terco.

Ángel se fue enojado al dormitorio, se empezó a desquitar con la ropa y se desvistió casi a tirones, dejando todas las prendas regadas por el suelo.

—Cómo puede ser que cambie de humor tan rápido. ¡Quién la entiende, hada del demonio! —rezongó en español. Abrió las mantas de la cama y se acostó, respirando agitado, haciendo que sus fosas nasales se dilataran—. ¡Italiana tenía que ser!

Rossana se quedó estupefacta cuando Ángel se marchó airado y derrotado, era extraño haber discutido con él. En realidad, era por algo bastante insignificante pero, al parecer, a Ángel nadie le llevaba la contraria, y ella estaba aprendiendo a hacer valer sus opiniones y decisiones. Pobre Ángel, estaba siendo su conejillo de indias sin saberlo. Claro que ponerlo a prueba no era algo que ella hacía a propósito, pero era tan gratificante poder decir lo que pensaba y lo que quería, no tenía por qué obedecer sin dar la pelea. Él intentó convencerla, no lo logró y punto; ella podía perfectamente dormir en un sofá que le quedaba esplendido para descansar y que para Ángel era incomodísimo.

Además, que a ella se le partía el alma ver a Ángel teniendo una pesadilla.

Extendió las mantas sobre el sofá y armó su improvisada cama y se dio cuenta de que su pijama estaba en el dormitorio. Maldición.

Golpeó la puerta suavemente. Ninguna respuesta. Rossana abrió sigilosamente y entró sin hacer ruido. Ángel estaba inmóvil en el lado derecho de la cama, se dirigió al closet y sacó su ropa para dormir, adoraba el olor a nuevo de las prendas que le había comprado el día anterior.

—Que descanses, Ángel… duerme bien —susurró ella. Con una sonrisa dibujada en su rostro se dio media vuelta y regresó por donde entró.

—Buenas noches, Rossana… tú también duerme bien. —Ángel estaba despierto. Llenó de aire sus pulmones e intentó dormir… Dios, necesitaba un cigarro, desde que salió de Santiago que no fumaba y en ese momento, simplemente, no podía.

Maldito mal hábito.

—Ángel… Ángel… —Una vocecilla susurraba con dulzura su nombre, estaba rodeado de neblina—… Ángel… Tengo frío… —¿Esto era un sueño? No lograba distinguir de dónde provenía esa voz—. ¿Puedo dormir contigo? —pidió la voz como si estuviera congelándose.

—¿Luciérnaga? —llamó aún en la bruma de sus sueños. Todo era lúgubre y húmedo, pero de pronto había agua en todas partes—. ¿Tienes frío? —preguntó y el agua rápidamente subía y le llegaba a las rodillas.

—Está húmedo afuera. Está cayendo una helada.

—¿Dónde estás?... ¿Luciérnaga? —interrogó, mirando por todos lados.

—No, no soy Luciérnaga, soy Mariposa… —respondió la voz.

—¿Mariposa?... —Una figura femenina y frágil se acercó a él, estaba desnuda, no podía ver su rostro.

—Sí, soy Mariposa, tengo frío… —Su mano se extendió para alcanzarlo.

—Ven… —Ángel logró asirla y la atrajo hacia él.

Ángel se despertó asustado por el toque de hielo de unos diminutos pies que le habían rozado la pantorrilla, después sintió un cuerpecito que, a pesar de estar abrigado, tiritaba de frío y que le daba la espalda a una distancia segura.

Acercó a Rossana hacia su pecho y la abrazó, para infundirle calor, ella sin pudor enredó sus piernas entre las de él y le hizo sisear por el gélido contacto.

—Te lo advertí, muchacha —reprendió Ángel con dulzura—. Casi te da hipotermia.

—Parece que la calefacción se descompuso. De pronto, el frío me despertó, afuera hay escarcha en todas partes —explicó Rossana en su defensa—. Tu cuerpo es muy cálido... ya se me está pasando el frío. —Dio un sonoro bostezo—. Gracias, Ángel. Buenas noches.

—Buenas noches…

Ángel se quedó dormido, en cuestión de segundos, y con una sonrisa en sus labios, porque Rossana estaba donde debía estar, en la cama, segura.

A su lado.

Capítulo 14

Rossana, al abrir los ojos a la mañana siguiente, sintió la profunda y regular respiración de Ángel, el férreo agarre del brazo de él por su cintura, el torso cálido y duro como roca pegado a su espalda y sus piernas enredadas compartiendo calor… Su primer impulso fue saltar de la cama y correr, no debería estar en la cama con él, Ángel podría pensar que ella quería algo más o que… Pero no alcanzó a terminar ese pensamiento y recordó el motivo por el cual tenía su cuerpo pegado al de él. El frío intenso que la despertó y que le empujó a pedirle que le diera algo de calor.

Rememoró los eventos ocurridos la noche anterior. Tenía sentimientos encontrados, era la primera vez que amanecía con un hombre, la primera vez que se acostaba con uno sin tener sexo, la primera vez que no se sentía sucia ni le repugnaba el contacto de con quien compartía la cama… Era como estar realizando una de sus fantasías de adolescente, cuando todavía tenía la cabeza llena de cuentos de hadas con princesas y príncipes azules. En aquellos tiempos, ella soñaba con tantas cosas, estudiar, trabajar, una profesión —una decente—, formar una familia, un hogar, eso que tuvo cuando era una niña y que perdió antes de darse cuenta de lo valioso que era.

Pero ese sueño se rompió y se esfumó como polvo en el viento, no tenía esperanza alguna de realizarlo. Sabía que nunca podría conocer la dicha ser amada, porque ¿qué clase de hombre amaría a una persona que fue objeto de cientos? Una mujer mancillada, que no conoció el amor, ni la ternura de la primera vez, sino todo lo contrario. Lucio, como primer pago, se llevó su virginidad y su inocencia de una manera brutal, casi como quien faena un animal. Y desde ese entonces, el sexo por el cual le pagaban solo significaba un vil acto mecánico, donde ella aprendió rápidamente a actuar un guion cuidadosamente montado; fingir para no recibir golpes por no sentir placer, por no gemir, por no gritar en éxtasis. Una puta frígida no era negocio para Lucio, ni tampoco le convenía a ella para su integridad física y mental. Cuando tenía a un hombre sobre su cuerpo, era como si su alma se separara de ella y mirara todo desde lejos… Sí, era ella la que se retorcía y gemía y gritaba, calculando cada uno de sus movimientos para no despachar al cliente con demasiada rapidez —porque ellos lo notaban— y tampoco para que se quedaran demasiado tiempo dentro de ella.

Era ella, la puta, y a la vez no lo era… Rossana nunca sintió ningún tipo de placer, ni creía que iba a sentirlo alguna vez en su vida.

Hubo un tiempo en que tuvo curiosidad, porque todas lo sentían, y decían que era maravilloso, y que a veces era lo único bueno de la profesión… Lo intentó, Dios sabe que lo intentó, pero era algo que la superaba más allá de toda explicación lógica y, simplemente, no podía, su cuerpo no la obedecía.

¿Qué clase de hombre sería capaz de soportar algo así, sin aburrirse al poco tiempo? Ella era una mujer rota, que recién estaba empezando a recoger sus pedazos del suelo, que no sabía si alguna vez en esta vida iba a disfrutar el hermoso acto de hacer el amor y estallar junto a la persona que amaba.

Ninguna persona sensata iba a estar dispuesta a amarla. El amor y la paciencia se acaban y ella era un caso perdido.

Pero libre.

Por eso mismo iba a solazarse de ese instante de ensueño, e iba a imaginar que lo que vivió nunca fue, y que a su lado había un hombre que la amaba locamente, tan loca e intensamente que era capaz de mover el mundo a sus pies por solo verla feliz. Y ese hombre dormía profundamente aferrado a ella para no dejarla ir, porque aun estando dormido, la anhelaba y deseaba con ternura y calidez… Y también iba a imaginar que ella también lo amaba, profundamente y sin reservas, y que era capaz de entregarse en cuerpo y alma, sin sentir nada más que amor, pasión, luz…

Otro trocito de felicidad, aunque fuera ficticio.

Ángel se removió perezoso, abrió la mano que tenía reposando sobre el vientre de ella y la acarició posesivo. En su semiinconsciencia inhaló el aroma femenino que Rossana desprendía, era suave y tenue, nada que ver con ese horrible olor dulzón que usaba la primera vez que la vio, eso era parte del disfraz de ella, ese era el aroma de su esclavitud, y deseaba con toda su alma nunca más volver a sentirlo.

Ahí estaba ella quieta, tranquila, su cuerpo blando, dúctil, femenino. Él nunca había compartido una cama con una mujer sin follar y tampoco había dormido con nadie hasta el amanecer, ni siquiera con Luciérnaga. Era la primera vez que despertaba y no se encontraba solo, y en ese momento deseó no estarlo más, estaba harto de la soledad, estaba harto de actuar la mitad del día, estaba harto de no poder hacer lo que realmente quería. Estaba harto de ocultarse, ocultar lo que sentía… Porque tenía que reconocerlo, estaba sintiendo, con Rossana estaba viviendo emociones que creía que había enterrado junto con el ataúd de Luciérnaga.

Por primera vez en cinco años se estaba permitiendo sentir, pero tenía que ser cauteloso, tenía que analizar cada uno de sus sentimientos, porque no quería confundirse ni equivocarse y herir su propio corazón y el de Rossana, a ella menos que nadie quería hacerle daño. Tenía que saber más de ella, conocerla, su instinto le decía que ella nunca había mentido en nada… Era transparente e inocente, por eso mismo Lucio le tendió aquella trampa, porque los tipos como él son como buitres esperando a jovencitas vulnerables para corromperlas y mutilar su espíritu. Rossana no se daba cuenta, pero supo preservar lo mejor de ella misma, su esencia. Ángel no se lo explicaba, pero Rossana tenía intacta gran parte de su alma, y él la admiraba por eso, porque a pesar de toda su fragilidad tenía una fuerza interior impresionante.

No podía distraerse más, su prioridad número uno había cambiado, debía comprar la libertad de Rossana y asegurarse de que Lucio jamás volviera a ponerle un dedo encima. Luego, iría a la Interpol a buscar explicaciones por el maletín y finalmente llevaría a Rossana a tramitar identificación y un pasaporte. Si ella se lo permitía, cuando acabara todo, se la llevaría de Italia.

Estaba decidido. Ella debía empezar de cero, lejos de todo lo que le recordara su antigua vida.

Ángel se deshizo del contacto de Rossana, fue una tarea titánica de realizar, porque no quería moverse, solo deseaba estar así, tranquilo, junto al calor de ella. Se incorporó en la cama y se quedó mirándola por unos segundos. Definitivamente, él se iba a sentir mucho más tranquilo si seguía despertando junto a ella cada mañana.

—Rossana, despierta —susurró, acariciando el cabello de ella—. Tenemos mucho que hacer hoy.

Ella, que se estaba haciendo la dormida, hizo toda la actuación de que se desperezaba para no delatarse, y saludó a Ángel con una sonrisa somnolienta, estirándose como una gatita al sol.

—Hola —lo saludó—. ¿Qué hora es? —preguntó mientras se sentaba en la cama.

—Son las ocho de la mañana. Al mediodía tengo que ir a cerrar el trato con la gente de Matteo y luego debo hacer un par de cosas de trabajo —anunció—. Primero desayunamos, vamos a salir a comprar un teléfono para ti y te dejaré en una biblioteca para que estudies tu español mientras hago lo mío sin preocupaciones, no me da buena espina dejarte aquí sola.

»Luego, te iré a buscar para ver si alcanzamos a ir al ayuntamiento para regularizar tu documentación —informó el itinerario del día.

—¿Voy a ir a una biblioteca?, ¿sola?

—Sí. Es un lugar público y seguro, no te pasará nada. ¿No quieres?

—¡Sí! —exclamó entusiasta—. Digo, sí, me encantaría —acotó un poco avergonzada por su actitud. Ángel sonrió, le gustaba verla contenta.

—Bien, me iré a dar una ducha rápida. —Ángel se levantó resuelto, directo al baño—. ¿Puedes preparar el desayuno mientras lo hago? —pidió con un tono de voz afable.

—Sí, claro —respondió un poco sorprendida. Era extraño, Ángel se notaba más ¿relajado?, más familiar, más abierto.

—Gracias.

—De nada… —balbuceó mientras veía como él salía del dormitorio. Definitivamente, era como si estuviera al frente de algún impostor… Rossana conjeturó que el radical cambio de humor de Ángel estaba directamente ligado al cumplimiento de su promesa o, tal vez, ahora la veía como la hija del hombre que fue casi un padre para él, o sea, una especie de hermana menor postiza.

«Estoy elucubrando demasiado, tal vez solo durmió bien», pensó para no seguir dándole vueltas al asunto, levantándose a preparar el desayuno.

El agua estaba calentándose, las tazas estaban listas con una bolsa de té de Ceylán y una ramita de canela, también había queso, jamón, mantequilla, en fin, todo un arsenal nutritivo para comenzar el día como campeones.

Rossana estaba moliendo el aguacate con un tenedor, ella no comprendía cual era la fascinación de Ángel por comer el pan así —pero tenía que darle la razón de que era exquisito—, se sentía extraña por realizar algo tan cotidiano como preparar el desayuno para dos personas, era casi como vivir una extensión más de la fantasía que tuvo al despertar. Era raro y fascinante.

El hechizo se rompió cuando golpearon la puerta, Rossana dejó de preparar el desayuno y se dirigió en el acto hacia la entrada, pero prefirió no abrir. Algo le decía que tenía que ser precavida.

—¿Quién es? —preguntó a la persona que estaba llamando.

—Soy la señora Catalina —contestó una voz de mujer del otro lado.

Rossana reconoció la voz de la mujer y abrió la puerta lentamente.

—Buenos días —saludó Rossana.

—Buenos días, señorita —respondió con una sonrisa—. Disculpe la interrupción, anoche hubo un desperfecto con las calderas y quería avisar que los técnicos estarán trabajando en ello y no habrá agua caliente ni calefacción durante el día de hoy y mañana.

—Sí, me di cuenta… —dijo y pensó inmediatamente en la ducha que se estaba tomando Ángel. Probablemente, se estaba bañando con cubos de hielo. Pobre.

—Lo sentimos muchísimo y para colmo hay una ola de frío. Le ruego que nos disculpe las molestias ocasionadas, de momento les traje un pequeño calefactor eléctrico para compensar un poco todo este entuerto —ofreció la señora Catalina realmente afectada por tener que pasar por todos los departamentos alquilados dando el mismo discurso.

—Muchas gracias —respondió Rossana, recibiendo el aparato—. Esto será de ayuda.

—Gracias a usted por su comprensión. Cuando esté todo funcionando, le avisaremos.

—No hay problema.

—Gracias, que tenga un buen día.

—Usted también.

Rossana cerró la puerta y se dio media vuelta, en ese preciso instante Ángel salía del baño vestido solo con una toalla blanca bien ceñida a la cadera y se dirigía lentamente hacia el dormitorio, exhibiendo su espalda cubierta con un enorme tatuaje de dos peces koi de color negro. Ella siempre evitaba mirar cuerpos masculinos, pero por alguna razón —que no quería detenerse a pensar—, no podía quitarle los ojos de encima a Ángel. Tal vez era su andar, su postura, su porte, su aura, llámenlo como quieran, era como si él tuviera una especie de magnetismo especial que para ella era imposible de evadir, y ahora que solo lo cubría un pedazo de algodón, hacía que se viera arrebatador, era como ver una especie de animal en estado puro.

Parpadeó para espabilarse, notando que el corazón le latía acelerado y que se sentía absurdamente nerviosa. ¡Una absoluta ridiculez! Rossana se rio de ella misma y comenzó a negar con la cabeza.

—No es momento de sentirse así, Mariposa, tu corazón terminará roto —se dijo a sí misma—. Él se irá y te quedarás sola llorando… Ni siquiera sabes si tiene alguien en su país… Solo enfócate en aprender.

Suspiró profundamente y se dirigió al baño, ella también necesitaba una ducha fría.

—¿Quién llamó a la puerta? —preguntó Ángel a Rossana que comía distraída una tostada con jamón y queso. No hubo respuesta—. Rossana, despierta.

—¿Qué?... Perdón, ¿qué decías?

—¿Quién llamó a la puerta mientras me duchaba? —repitió la pregunta.

—Ah, era la señora Catalina. Era para informar que las calderas están averiadas y las están reparando, no habrá calefacción ni agua caliente entre hoy y mañana —informó y luego tomó un sorbo de té con canela. Mejor evitaba ver directamente a Ángel y pensar en otra cosa, ese maldito traje negro y corbata roja le calzaba como guante, se veía impresionante, soberbio.

—Un poco tarde para avisar sobre el agua, casi me congelé.

—Sí, estaba gélida —concordó—, pero dejó un calefactor eléctrico para compensar un poco el frío.

—Lo pondremos esta noche en el dormitorio… y compartiremos de nuevo la cama… No quiero sentir que tus pies helados me despiertan en la mitad de la madrugada, no me gusta que pases frío.

«¿No hay nadie en Chile que se ponga celosa porque compartes tu cama con otra mujer?», interrogó Rossana mentalmente con un tono inquisidor. Apoyó el codo en la mesa y descansó la cabeza en su mano, dio otra mordida a la tostada.

—No —Ángel respondió lacónico y sorprendido por la repentina pregunta, ya que ella tenía la vista pegada en la tostada. Rossana al escuchar la respuesta de él se dio cuenta de que había formulado la pregunta en voz alta.

—Perdón… no debí preguntarte algo tan personal —se excusó nerviosa. «Mierda, ¿qué me pasa? Concéntrate, Mariposa», se reprendió para sus adentros.

—Es un poco tarde para ser mesurada con las preguntas personales, Rossana. En este momento, tú sabes más cosas de mí que mi propia familia —replicó sarcástico. Una sonrisa pícara se dibujó en su rostro.

Rossana se puso colorada como un tomate.

A él le pareció divertido y adorable verla así.

—¿Qué hora es? —consultó ella para cambiar de tema. Parecía que era la única pregunta que conocía esa mañana.

—Las nueve y cuarto —respondió una vez que miró su reloj de pulsera—. Averiguaré donde comprar tu teléfono móvil y si hay alguna biblioteca cercana… Permiso. —Dio un último sorbo a su taza de té y se retiró a buscar la información en internet.

Rossana también terminó de desayunar y salió en busca de sus libros para estudiar ese día en la biblioteca. Sí, eso iba a hacer, iba a estudiar mucho y aprender lo máximo durante esas horas que serían solo para ella.

Al cabo de quince minutos, Ángel ya tenía todo decidido, en dónde comprar y en qué biblioteca dejaría a Rossana. Cerró la *laptop* resuelto, pero antes de salir debía revisar nuevamente ese maletín que le dejó Cesare Avenati, porque algo no le cuadraba.

Aprovechó que Rossana estaba limpiando las sobras del desayuno y se dirigió al dormitorio. Sacó el maletín del closet, abrió los seguros y vació el contenido sobre la cama, luego lo volvió a cerrar y lo puso sobre el suelo.

Y misteriosamente se cayó de lado sin explicación.

Ángel volvió a abrir el maletín y examinó el interior con cuidado, buscando cualquier cosa extraña, hasta que halló restos de adhesivo en el forro, no tenía ninguna duda, tenía un doble fondo. Lo dejó sobre la cama y con premura fue a buscar un cuchillo a la cocina y rápidamente volvió para rasgar la tela. No le tomó mucho tiempo hasta que abrió una brecha suficiente para terminar de romper de una vez.

Estaba nervioso, tomó firme el extremo del forro y tiró con fuerza.

Ángel tragó saliva con dificultad. El doble fondo estaba lleno de cocaína, estaba dispuesta de manera uniforme en bolsas individuales de unos cincuenta gramos cada una, y también había un dispositivo eléctrico con una lucecita roja que parpadeaba. Mierda, no sabía si era una especie de micrófono o un GPS, decidió guardar silencio y no averiguarlo. Simplemente lo destruyó, pisándolo fuerte.

Si sus peores temores eran correctos, era muy probable de que alguien estuviera intentando boicotear la operación desde adentro de la Interpol y descubrir ante la mafia que él era un infiltrado. Cesare Avenati podía ser un traidor o un simple peón.

Decidió que debía abandonar el departamento en ese mismo instante sin alterar los planes que tenía preparados para

ese día para no levantar más sospechas de las que ya posible-
mente había al destruir el dispositivo. Después de comprar la
libertad de Rossana, iría a buscar explicaciones a la Interpol,
ahora era más importante que nunca.

Era de vida o muerte.

Capítulo 15

—*Mierda…* esto es peor de lo que esperaba —susurró Ángel en español, pasándose la mano por el cabello—. Piensa, hombre, piensa…

Empezó a pasearse por la habitación como león enjaulado mirando una y otra vez el maletín con el fondo rasgado y su contenido sobre la cama. Sus engranajes mentales estaban empezando a procesar, a conjeturar, a armar un nuevo plan.

Habían cosas que debían resolverse ese mismo día, no podía tentar a su suerte. Si postergaba la compra de Rossana, Matteo podría arrepentirse y ahí sí que todo se complicaría, porque él no entregaría a Rossana ni en un millón de años. Primero muerto antes que verla en manos de quien sea. A su vez, no le convenía tener problemas con los subastadores, podría arriesgar el resultado de la operación y echar todos los esfuerzos por la borda. No podía fallarle a Rossana ni a su misión.

Por otro lado, había alguien que deseaba dejar al descubierto que era un infiltrado, si cualquier agente de la ley ajeno a la operación lo sorprendía con droga y con documentos falsos, lo apresarían, lo investigarían, y tarde o temprano sería de conocimiento público que él trabajaba para la Interpol, la mafia estaba metida en todas partes y en todos los niveles, solo iba a ser cuestión de tiempo de que lo atraparan. Obviamente, esa persona conocía la operación encubierta desde adentro, podía ser el mismo Cesare Avenati, pero Ángel ya estaba empezando a dudar que él hiciera una movida tan arriesgada. Habían tres opciones: la primera era que Avenati era demasiado estúpido y alguien lo había utilizado para hacer la entrega y desviar su atención; la segunda era que el tipo estaba metido en la trampa y solo era un peón de un tablero de ajedrez mucho más complejo; y la tercera y la menos probable era que Avenati era la mente maestra.

Ahora, ¿por qué era tan importante que él no pudiera llevar a cabo su misión? Lo más lógico era porque alguno de los involucrados en la subasta estaba directamente relacionado con alguien de la Interpol y si él lo descubría, bueno, podría arruinar su negocio, cualquiera que éste fuera. También era posible que alguien quisiera proteger a algún mafioso involucrado, como forma de pago de algún favor.

No sabía en quien confiar… Ahora que lo pensaba con más calma, si iba esa misma tarde a la Interpol, podría alertar al sujeto que deseaba desenmascararlo frente a la mafia y ponerle precio a su cabeza.

Eso ya no era una opción viable.

Ángel estaba absorto, pensado, ya no se movía, solo miraba fijo en dirección a la cama.

—Ángel, ya estoy… —anunció Rossana entrando intempestivamente a la habitación, quedándose petrificada al ver el estado del maletín y las cosas que contenía regadas en la cama— … lista —susurró, mirando alternadamente a Ángel y la cama—. Perdón por interrumpir… no sabía.

Ángel se dio media vuelta con el ceño fruncido, pero en cuanto la vio con el rostro mortificado, ese nudo de músculos que tenía en la frente se suavizó. Inspiró profundamente, no debía caer en la desesperación, por ella, por él, por ambos.

—Es una trampa —explicó—. Me entregaron este maletín que contiene documentos de la Interpol, pasaportes falsos, droga y un dispositivo de rastreo o micrófono, pero no estoy seguro.

—¿Cómo? —preguntó totalmente desconcertada.

—El objetivo es develar que soy un infiltrado plantando evidencia —continuó con la explicación—. Debemos irnos de aquí, es probable que ya sepan dónde estamos. Pero debemos continuar con algunos de nuestros planes que teníamos el día de hoy. No puedo arriesgar la oportunidad que tenemos para comprar tu libertad. Esa es mi prioridad.

—Bien. —Asintió ella con determinación, y sin pedir más explicaciones se dirigió al closet para comenzar a empacar con eficiencia la ropa de ella y la de él en la maleta de viaje de Ángel, no era momento de sentir miedo, ni de volverse loca. Tenía que ser útil, confiaba en él, porque ella en su misma situación habría actuado de la misma manera. Por eso mismo, no quería ser un estorbo, deseaba aportar algo para que él cumpliera su misión.

Ángel la observaba yendo de aquí para allá, estaba totalmente anonadado y en su pecho florecía un sentimiento muy parecido al orgullo… Sí, estaba orgulloso de ella, el hada estaba abriendo sus alas de mariposa.

Ella confiaba en él, ciegamente. Cualquier otra persona lo habría cuestionado o dudado de la veracidad de sus dichos en el acto, pero ella no. Rossana perfectamente podía estar temblando de miedo y gritando como histérica, pero estaba siendo práctica, fría, segura.

—Bien… —repitió él, sacando su móvil y tomando fotografías en detalle a todo el contenido de la maleta. Luego, salió del dormitorio en dirección a la cocina, revolvió en un cajón y sacó una bolsa de basura, cloro, un trapo de limpieza y unos guantes de goma, se los puso y volvió al dormitorio, extrajo las bolsas de cocaína del doble fondo del maletín y se dirigió al baño.

Limpió cada bolsa con el trapo y después vació su contenido en el agua del retrete, en total eran diez. Era increíble, lo estaban cargando con medio kilo de cocaína, aparentemente de alta pureza. Al terminar de desechar el contenido de la última bolsa tiró la cadena del estanque tres veces y, literalmente, la droga se fue por un caño.

Lavó los guantes, el trapo y las bolsas con restos de cocaína con agua y cloro y volvió al dormitorio donde se encontraba Rossana aun empacando las pertenencias de ambos. Tomó el maletín y repitió la misma operación que con las bolsas de cocaína, limpió las huellas digitales y lavó el fondo con agua y cloro. Posteriormente, Ángel limpió y desarmó la pistola que le habían plantado y revisó el contenido de la carpeta de la Interpol que, curiosamente, contenía la misma información que le entregaron a él en Santiago. Rompió las hojas y las depositó en un papelero metálico junto con los pasaportes falsos y el dinero, abrió las ventanas y les prendió fuego. Rápidamente, todo fue consumido por las llamas y finalmente las cenizas fueron a parar al retrete.

El maletín fue metido en una bolsa negra de plástico, junto con los desechos que estaban en el basurero de la cocina y que fueron a parar al ducto de desperdicios del edificio.

Solo quedaba la pistola, pero Ángel la iba a conservar solo por un rato, el plan era lanzar todas las partes al río Tíber.

—Todo está listo —anunció Rossana con la respiración un tanto alterada, tenía las mejillas sonrojadas por empacar en tiempo record—. ¿Has terminado con todo?

—Sí, pero habrá un cambio en nuestros planes, no irás a la biblioteca, irás al aeropuerto. Compraremos tu móvil ahí y me esperarás hasta que yo termine todo. Luego, buscaremos otro sitio donde pasar la noche, no estaremos en el mismo lugar dos días seguidos... Le diremos a la señora Catalina que estaremos un par de días afuera, pero que volveremos, para tener un plan B. Llamaré a Giuseppe para que nos lleve al aeropuerto.

—Bien —aceptó sin cuestionar—. Ángel... —No terminó la oración, se quedó en silencio, dudaba de dar una idea.

—Dime...

—No, nada, no tiene importancia.

—Rossana, dime... nunca te quedes callada.

—¿Podemos comprar algo de maquillaje? —Él levantó las cejas un tanto sorprendido, pero no dijo nada para que ella continuara—. Es para probar si podemos tapar... esto —Apenas se tocó su mejilla, porque cada vez que sentía la textura del tatuaje era como si le quemara la yema de los dedos—. No deseo llamar la atención, y tener esta cosa en la cara no nos ayuda en nada.

Ángel reprimió el impulso de estrecharla entre sus brazos, Rossana lo desarmaba cuando se avergonzaba de sí misma, pero a la vez se resignaba a su suerte. Ella odiaba ese maldito tatuaje, y solo pensó en cubrirlo en ese instante, porque eso los ayudaría a ambos. Por un segundo fue absolutamente vulnerable y frágil, y al siguiente era dura e inteligente, pues él había pasado por alto ese detalle que los podría condenar, porque en ese momento sentía que mil ojos estaban depositados sobre ellos. Ángel siempre se ponía en el peor de todos los escenarios, de esa manera tomaba todas las precauciones posibles y casi se le escapa esa particularidad de Rossana que ahora era demasiado importante.

—Muy inteligente de tu parte, estoy tan acostumbrado a ver ese tatuaje que lo obvié. ¿Te parece si compramos una peluca también? —La miró fijamente, imaginando que color se vería bien en ella, el negro estaba totalmente descartado—. ¿Castaña, ni corto ni largo?

—Creo que será perfecto.

El plan inicial fue llevado a cabo sin contratiempos. Ángel estaba nervioso, todavía tenía fresca la sensación de desolación, vacío e incertidumbre en el cuerpo luego de haber dejado a Rossana en el aeropuerto. No comprendía por qué se sentía así, si estaba seguro que ella estaba a salvo en ese lugar. Nadie la reconocería, incluso a él le pareció prodigioso el cambio de su apariencia con tan solo borrar con maquillaje el tatuaje de su rostro, y si a eso le agregaba la melena castaña, la hacía ver totalmente cautivadora… pero así, incluso, le gustaba más con su cabello rebelde y granate y el dragón en su mejilla…

«Mejor no debo seguir por ese sendero», se reprendió, tenía que avanzar y terminar de una vez por todas con la transacción e intentar averiguar algo más para la investigación. Si se distraía por tan solo un minuto, le podría costar demasiado caro.

Faltaban veinte minutos para el mediodía, Ángel miró la fachada del hotel, parecía que había estado ahí hace siglos y solo era el tercer día que estaba en ese país. Era una locura todo lo que estaba sucediendo a su alrededor. Definitivamente, tratar con narcos y carteles en Sudamérica era jugar en una liga infinitamente menor.

Entró y se dirigió directamente al restaurant, en el interior solo había tres mesas ocupadas por parejas. Había llegado antes que la gente de Matteo, mejor para él, le daba cierta ventaja ser quien esperara.

Se sentó en una mesa en un lugar donde se podía contar con cierta discreción, pidió un té con canela, un periódico y esperó.

Y esperó…

Y esperó…

De pronto, miró su reloj de pulsera, ya era mediodía. Detestaba la impuntualidad, y en este caso peor aún. Pidió otra taza de té… y unas medialunas y empezó a leer la sección policial.

Ya eran las doce con quince minutos, Ángel ya se había tomado la segunda taza de té, comido cuatro medialunas y le estaban dando unas ganas terribles de fumar... ¿Cuánto más tendría que esperar?

—¿Ángel Larenas? —preguntó una voz familiar, Ángel de inmediato miró en dirección de dónde provenía. Un hombre estaba a un par de metros frente a su mesa, era de unos cuarenta años y poseía un rostro que dejaba entrever que alguna vez fue atractivo en su juventud, pero ahora se veía más bien maltratado por la vida, vestía de manera casual, pero elegante—. Perdón por el retraso.

—Yo pensé que iba a enviar a alguien —respondió, invitándolo a la mesa con un gesto, mientras doblaba el periódico—. Estaba a punto de irme, Matteo —mintió.

—Hombre de poca paciencia.

—No, soy un hombre muy ocupado... ¿Desea acompañarme a tomar un café? —ofreció—, ¿un whisky?

—¿Ambos? —Rio con desfachatez. Llamó al mesero y pidió un café *espresso* doble con un *shot* de whisky y que fuera rápido.

Ángel miró a Matteo con interés, pero era más bien para poder memorizar sus rasgos faciales para la investigación.

—Bien, no me esperaba que vinieras personalmente a buscar el pago por Mariposa —manifestó socarrón, arqueando una ceja—. Pensé que querías mantenerte en el anonimato, ya que solo aceptaste una llamada de voz y no una videoconferencia.

—Soy culpable de ser precavido —expresó, levantando las manos en un gesto de rendición—. Me caíste bien, y así cómo va la subasta, terminaremos haciendo negocios.

—Te veo muy seguro de ti mismo, uno nunca sabe qué tan interesados están los demás —replicó para seguir con la «amena» charla, porque en el fondo quería arrancarle los ojos y castrarlo por «probar exhaustivamente » a Rossana.

—No lo suficiente como para ofrecer tanto dinero. —En ese momento llegó el mesero con el pedido para Matteo, sirvió con silenciosa eficiencia y se retiró.

—La última vez que revisé, la competencia era reñida —afirmó Ángel sin quitarle la vista de encima a ese malnacido.

—Tarde o temprano se rendirán y yo seré el que gane —aseguró con certeza y bebió un buen sorbo del «café con malicia».

—Si tú lo dices… —Ángel se encogió de hombros despreocupado de quien ganara—. ¿Por qué estás tan empecinado en ganar la subasta? Fue muy osado ofrecerme una puta para lograr algo de ventaja.

—Me va a dar un buen empujón monopolizar el negocio por un tiempo y me conviene tener un socio fiable —argumentó relajado.

—¿Y yo lo soy? —interpeló, intentando escarbar más en el carácter de ese hombre.

—Hasta el momento sí, ya te lo dije, tu fama te precede y además tengo muy buenas referencias, pero ya sabes, no se puede confiar en nadie. —Tomó otro sorbo largo de café hasta vaciar la taza.

—Así es. No se puede confiar en nadie. —Ángel sacó del bolsillo interno de la americana un sobre en blanco. A Matteo no le pasó inadvertido la pistola semiautomática que estaba en una funda apegada al torso de Ángel, pero no dijo nada, era algo normal estar armado en el mundo en el que vivían—. Pero negocios son negocios —continuó—, y estamos en este lugar por uno, precisamente. Aquí tienes el pago por Mariposa. Espero no tener sorpresas después —advirtió serio y a la vez con un tono levemente amenazante.

—Por supuesto que no habrá problemas. Acá están sus papeles médicos al día y que acreditan que no tiene enfermedades venéreas y que está limpia de alcohol y drogas, y también su documentación legal. Es todo lo que tenía mi proveedor. —Puso sobre la mesa unos papeles doblados y la carta de identidad de Rossana al mismo tiempo que tomaba el sobre sin abrirlo y lo guardaba en un bolsillo de su abrigo, no iba a contar el dinero, sabía que estaba la suma pactada. Ángel se apoderó de la carta de identidad de Rossana y observó el documento. Ahí estaba ella, con su rostro serio y sus ojos tristes, su cabello era del mismo color, pero largo y en sus mejillas sonrosadas no había rastro de tinta manchando su piel, era el fiel retrato de la inocencia y la pureza. Unas ganas casi irrefrenables por saber si estaba bien lo invadieron, pero su rostro duro como el granito no lo reflejó, en su lugar una sonrisa siniestra surcó su semblante.

—Excelente. ¿Ella no tenía pasaporte?

—No, esa putita con suerte ha salido de Roma… Si quieres sacarla, más te vale que empieces con los trámites. Uno nunca sabe con la burocracia.

—Gracias por el consejo, Matteo.

—Bien, yo también soy un hombre ocupado —dijo, levantándose de su asiento—. Estaremos en contacto, «socio». —Estrechó con firmeza la mano de Ángel, dejó un par de billetes por el café y se retiró con andar arrogante.

Ángel se quedó un minuto observando la fotografía de Rossana y sonrió, al fin algo resultaba bien en ese maldito país.

Ella ya era libre.

Capítulo 16

Ángel le pagó a Giuseppe el importe por el trayecto desde el hotel hasta el aeropuerto, y nuevamente le dio una jugosa propina, pero el taxista se negó a recibirla sin dar derecho a réplica.

—No, señor, basta de tantas propinas. Los últimos días me ha hecho ganar lo suficiente para una semana.

—Giuseppe, estoy pagando por tu silencio, por si no te has dado cuenta.

—Lo sé, lo sé, señor… No se preocupe, estoy a su servicio. Se nota que usted es buena persona, a pesar de esa cara de pocos amigos.

—Está bien, usted se lo pierde. —Ángel guardó de nuevo el dinero de la propina y abrió la puerta del taxi.

—Señor, una cosa más… —Ángel congeló su movimiento y miró nuevamente a Giuseppe con mucha atención—. Mientras usted estaba en el hotel pasé por el edificio…

—¿Y por qué pasaste por ahí? —interrogó serio.

—Estaba de camino buscando un pasajero cerca de esa calle —explicó nervioso—. El asunto es que había muchos vehículos de los *carabinieri*. Algo extraño pasaba ahí, parecía una redada, menos mal que usted ya se va del país.

—Sí, menos mal. —No quiso sacar de su error al taxista, era mejor que supusiera que se iba de Italia, el hombre ya sabía demasiado y era peligroso para todos. Ángel decidió por el bien común cambiarlo por otro taxista—. Gracias por todo, Giuseppe.

—De nada, señor. Hasta pronto, que tengan buen viaje.

—Gracias, adiós.

Ángel bajó del taxi y se internó en el aeropuerto en busca de Rossana.

—Buenas tardes, señorita. ¿Está ocupado ese asiento? —preguntó un joven a Rossana, quien intentaba leer «De amor y de sombra» en español. La sala de espera estaba prácticamente llena y había pocos asientos vacíos. Ella negó con la cabeza y quitó un par de libros que había sobre el lugar que estaba contiguo al de ella—. Muchas gracias. —El joven no estaba ahí al azar, eligió ese lugar porque le pareció preciosa esa mujer que leía. En una de esas tenía suerte y…—. ¿A dónde viaja? —preguntó.

Rossana intentó no demostrar que el joven le incomodaba de sobremanera, pero tampoco deseaba provocar un escándalo, por lo que cerró el libro, memorizando la página donde se había quedado, y fingió no ser una maleducada. Nunca se sabe con los desconocidos.

—A Chile —respondió escueta, lanzando lo primero que pensó. Miró la hora en el reloj en el tablero de informaciones. Una y media de la tarde, ¿qué estará haciendo Ángel?, ¿habrá salido todo bien?, se preguntó con preocupación.

—¿Negocios o placer? —insistió el joven decidido a entablar una conversación con Rossana.

—Familia. Estoy esperando a mi esposo —mintió, pero a ella la palabra «esposo» le supo dulce en los labios e inmediatamente imaginó a Ángel en su fantasía, y la fantasía fue más dulce aún.

—Ahhhh, disculpe, no lleva anillo y no parece una mujer casada. La verdad, se ve muy joven para serlo. —Rossana se miró la mano y se reprendió mentalmente por el fallo en su mentira, pero el joven malinterpretó la cara descompuesta de ella—. No quise ofenderla. Es un hombre muy afortunado su marido. ¿Lleva muchos años con él?...

—Estamos recién casados —intervino Ángel con el semblante serio, fulminando a ese retrasado mental con la mirada. Llevaba unos segundos observando a ese tipo, sopesando si era alguien que conocía a Rossana o si, simplemente, intentaba seducirla. Esto último le hizo sentir unos celos que a duras penas pudo contener y le hizo intervenir para dejar a ese tarado fuera de juego.

Rossana dirigió su mirada hacia esa voz que ya era tan familiar y acogedora, y sintió lástima por el joven que no hallaba donde meterse ante la dureza del tono de voz de Ángel. En todo caso, se lo tenía bien merecido por incomodarla y por inmiscuirse en asuntos que no le competían. Pobre idiota.

—Perdona por llegar tarde, cariño —se excusó Ángel con su «esposa», acariciándole el rostro con afecto y sonriéndole cálidamente, ella cerró los ojos, capturando esa caricia en su memoria, y también sonrió. Ángel —en parte para seguir con la fachada y por otra para tener una excusa plausible para permitirse lo que iba a hacer—, se inclinó y suavemente le besó los labios, y sin saberlo, estaba robándole el primer beso que le habían dado a Rossana con ternura y el primero que ella aceptaba libremente y sin sentir repugnancia—. ¿Nos vamos? —propuso él con un sabor agridulce en los labios, porque tal vez sería la primera y la última vez que probaría la tierna, cálida y carnosa boca de ella.

Rossana asintió con naturalidad, fingiendo que aquel contacto no le había afectado para nada, a pesar de que su pulso se había acelerado frenéticamente y la sangre ya estaba coloreando sus mejillas, delatando su agitación. Ángel fue suave, delicado, pero firme, su beso fue inocente, pero a la vez prometía algo más que ella no se atrevía a imaginar. Un calorcillo le recorrió las entrañas y ella no supo interpretar del todo esa reacción.

Juntó sus cosas, y Ángel le ayudó a guardarlas en un bolso de mano. Luego, él asió el bolso con libros, la maleta, y se llevó de la mano a Rossana, lejos de ese cretino que disimulaba pésimo que se la comía con la mirada.

—¿Estás bien?, ¿te estaba molestando ese imbécil?, ¿te dijo algo inapropiado? —interrogó Angel, atropellando una pregunta con otra. Cada vez se le hacía más difícil controlar eso que sentía y que no podía comprender. Porque era diferente, nunca nadie le había despertado con esa fuerza los sentimientos que bullían de su pecho en ese momento.

—Sí… más o menos… no —contestó Rossana a cada una de las preguntas—. Estoy bien, Ángel, no me ha pasado nada.

Si ese hombre se propasaba iba a llamar a seguridad —aseguró con convicción.

—Muy bien—aseveró sin dudar de las afirmaciones de ella—, vamos hacia allá —indicó con un gesto con la cabeza.

Siguieron avanzando por el aeropuerto a paso seguro y sin soltarse de la mano, hasta llegar a una zona en donde la gente transitaba en todas direcciones. Ángel se detuvo en seco y leyó los paneles de información con mucha atención. Era el sector de los vuelos nacionales, precisamente lo que buscaba. Rossana se quedó mirándolo, intentando descifrar lo que sucedía.

—Rossana… —Ángel esculcó uno de sus bolsillos y sacó una tarjeta plástica, le tomó con delicadeza la palma de la mano a Rossana y la puso sobre ella—. Eres libre… —reveló, descubriendo la tarjeta, y ella se dio cuenta de que era su carta de identidad, la misma que no veía desde hacía cinco años—. Puedes hacer lo que quieras con tu vida… Nadie es tu dueño, solo tú.

Rossana miraba incrédula el pedazo de plástico que era el símbolo de su libertad. Estaba ahí, sobre su palma… ¡Era libre! El mentón le comenzó a temblar, intentando en vano reprimir las lágrimas, pero fue inútil. No podía hablar, no había palabras para expresar toda la felicidad y el terror de ser libre nuevamente.

—Gracias —musitó Rossana al fin—. Gracias, Ángel… gracias… gracias… —Y apoyó su frente en el pecho de él, porque era el único lugar firme que tenía en el mundo. Se aferró a él como si fuera su única tabla de salvación, abrazándolo con todas sus fuerzas, empapando su camisa con sus lágrimas.

Ángel soltó todas las cosas que le estorbaban y respondió al abrazo de Rossana con firmeza. Ese momento era importante para ella… para ambos, y él tenía miedo, porque en ese instante ya nada le impedía a Rossana permanecer junto a él. Era libre para volar y hacer su vida donde quisiera, con quien quisiera… y él no se lo iba a impedir. Tragó el nudo que tenía en su garganta con dificultad, porque ya sentía el vacío en su pecho, imaginando la ausencia de ella, porque en ese minuto, ella podía elegir irse lejos de él.

No podía continuar con la tortura. Ese era el momento, no otro.

—Rossana… eres libre —sentenció Ángel sin romper el contacto del abrazo—. Estamos en el aeropuerto, y este es el momento en el que debes elegir. —Rossana abrió los ojos y levantó la vista para encontrarse con los ojos castaños de Ángel. Estaba asustada. Acaso, ¿era el adiós?, ¿ya era el momento en que él se separaría de ella?, ¿tan pronto?

Él aspiró hondamente, porque necesitaba valor para hablar, él no era nadie para retener a Rossana a su lado, no podía, ni debía obligarla. Tenía que darle la oportunidad de decidir libremente, la oportunidad que ella nunca tuvo.

—Yo quiero que vivas una vida feliz —declaró Ángel con dificultad—, deseo que empieces de cero con tu nueva libertad… Si decides irte… —Volvió a inspirar aire profundamente, a él le dolía el pecho al decir esas palabras, sentía que rasgaba el alma—… Si decides irte, te daré dinero suficiente y compraré el pasaje de avión para que te vayas a la ciudad que quieras en el primer vuelo que salga para ese destino. Quiero que hagas tu vida tal y como debió ser, tranquila, segura, en paz… —A Rossana se le encogió el corazón y más lagrimas surgieron, no quería irse, no quería alejarse de él, porque…—. Si lo que quieres es irte, solo dilo y yo no te lo impediré y me aseguraré de que estés bien. Si lo deseas podremos seguir en contacto y yo… —Rossana negó con la cabeza con vehemencia. No era capaz de hablar, no era capaz de emitir ningún sonido coherente, pero ese gesto a Ángel le dio esperanza, porque un sentimiento que nunca más pensó que volvería a sentir de verdad, estaba floreciendo en su corazón—. ¿No quieres irte? —preguntó de nuevo para asegurarse, a lo que ella volvió a negarse rotundamente con su cabeza, respondiendo con un hilo de voz «no»—. Rossana, yo en un tiempo más volveré a mi país… y… y quiero preguntarte si quieres ir conmigo. Porque… —Empezó a buscar las palabras adecuadas, porque no quería que ella decidiera por algún tipo de presión involuntaria por parte de él—… Porque… ahí puedes empezar de nuevo, pero con un amigo incondicional que nunca te dejará sola y que te ayudará en todo lo que sea humanamente posible, y si quieres puedes vivir conmigo en mi…

—¡Me iré contigo! —interrumpió Rossana, llorando desesperada, porque nunca imaginó que él le ofrecería su amistad y llevársela de ese país, y eso era lo que ella más deseaba en el mundo—. ¡Me iré contigo, me iré contigo, Ángel! Eres lo único que tengo, no tengo nada más. Me iré donde tú vayas... ya no quiero estar sola... nunca más... nunca más —declaró sin contener su llanto que era de felicidad, de alivio, de un cariño que crecía gigante en su corazón hacia ese hombre que la sostenía entre sus brazos. Ángel no la dejaría y le estaba dando un regalo que nunca sería capaz de retribuir, pero que lo recibía gozosa, porque era lo que deseaba, porque era libre—. Eres mi único amigo... contigo puedo hacer más que estando sola.

Ángel abrazó más a su pequeña hada, porque estaba contento, ¡estaba feliz! Por primera vez en muchos años sintió felicidad. Ella elegía continuar a su lado sabiendo que no era seguro, conociendo que había peligro, arriesgándose por estar a su lado sin importar nada. Ángel admiraba a Rossana, porque ella era una mujer de alma noble, valiente y generosa.

Era una amiga, una compañera. Sí, estaba siendo egoísta, pero él también ya estaba cansado de estar solo, horriblemente solo, y ella estaba aceptando estar a su lado... Solo se tenían el uno al otro. Se necesitaban el uno al otro.

—Entonces... ¿nos vamos? —propuso Ángel, limpiando las lágrimas de ella que surcaban su maquillaje y empezaba a dejar al descubierto el dragón de tinta—. Tenemos que tramitar un pasaporte.

—Vamos —aceptó con una sonrisa llena de felicidad y gratitud. Se deshizo del abrazo que los unía y guardó su carta de identidad en el bolsillo interno de su abrigo, en el que estaba cerca de su corazón.

Ángel tomó de nuevo el equipaje, buscó la mano de Rossana, entrelazaron sus dedos y salieron del aeropuerto con el alma liviana y tranquila. Sí, todo era incierto, pero ya no estaban solos. Ella ya no tenía que atesorar trocitos de momentos felices para sobrevivir cuando estuviera sola... ya no lo iba a estar más.

Su Ángel estaba con ella y no la iba a abandonar...

Ángel ya no iba a estar solo, contaba con alguien que, independiente de las dificultades, iba a estar a su lado, él tenía alguien a quien proteger con su vida.

Su hada estaba con él, lo había decidido libremente y no lo iba a dejar...

Capítulo 17

Ángel abrió la puerta del apartamento del condominio turístico *Deep Purple* e invitó a Rossana al interior. Había sido un día muy largo que se convirtió en un ir y venir para solicitar el pasaporte de Rossana en una estación de policía. El proceso no había sido sencillo, ya que Rossana no contaba con una dirección fija y sin ella no les iniciaban el trámite de pasaporte. Así que por ese motivo debieron prescindir del plan de movilidad y rentar un apartamento por siete días, para que la policía de estado le hiciera la verificación de domicilio a Rossana y le pudieran emitir el documento sin trabas. En todo caso, no era tan terrible modificar el plan y estar unos días en un lugar fijo. Ahora era difícil que conocieran la ubicación actual de Ángel, ya que no estaba siendo rastreado.

Estaban tan extenuados, que llegaron al extremo de comer la cena en un local de comida rápida para evitar cocinar. Solo deseaban una cama y dormir. Dormir y descansar, esa era la prioridad… la número dos.

La número uno para Ángel era revisar el estado de la subasta y emitir un informe a sus superiores. No iba a mencionar nada sobre Rossana, a pesar de que en los audios se daba a entender que una prostituta llamada Mariposa estaba con él. Tampoco iba a reportar nada acerca del maletín, ni de su ahora inexistente contenido y mucho menos iba a dar a conocer sus sospechas —muy fundadas— de corrupción dentro de la Interpol. No quería alertar a la rata que intentaba socavar su misión. Lo que sí informó fue su reunión con Matteo, y que necesitaba que le dieran acceso a algún registro para identificarlo, si es que ese hombre poseía alguno.

La subasta del «Retrato de Nápoles» ascendía a 40,3 dólares. La última oferta había sido efectuada una hora antes, no había mensajes de *Skype*, ni correos de algún miembro de la Interpol. En todo caso, a Ángel no le extrañó que no hubiera señales de sus superiores, solamente el día anterior había enviado su primer informe, así que era normal la falta de comunicación.

Era el anochecer del tercer día en Italia, Ángel se sentía agotado, cerró su *laptop* y dio un suspiro largo y hondo. Estaba sentado en el único sofá que tenía la pequeña sala de estar del departamento, inclinó la cabeza hacia atrás y cerró los ojos, quedándose profundamente dormido.

Rossana, mientras tanto, estaba en el dormitorio desempacando un poco de ropa para tener a mano, ella también estaba exhausta, y con pereza se puso su pijama. Le dolía cada músculo de su cuerpo, el cual le reclamaba por descanso, obligándola a bostezar cada cinco segundos. De pronto, le llamó la atención de que todo estaba demasiado silencioso, solo se escuchaban las gotas de lluvia que empezaban a golpetear los vidrios de la ventana, pero el incesante sonido del tecleo de Ángel en el computador había desaparecido del ambiente. Se dirigió a la sala de estar y vio que él dormía plácidamente, se acercó a su lado con sigilo y frunciendo el ceño, ese no era un buen lugar para descansar.

—Ángel… despierta —susurró—. Vamos a la cama… no puedes quedarte aquí. —Él, al sentir su voz, abrió sus ojos pesadamente, y la miró extrañado—. Vamos a la cama —repitió Rossana con dulzura.

Ángel asintió casi por inercia, se levantó y estiró su cuerpo, haciéndolo ver enorme e imponente. Rossana se sentía frágil y pequeña a su lado, pero por sobre todo se sentía segura, a salvo… Le gustaba esa sensación.

—Veo que ya estás lista para dormir también —comentó él con la voz pegoteada por el sueño—. Espero no tener una discusión sobre quien usará el sofá o la cama.

—No habrá discusión —aseguró ella—. Ese sofá es pequeño hasta para mí. Estamos obligados a compartir la cama.

—Que quede en el registro que tuvimos mala suerte y no quedaban apartamentos con dos camas.

—Lo sé, pero no temas, tu virtud está a salvo conmigo —bromeó ella.

—¡Já! Habló el hada depredadora de jovenzuelos virtuosos —contestó él, riendo y haciendo reír a Rossana. No le importaba sentir toda su humanidad molida, porque estaba de buen humor, más aún ahora que contaba con la compañía de ella, le hacía ver la vida de otra manera—. Vamos a dormir, pequeña.

—Vamos… —asintió con la cabeza—. Esta será una noche fría —acotó, caminando hacia el dormitorio a la vez que Ángel la secundaba.

—No pasarás frío, te lo aseguro —prometió Ángel con un tono levemente guasón que, incluso, a él mismo le pareció extraño.

—Tengo que darte la razón —dijo ella, metiéndose a la cama y siseó—. ¡Esta cama está heladísima! —exclamó y toda la piel se le erizó. Ángel la miraba divertido—. ¿Y tú qué haces ahí parado?, ¿vas a dormir con esa ropa?

—No, me pondré pijama… Intenta dormir, voy a cambiarme y vuelvo. —Tomó sus prendas y se dirigió al baño para ponerse pijama.

Cuando Ángel volvió al dormitorio, ella estaba ovillada en el lado derecho y, al parecer, se había quedado dormida. Apagó la luz y se acostó al lado de Rossana. Dios, sí que estaba helada esa parte de la cama y no pudo evitar quejarse y sisear de frío. Ella al sentir que Ángel se metía a la cama, automáticamente se dio vuelta y se acurrucó en su pecho, compartiendo el calor, él la abrazó sin pensarlo, sintiendo que todo el cuerpo de ella temblaba.

—Tus pies están congelados, muchacha.

—Y los tuyos están calientitos, eres como Antonio.

—¿Antonio? —preguntó con curiosidad mezclada con una punzada de celos—. Háblame de él.

—Su cuerpo era calientito como el tuyo, pero en todo lo demás era lo opuesto a ti, pequeño, gordito y peludo —Rio con ternura—. Antonio fue mi mejor amigo en el hogar de menores, era un oso de peluche de color café y ojos de botones, y dormía siempre con él. Me lo había regalado mi papá para la última navidad que pasamos juntos —recordó con nostalgia—. Pero lo perdí hace mucho tiempo.

—Sin duda alguna, no le hago justicia a Antonio en tu corazón, y difícilmente soy como él, pequeño, gordo y peludo —bromeó Ángel para disipar la pena por los tiempos pasados.

—No le llegas ni a los talones —aseguró guasona—. Pero estás haciendo muchos méritos, Ángel. —Bostezó largo y hondo, y se acurrucó más al torso de su amigo—. Este es el mejor lugar del mundo para dormir… Buenas noches.

—Buenas noches —dijo Ángel un tanto sorprendido por el halago, besó la coronilla de Rossana y cerró los ojos.

Esa fue la noche más tranquila que ambos vivieron en sus vidas adultas, ya no existía el dolor de la soledad, ni la necesidad de sobrevivir a una existencia obligada por las circunstancias y las promesas.

No solo Rossana había obtenido su libertad, Ángel también.

Los primeros rayos del día despertaron primero a Rossana, que se encontraba en una posición distinta a la que recordaba la noche anterior. Le estaba dando la espalda a Ángel, quien la retenía, abrazándola firmemente, alineando sus cuerpos por completo. Todo era tranquilo, luminoso y cálido. Desde hacía mucho tiempo que ella no dormía una noche de corrido, durante años vivió una rutina bajo el manto de las sórdidas luces de neón hasta altas horas de la madrugada. El día era su noche y, a veces, ni siquiera eso era un aliciente con las constantes presiones y exigencias de su cautiverio —porque, literalmente, lo era—. Rossana no conocía el descanso.

Pero eso era parte del pasado, el presente era mucho más interesante y alentador.

Ángel todavía dormía, y emanaba un calor confortante que la llenaba de una sensación que no podía identificar. Él se removió adormilado y la atrajo aún más a su cuerpo y murmuró gravemente «mía», palabra que la tomó por sorpresa y le hizo sentir que el corazón le palpitaba desaforado… Tampoco le pasó desapercibida otra cosa que palpitaba, la tensa erección de Ángel que se incrustaba en su trasero. No debía impresionarle ese hecho, después de todo, Ángel era un hombre… y uno bien dotado, al parecer. Pero de todos modos, lo que más le llamó la atención de toda la situación era que no sentía la apremiante necesidad de huir del contacto, sino todo lo contrario.

Una de las manos de él vagó por su vientre, ascendiendo suave y sensualmente por debajo de la camiseta para reclamar su seno derecho y juguetear con su pezón, dejándole la piel encendida. La mano de Ángel se deleitó del contacto y jugó con su otro seno durante varios minutos, acarició tiernamente cada centímetro de su piel, subía y bajaba, repitiendo incesantemente sus caricias, incitando un ardiente hormigueo entre sus piernas, lo cual era extraño para Rossana, porque nunca había tenido esa sensación tan intensa y urgente de ser acariciada en ese lugar que estaba empezando a licuarse.

Rossana ahogó un jadeo ante esa revelación, ¡ella se estaba excitando!… De verdad, espontáneamente. No quería ni siquiera imaginar cómo se sentiría ella al tener a Ángel totalmente despierto y consciente de lo que hacía.

Tener esa sensación era tan extraño y a la vez tan sorprendente, porque cuando trabajaba nunca se sintió así, siempre usaba lubricantes para facilitarle la tarea a sí misma y no provocar la furia del cliente, y desde luego, Rossana jamás había experimentado en carne propia ese cosquilleo, esas ganas de saber que más le iba a hacer Ángel.

Las caricias cesaron, Ángel despertó de un sueño tan vívido, lúbrico y, maldita sea, en su visión Rossana estaba tan entregada tan… ella. Solo deseaba poseerla, hacerla suya, su piel era tan tersa y caliente… y sus pechos… todavía seguía sintiendo uno en su mano, firme, suave… y real.

Se sobresaltó, cerró los ojos y se reprendió mentalmente, su inconsciente había tomado las riendas de su cuerpo y estaba llevando a cabo lo que él estaba anhelando en lo más profundo de su ser y que no deseaba reconocer.

Deseaba a Rossana con locura, la quería para él, por completo… para siempre.

No se atrevía a quitar la mano, no sabía si ella estaba despierta, pero debía hacerlo. Se maldijo por ser tan bestia, su dolorosa erección rápidamente se aflojó producto de sus temores, y solo esperaba que ella siguiera durmiendo…

—¿Ya despertaste? —inquirió Rossana al notar que la mano de Ángel se había detenido bruscamente, interrumpiendo su despertar sexual.

No. No seguía durmiendo. Maldición. Ángel se mordió el labio y lo soltó lentamente.

—Sí… —Retiró la mano paulatinamente como si quisiera asegurarse de que no estaba soñando aún—. Perdón… yo estaba… soñaba… no quise… —balbuceó. Ángel no podía darle una respuesta coherente. Estaba completamente avergonzado, tanto así, que no podía hilar una disculpa aceptable.

—No te preocupes… supongo que es una consecuencia de dormir juntos… Los sueños no se pueden controlar —justificó ella agitada y con la boca seca.

Rossana se dio media vuelta y quedó frente a Ángel, lo miró con detenimiento, él estaba totalmente contrariado, y él a su vez observaba en ella las señales inequívocas de que aquello no la perturbó. Bueno, sí, pero no en el mal sentido de la palabra. Él tenía la suficiente experiencia para determinar si una mujer estaba excitada, y Rossana sí que lo estaba, sus mejillas estaban arreboladas, sus pupilas dilatadas, oscureciendo casi por completo su iris, y su boca estaba ligeramente entreabierta con la respiración entrecortada. Estaba trasformada en una mujer que solo evocaba lujuria.

—¿Con quién soñabas? —preguntó ella intrigada, buscando respuestas que la llevaran a alguna parte.

—Contigo —reconoció él con sinceridad, pero totalmente abrumado por su comportamiento, no debía tomar aquello sin ser invitado—. Soñaba contigo… —No quiso seguir detallando, era evidente qué clase de sueño tenía.

—¿Qué quieres de mí, Ángel? Dime la verdad… Si somos realmente amigos, por favor, te pido que seas sincero —exigió Rossana con suavidad, pero firme. Quería saber si él sentía algo por ella, si era solo deseo o si había afecto, amor, cariño… lo que fuera. No quería ser nunca más la puta de nadie, ni siquiera de Ángel.

—Sí, lo somos, eres la única amiga que tengo —admitió—… Y, la verdad, es que estoy sintiendo cosas por ti… muchas, aparte del cariño, de la amistad —declaró nervioso, porque de pronto tuvo miedo de perderla.

—¿Qué tipo de cosas? Sé específico —presionó ansiosa, solo deseaba saber.

—Te quiero… Me estoy enamorando de ti… Irremediablemente —confesó, rozando con sus dedos levemente el rostro de ella. «Ya está, lo dije. Que sea lo que tenga que ser», pensó, con el corazón latiendo veloz como las alas de un colibrí. Miraba a Rossana directamente a los ojos, pero ella no decía nada, y la incertidumbre se lo estaba comiendo vivo.

Rossana estaba estupefacta, no podía hablar, acaso ¿estaba soñando? Era lo más probable, y si era así, no deseaba despertar jamás de ese sueño maravilloso… Y como era dueña, su sueño iba a hacer lo que deseaba fervientemente desde el fondo de su alma.

Después de todo, lo peor que le podía pasar era despertar.

—Soy tuya… Irremediablemente… —respondió con una sonrisa llena de esperanza.

Y lo besó, espontánea y libremente, sorprendiéndolo. El primer beso que ella daba de verdad, entregándole su corazón… ¡Y qué más daba!, ya se lo había dado, incluso, antes de ser consciente de ello.

Su beso empezó primero tímido, inocente, recorriendo con sus labios la boca de él, reconociéndolo, apropiándose de él, y él se dejó querer, entregándose, rindiéndose ante ella, abriéndose sin vacilar, y permitiendo que la lengua de Rossana lo explorara y lo acariciara con exquisita inexperiencia, y en ese preciso momento Ángel lo supo, ella jamás había besado de esa manera y él era el primero al que le daba ese regalo. Rossana nunca entregó su cuerpo libremente, siempre fue bajo coacción, pero había logrado reservar sus besos para ese momento, y él era feliz por ser quien los recibía. Ángel atesoró y guardó en el fondo de su corazón esa preciosa ofrenda, porque los besos de Rossana eran una parte importante de ella, era lo que quedaba de la joven inocente y llena de esperanzas que alguna vez fue y que todavía se escondía a salvo, esperando a ser descubierta.

Ángel respondió a la cálida y dulce lengua de Rossana e, inevitablemente, profundizaron el intercambio hasta convertirlo en una batalla de caricias húmedas y calientes, y que Rossana solo interrumpía para tomar aire y volver a besarlo con mayor frenesí. Él era maravilloso, no era brusco, era un animal bajo un férreo autocontrol, pero que no le hacía perder esa esencia viril que le atraía y la capturaba por completo, haciendo que sus barreras mentales cayeran y le hicieran desear ser poseída por ese hombre que la quería.

La quería, a ella… a Rossana.

—Dime que no es un sueño, Ángel. Dime que estoy despierta, que esto está sucediendo de verdad —rogó con la respiración acelerada, casi hiperventilando—. Dime que me quieres.

—Es real, mi hada —confirmó también agitado, sintiéndose vivo de nuevo—. Te quiero, te quiero, te quiero… —repitió en una incesante letanía, abrazándola, sintiéndola suya.

—Yo también te quiero —contestó, aferrándose a ese abrazo, convenciéndose que estaba experimentando una nueva realidad… que estaba despierta y deliciosamente viva.

El sol ya había aparecido por completo, iluminándolos y bendiciéndolos con sus rayos tibios de invierno que traspasaban los cristales moteados con las gotas de la lluvia de la noche anterior y que, sin duda, les daba un claro mensaje, el instante más oscuro había pasado.

El amanecer había llegado a sus vidas.

Capítulo 18

*E*l hambre los obligó a terminar la sesión de besos, abrazos y caricias. Ángel, aparte del lapsus onírico que tuvo al despertar, no intentó ir más allá con Rossana. Estaba convencido de que debía brindarle lo que ella nunca tuvo, un romance, un cortejo, tratarla como si fuera una reina y mimarla tanto como fuera posible. No la iba a presionar, quería seducirla, despertarle los sentidos, hacer que abriera definitivamente sus alas de mariposa para que se entregara libremente.

Iba a ser una lenta y agónica seducción, porque la deseaba locamente, pero Ángel quería entregarle, más bien, compartir algo que ninguno de los dos había podido vivir.

Un dulce romance.

Rossana solo había conocido la violencia y lo peor de los más bajos instintos humanos, y él solo había tenido una relación intensa y fugaz con un final desolador y que nunca pudo realizar a plenitud.

Ángel estaba empecinado en que debía hacerle olvidar a Rossana esa parte de su pasado, aplastar esos recuerdos, quemarlos hasta hacerlos cenizas y que el viento se los llevara. Ángel quería llenar el corazón de Rossana de tantas cosas buenas, tantas, que tendría que verse obligada a desterrar de su corazón su época oscura y triste, solo para darle espacio a la luz, y de paso, él aprovecharía esa misma luminosidad para expulsar la soledad.

Sí, eso haría, darle amor, mucho amor… y desayuno.

El lugar donde estaban alojados estaba a un par de cuadras del río Tíber y si querían, incluso, podrían ir caminando hasta el Vaticano. Era una zona netamente turística, así que en aquel barrio contaban con mercados y una infinidad de tiendas y restaurantes de todo tipo.

Iban los dos, caminando de la mano por la vía Marcantonio Colonna, buscando un lugar donde desayunar. Ángel tenía la cara adornada con una sonrisa amplia y radiante, al igual que Rossana, que sentía que flotaba de felicidad. Cada minuto que pasaba lo estaba disfrutando al máximo al lado de ese hombre que sin importar cuánto la deseaba, contenía su naturaleza primaria hasta sofocarla para no llevar ese juego de besos y caricias a algo más. Rossana, hasta cierto punto entendió el motivo, pero también eso la frustró, porque Ángel la estaba conduciendo por un camino que creyó que nunca iba a transitar, el del deseo… y el amor.

—¿Te parece si desayunamos ahí? —consultó Ángel en español. Rossana se alegró de que él no se hubiera olvidado las clases, pero la pilló desprevenida y no entendió mucho.

—¿Podrías hablar más lento, por favor? —pidió ella en español para que Ángel le repitiera pregunta formulada.

—Perdón… ¿te parece si desayunamos ahí? —reiteró un poco más lento, apuntando con su dedo índice un pequeño local, cuyo letrero decía «*Gelateria Siciliana Gelarmony*». Rossana miró en la dirección que Ángel le indicaba y con una sonrisa aprobó la elección.

—Me encantaría —respondió, concentrándose en aprender y tomar como suyo el idioma de Ángel, porque pronto se iría con él a Chile a realizar todos sus sueños. Quería llegar preparada para partir con pie derecho su nueva vida en aquella larga y angosta faja de tierra, ubicada al fin del mundo y que tanto amaba su Ángel… Su Ángel, le fascinaba como sonaba esa frase en sus pensamientos.

—Háblame *della tua famiglia*, Ángel —pidió ella, quería saber más de él. Todo de él.

—Mi abuela es italiana, se llama Gloria Trappetti, y llegó a Chile a los quince años… *quindici anni* —tradujo, y ella confirmó con un gesto que comprendía lo que Ángel relataba—, como polizón en un barco, escapando de una masacre. Yo creo que no hay familia en Italia que no tenga alguna historia macabra relacionada con la mafia. —La miró de soslayo, enarcando una ceja, y ella asintió, tanto por estar de acuerdo con lo que Ángel decía, como por haber entendido todo, era sorprendente la similitud de ambos idiomas—. Conoció a mi abuelo, Miguel Larenas, cuando tenía diecinueve años y se casaron. Tuvieron solo un hijo, llamado Luciano, quien se casó con Claudia Donoso, y de esa unión nacimos mi hermano Alessandro y yo —relató pausado y lento para que ella captara lo más posible.

—Entonces, Noni es Gloria…

—Así es.

—¿Y tu *nonno*?... ¿abuelo?

—Sí, abuelo —aprobó—. Él falleció muy joven, a los cuarenta años… *quarant'anni*, un infarto fulminante, no lo conocí, pero Noni dice que me parezco a él.

—Qué lástima… ¿Y Alessandro?

—Todavía vive con Noni, él la cuida, ya que ella está enferma. Es menor que yo por cuatro años… y odia su nombre. —Rio a carcajadas, porque siempre disfrutaba molestarlo diciendo su nombre completo—. Así que todos le decimos Sandro.

Entraron al local que principalmente servía helados, pero también pasteles, jugos, café y chocolate caliente. Recorrieron el local buscando algo sabroso para comer, y al final se decidieron por comer distintas variedades *cannoli* siciliano, el cual era una especie de oblea con forma de tubo, relleno con crema de queso, y para beber, café de grano. Todo para llevar y se dirigieron en dirección al río.

Mientras paseaban, iban comiendo y bebiendo café alegremente hasta saciar la fatiga. El ambiente se volvió propicio para ser una pareja normal. El sol estaba deliciosamente tibio, y por primera vez desde que Ángel había llegado a Italia, el cielo estaba despejado. El aire frío y puro de la mañana era refrescante para ambos. En esos instantes, sus pensamientos solo estaban centrados en aquello que nacía con solidez e intensidad. Se permitieron ser simplemente dos personas que caminaban de la mano por la costanera del Tíber y empezaban a compartir algo más sublime que simplemente conversar, estrechaban lazos con fuerza, atándose mutuamente. Afuera de esa burbuja todo quedaba excluido, no existía la Interpol, la subasta, misiones encubiertas, Lucio… Nada de eso tenía cabida en ese mundo, ni siquiera aquella sombra que deseaba echar abajo el trabajo de Ángel y condenarlo a muerte para que el verdugo fuera la mafia.

—¿Por qué tu hermano odia *il suo nome?*... Es lindo el *nome* Alessandro —interrogó ella para seguir indagando sobre la familia de Ángel.

—No tengo la menor idea… Lamentablemente, no le podrás preguntar eso cuando lleguemos a Chile.

—¿Por qué? —Miró un tanto sorprendida a Ángel por la respuesta, él sonrió triste, mirando hacia el frente, amaba a su hermano y lo extrañaba también. Por eso tenía dos peces tatuados en la espalda, los representaba a ambos y lo que tenían en común, la enteresa para afrontar las adversidades, a pesar de nadar contra la corriente para lograr sus objetivos. Sí, en eso eran iguales.

—Él cree que soy narcotraficante y me odia por ello. Es mejor que, de momento, no sepa la verdad.

—*E 'per la sua sicurezza?*

—Sí, es por su seguridad. También es detective, como yo. Lógicamente, eso él lo ignora, solo Noni sabe la verdad.

—*È un vero peccato…* —se lamentó Rossana, era muy triste tener familia y no poder disfrutarla. En realidad, era tan triste como no tenerla. Ángel también estaba solo.

—Sí, es una verdadera lástima —concordó y a la vez le tradujo en español. Suspiró profundo... Una verdadera lástima.

—*Un giorno tutto risolverà.* —Sonrió Rossana para darle ánimo—. Un día… ¿algún día? —consultó si su traducción era correcta. Ángel asintió.

—Algún día todo se resolverá. —Esbozó una sonrisa, ahora tenía la esperanza y el ímpetu para acabar con su doble vida y recuperar a su familia… Sí, algún día. Atrajo a Rossana hacia su cuerpo y le dio un beso fugaz, agradeciendo tener a esa mujer que le daba fe y le subía el ánimo—. Eres preciosa, pequeña hada.

Ella sonrió, maravillada de cómo una sola persona podía transformar por completo la vida de otra. Ángel era un gran hombre, y ella quería saber más, quizás demasiado. Siguieron avanzando en un cómodo silencio, absorbiendo el aroma a tierra mojada junto con el relajante sonido de las aguas del río.

—¿Cuántas novias has tenido? —preguntó de pronto Rossana con naturalidad. No era tonta, era obvio que él no era un monje y debió haber tenido a alguien… Pero al terminar de formular la pregunta se arrepintió, los celos de manera tímida empezaban a emerger desde el fondo de su corazón, lamiendo los bordes de su razón, imaginando que fueron muchas.

—Solo una —respondió lacónico. Nunca había hablado de ella a nadie, pero ahora que lo pensaba nunca había tenido a alguien para contarle esa parte de su pasado—. Le llamaba Luciérnaga de cariño —comenzó a relatar en italiano, quería que Rossana comprendiera todo, él no era un santo y ella debía saberlo—. Pero su nombre era Amanda, la conocí cuando ya estaba de infiltrado y contraté sus servicios para aprender sobre... sexo... —Rossana lo miró sorprendida y solo pudo decir «¡oh!», por la «coincidencia». Ángel no estaba muy orgulloso por ello, pero tampoco arrepentido—. En ese momento de mi vida no deseaba involucrar a ninguna mujer emocionalmente para arriesgarla por mi trabajo y mentir todo el tiempo —explicó—, por eso pagaba, para que una profesional me enseñara a ser un buen amante, a darle placer a una mujer. Lo decidí de esa forma, así nunca heriría el corazón de nadie. —Rossana escuchaba en silencio, el tono de voz de Ángel era melancólico, sumergido en el pasado—. Ella siempre me gustó, desde el primer día, y me enseñó más que sexo, me enseñó a amar sin importar nada. Ni siquiera su «profesión» fue un impedimento para mí… Quería sacarla de esa vida y le iba a proponer matrimonio, quería vivir con ella a pesar de mi trabajo y tener que mentirle. Y ella aceptó, iba a dejarlo todo por mí… —Se quedó unos segundos en silencio, la emoción de aquellos recuerdos lo embargó. Sin duda, le dolía contar su historia, pero ya no sentía morir en vida al recordarla—. Cuando decidimos hacer una vida en pareja —continuó relatando, mirando hipnotizado cómo fluían las aguas del Tíber—, acordamos que la iría a buscar a su hogar, pero no la encontré… había desaparecido… Cinco días después apareció muerta bajo un puente. La violaron, la golpearon y la dejaron morir de frío. Nunca encontraron al culpable, nunca supe quién mató a Luciérnaga... Para mucha gente la vida de una prostituta no vale nada, pero para mí ella era todo.

—Lo lamento mucho, qué triste final para ella —afirmó Rossana con sinceridad, tenía un nudo en la garganta por aquella mujer que significó tanto para Ángel, y por él, por el dolor que debió vivir en silencio y solo. Era una historia muy trágica.

—Sí, ella no merecía morir de esa forma, era una buena mujer y de una ternura infinita. Siempre voy a estar agradecido del tiempo que estuvimos juntos —confesó resignado, a veces la justicia nunca llegaba y había que aceptarlo, conocer a Rossana le había ayudado, en cierto modo, a cerrar esa parte de su vida. Con ella estaba aprendiendo a amar otra vez.

—Fuiste afortunado, conociste el amor… Dicen que es mejor haber amado que no haberlo hecho nunca —dijo Rossana a modo de consuelo, y era verdad, la vida sin amor es más dura todavía sin ningún aliciente, sin nadie en quien apoyarse y confiar. Ella lo sabía.

—A veces, pienso que ella murió por mi culpa… Tal vez, si no la hubiera conocido ella estaría viva y…

—No, Ángel, no eres culpable de nada —interrumpió Rossana casi molesta por esa afirmación—. A veces la vida es muy injusta y pagamos justos por pecadores… Solo hay que estar agradecidos de los buenos momentos. Piensa que ella fue feliz cuando estuvo contigo y eso es lo que importa. Quédate con eso, ella tuvo la dicha de amarte, no revivas su tortura… A ella no le gustaría que la recordaras de ese modo. Recuérdala sonriéndote, amándote, recuerda que la hiciste inmensamente feliz —declaró suave y comprensiva, porque si a ella le pasara algo así, le gustaría que la recordaran de esa manera.

—Eres una mujer muy sabia, a pesar de ser tan joven… —Ángel nunca lo había mirado de ese modo, tal vez Rossana tenía razón—. Eres muy generosa con tus palabras.

—No lo creo… —Rechazó el halago de manera modesta, no se consideraba de esa forma.

—En serio, tu naturaleza es muy sabia… y me encanta. —Alabó, y la atrajo hacia él y siguieron caminando abrazados.

—No lo sé, solo me ha tocado una vida complicada —argumentó.

—¿«Complicada»? Eso es solo un eufemismo para definir tu suplicio.

—No te voy a negar que muchas veces la voluntad flaquea, e intenté terminar con ello de una manera definitiva, pero finalmente desistía cuando veía que la caída iba a ser demasiado larga desde la azotea del edificio donde estaba encerrada… Esa era la única salida, aparte de la puerta. Me daba miedo arrepentirme en la caída hacia el pavimento —reveló con humor negro… muy negro—… En ese momento recordaba a mi mamá, a mi papá, los momentos felices que viví de niña, los aferraba cada instante en mi memoria para sobrevivir... —rememoró las veces que miraba al vacío con la vista perdida, buscando un motivo para seguir respirando—. Cuando te conocí, eso ya no me estaba funcionando tanto... y si no me hubieran enviado contigo... tal vez, yo ya no estaría aquí... Total, no tenía nada, ni nadie... —Ángel no dejó que continuara. La abrazó fuerte, porque de pronto imaginó el cuerpo inerte de Rossana si el destino no hubiera unido sus caminos... Era demasiado cruel imaginar la vida de ambos si no se hubieran conocido.

—Pero estamos juntos —declaró Ángel vehemente—. Estamos juntos... y todo lo que venga lo enfrentaremos unidos. Sé que es difícil... pero te prometo que no arriesgaré nada en vano. Quiero terminar con esto y largarme contigo... y después... Intentaré terminar con lo que he empezado lo más pronto posible —prometió solemne.

—Ángel... no me importa cuánto tiempo te tome, mientras estés conmigo... lo demás se resolverá por sí solo... y yo estaré siempre a tu lado —manifestó convencida, sellando con un beso el juramento implícito entre ambos, el lucharía por terminar su labor inconclusa y ella lo apoyaría hasta el final.

—Creo que no te merezco —expresó emocionado, enmarcando el rostro de ella entre sus manos, mirándola con ternura, casi incrédulo del momento que estaba viviendo con aquella hada que lo tenía completamente hechizado.

—No digas eso, Ángel... Nos merecemos, ¡por Dios que nos merecemos! —replicó Rossana, sólida, segura, dispuesta—. Ha sido suficiente de ser estoicos y resignarnos. Esto es lo que la vida nos debía... y nada, ni nadie nos lo va a arrebatar.

Eso fue una firme declaración de principios que Ángel y Rossana tomaron como estandarte. Ese amor que recién nacía y que estaba destinado a madurar —y tal como decretó Rossana—, nada ni nadie se los iba a arrebatar.

Nadie.

Capítulo 19

Volvieron al apartamento con el corazón y el estómago llenos, Rossana y Ángel se regalaron más que besos, caricias y abrazos, se entregaron confesiones, un paseo, una promesa, un juramento solemne entre dos almas que deseaban y anhelaban compartir la vida juntas. Así de profundo y fulminante era amor.

Con el cuerpo revitalizado después de la caminata y de la conversación que deambulaba ente el italiano y el español, Ángel se situó frente a la *laptop* para verificar el estado de la subasta, uno de los ofertantes ya no seguía pujando y el valor de la última propuesta para el «Retrato de Nápoles» era de 50,5 dólares.

Faltaba menos.

Por un instante, Ángel pensó que si seguía ocultándose podría evadir el boicot a su misión y tal vez ganar esa batalla sin tener que luchar, después de todo, sin querer, habían arruinado los planes del perpetrador al eliminar las evidencias y escapar justo a tiempo para desaparecer sin dejar rastro.

Fue una condenada buena suerte. Pero Ángel, fiel a su instinto, sabía que aquella persona no se quedaría quieta y esperaría a que él se equivocara. Solo esperaba que no supiera de la existencia de Rossana, de lo contrario, las cosas serían más difíciles.

Una opción era enviarla a Chile sin él… Pero tan solo pensar en esa posibilidad le provocaba una sensación de intranquilidad que mejor la descartaba. No sabía cómo estaban las cosas allá y prefería tener a Rossana cerca. Muy cerca.

Definitivamente, debía ser cauteloso y reducir al mínimo sus movimientos, y estar alerta y preparado.

Una notificación de un mensaje de correo electrónico entrante le anunció a Ángel que había una respuesta de la Interpol, el remitente era Cesare Avenati. Ángel levantó las cejas sorprendido y abrió el mensaje:

Estimado Ángel:
La información que ha ido proporcionando estos días ha sido valiosísima y estamos trabajando para rastrear las cuentas de correo entregadas por usted. Por razones de seguridad, el acceso al registro de identidades se lo voy a entregar personalmente. Reunámonos mañana a las 10 de la mañana en la iglesia Santa Inés de la Agonía.
Saludos cordiales

Cesare Avenati

—Bien, mañana veremos si solo has sido un estúpido, o si estás metido hasta el fondo, señor Avenati —susurró, mirando fijamente el mensaje en la pantalla, mientras tecleaba una escueta respuesta.

Estimado Cesare:
Nos vemos mañana.
Saludos cordiales

A.L

Hizo clic en el botón enviar y cerró la *laptop*. Tenía cosas más interesantes que hacer.

Rossana estaba leyendo en el dormitorio, había dejado a Ángel a solas con sus asuntos, porque verlo frente a ese computador no le traía buenos recuerdos. Le costaba asumir que Ángel era demasiado bueno en lo que hacía y no quería verlo inmerso en su papel de narco.

Antes que observar cómo trabajaba él, prefería estar en la cama, sentada a lo indio y rodeada de libros, con un cuaderno con apuntes y un diccionario donde anotaba todo lo que le llamaba la atención y lo que no entendía. Estaba absorta traduciendo y absorbiendo la historia de Francisco e Irene, los protagonistas de la novela de Isabel Allende, y no sintió que ese par de ojos castaños estaban absorbiéndola a ella y la atractiva imagen de verla tan concentrada.

Ángel sonrió felino, inclinando su cabeza, observándola, ella todavía no se percataba de su presencia y él no deseaba ser descubierto todavía. Era como estar en presencia de una especie de visión absolutamente inocente y erótica al mismo tiempo. Vestida con esa ropa juvenil que rozaba lo infantil, las piernas abiertas y flectadas, jugueteando con el lápiz entre sus labios… Rossana estaba totalmente ajena al escrutinio de Ángel, ella anotaba algo y luego volvía a mordisquear el lápiz, dándole imperceptibles lamidas con la punta de su lengua.

Él se preguntó cuánto tiempo más podría soportar estar sin tocarla, abrirla, poseerla, marcarla y reclamarla para sí. Sumergirse en el cálido y húmedo satín de Rossana una y otra vez hasta hacerla gritar de éxtasis y llenarla de él. No sabía cuánto más, y ya se estaba desconociendo a sí mismo, ella le hacía perder el control y le hacía imaginar todas las formas posibles de atarla por siempre a él. Nunca había tenido esa clase de necesidad, y Rossana le despertaba aquella parte animal y primitiva de perpetuar y sellar eso que había entre los dos de manera definitiva.

No. No sabía cuánto más podría aguantar, pero tenía que hacer el esfuerzo, porque lo que sí sabía era que a ella nunca le habían hecho el amor. Ángel estaba seguro de ello, y por eso mismo debía darle su primera vez a Rossana de una manera inolvidable, hacerla florecer entre sus brazos y convertirla en mujer, en su mujer. No necesitaba ser un genio para saber que Rossana todavía era pura e inocente, era evidente que ninguno de esos animales que utilizaron su cuerpo pudo arrebatarle lo esencial: el alma. Ella pudo conservarla inmaculada y eso era lo que Ángel amaba de ella, esa fuerza interior que era capaz de soportar todas las inclemencias de la vida sin rendirse, ni perdiendo las ganas de vivir.

Tenía que ser cuidadoso, paciente y, sobre todo, tierno. Debía demostrarle que el sexo podía ser hermoso, una declaración inestimable de entrega y amor, y no un martirio y una moneda de cambio para sobrevivir.

Rossana levantó la vista y miró a Ángel que la observaba de una manera que había visto en otros hombres, y a la vez no era igual. Había algo más… era amor, cariño, ternura. ¿Cómo era posible que él pudiera transmitir todo eso sin sentirse acorralada, sino todo lo contrario? Ella estaba comenzando a sentir deseo, pero un temor se asomó en su corazón.

¿Podría ella entregarse sin reservas?, ¿podría sentir alguna vez aquello de lo que todos hablaban, pero nunca lo logró experimentar?, ¿él aceptaría que ella estaba tan rota que, tal vez, nunca podría sentir nada?

Bajó la vista, avergonzada de sí misma y las lágrimas empezaron a pugnar por salir, ella intentó suprimirlas y comenzó a inspirar profundamente para tomar las riendas de sus sentimientos. No quería sentirse tan débil y vulnerable.

Ángel sintió esa lucha interna, algo malo le pasaba a su hada porque, de pronto, el brillo que caracterizaba sus ojos se apagó. Se acercó a ella, lentamente, quitó de la cama los libros, haciendo espacio para sentarse frente a frente, tomando la misma posición que ella tenía.

—¿Qué te pasa, Rossana? —preguntó, tomándole las manos, encerrándolas entre las de él.

—Nada… —respondió, mirando sus manos unidas.

—¿Estás segura? —interrogó incrédulo. Ella asintió, no quería hablar de eso, ¿cómo se lo iba a explicar?—. Rossana, yo no sé leer mentes, ni soy adivino. Si hay algún problema no podré hacer nada si no me lo dices. Yo sé que algo te pasa, eres demasiado transparente, a mí nunca me has podido ocultar nada… Por favor, dime… No tengas miedo. —Ángel levantó suavemente la barbilla de ella entre sus dedos, buscando su mirada.

Rossana se quedó en silencio, ¿cómo empezar?

—¿Tú me quieres? —preguntó ella, buscando algo, un indicio que le diera la seguridad para poder confesar su problema.

—Mucho. Te quiero mucho —declaró él, sin dudar.

—¿Y tú me deseas?

—Creo que eso quedó claro esta mañana —respondió él con una sonrisa y un tanto azorado—. Por supuesto que te quiero y te deseo… ¿por qué me lo preguntas?

—¿Me dejarás de querer si yo no puedo?... ¿si no tengo?... —Dios, no hallaba cómo decirlo sin sentirse perdida, avergonzada y con un miedo atroz—... ¿si no alcanzo... un orgasmo?

—¿Cómo? Acaso, ¿nunca? ... —Ella asintió sin mirar—. ¿Nunca has tenido un orgasmo? —Ahora negó rotunda, confirmando la pregunta.

—No sé cómo... nunca pude —respondió Rossana con un hilo de voz—. Solo sé fingir uno... varios.

Ángel tiró de las manos de ella para atraerla y dejar su delicada espalda pegada contra el fuerte pecho de él. Tenía en su corazón una mezcla de sentimientos que no podía distinguir unos de otros. En su alma batallaban por prevalecer el dolor, la pena, la dicha, el orgullo, la furia y el amor. Inspiró y exhaló profundo, solo sabía que tenía que darle seguridad a Rossana, dejarle muy en claro que eso no era un impedimento para amarla. Por supuesto que no era algo fácil de lograr, pero no imposible. Solo necesitaba saber lo más importante.

—¿Y tú me deseas, Rossana? —preguntó Ángel, no era una interrogante impulsada por el ego, sino para determinar cuánto empeño debía poner para seducirla—. Sé muy sincera, no me harás daño si me dices la verdad.

—Sí... mucho —contestó con las mejillas encendidas—. Esta mañana cuando tú estabas dormido... y me tocaste... yo... me...

—¿Te excitaste? —terminó la oración de ella con una pregunta. Rossana afirmó en silencio—. ¿Antes te habías sentido así? —Ella negó con su cabeza—. Era la primera vez entonces. —Confirmó callada, sentía que la cara se le quemaba—. Mmmm, creo que ya sé porque nunca has tenido un orgasmo —resolvió Ángel el misterio—... Tú eres virgen —aseguró.

—No digas tonterías, Ángel, fui una puta por cinco años, no existen las putas vírgenes —rebatió incrédula, molesta y casi hiriente, pensando que él bromeaba con un tema tan delicado.

—No, mi hada, no... Estoy hablando muy en serio. Tú eres virgen, de aquí. —Le apuntó suavemente la cabeza con su dedo índice—, y de aquí. —Apuntó el centro del pecho de ella—. Una membrana no hace la virginidad, ni romperla no la quita. Esos hombres pudieron usar tu cuerpo a su antojo y con brutalidad, pero lograste mantener a salvo tu pureza interior. No sucumbiste a abrazar este tipo vida y dejarte llevar por sus vicios, porque siempre tuviste la fe de que las cosas iban a cambiar. Por eso nunca lograste saltar de esa maldita azotea. ¿Me entiendes que una cosa no tiene nada que ver con la otra? —Rosana dijo un «sí» apenas audible. A lo mejor, Ángel tenía razón—. Entonces, todo está resuelto, las cosas pasarán cuando tú desees que sucedan… ¿Quieres que durmamos separados esta noche?

—No.

—¿Estás segura?

—Sí.

—Yo no respondo por mi inconsciente libidinoso, ni te aseguro que lo sucedió esta mañana no volverá a repetirse —bromeó para aligerar el ambiente. «Es lo más probable que todas las mañanas mi otro yo intente hacer de las suyas», pensó él, divertido.

—Me gustó lo de esta mañana —admitió Rossana, susurrando.

—Iremos de a poco encendiendo esa llama, si quieres. Yo me detendré cuando me digas «no» —propuso con soltura.

—Está bien —aceptó entusiasmándose quedamente, pensando en que Ángel estaba muy seguro de sí mismo. A lo mejor, él sabía cosas que ella no.

—No te preocupes, lo solucionaremos juntos. Después de todo, somos una pareja, ¿no? Estoy para apoyarte en todo. No te mortifiques y relájate, será divertido —aseguró Ángel, besando la sien de ella y estrechándola entre sus brazos con más fuerza para transmitirle su confianza—. Estoy contigo, Rossana, no podrás librarte de mí, no te lo haré fácil.

—Creo que no —concordó sonriendo, porque Ángel era capaz de subirle el ánimo por las nubes y tener fe de que podría lograr aquello que le había sido tan esquivo.

Se quedaron en silencio, abrazados, dejando pasar el momento con el corazón lleno de energía para avanzar en esa aventura llamada vida en pareja. Después de todo, ambos eran novatos.

—¿Tienes ganas de comer? —preguntó de pronto Ángel, el calor del hambre estaba empezando a recorrerle el estómago.

—Un poco.

—¿Almorzamos afuera o te preparo algo?

—Prepárame algo. —«Ni siquiera debió preguntar eso, siempre mi respuesta será la misma», pensó Rossana burlona, su humor ya había cambiado por completo

—Buena elección. Vamos al mercado a buscar los ingredientes para hacerte un plato que te va a encantar.

Rossana observaba cómo Ángel comía el último bocado de su almuerzo, un sencillo, pero muy delicioso plato semifrío de *penne rigatti* con tomate picado en cubitos, aceitunas sin carozo, jamón, sal, pimienta, orégano y un toque de aceite de oliva.

—Mmmmm… Definitivamente, me voy a llevar unas cuantas botellas de aceite de oliva a Chile, es inigualable el sabor. —Celebró Ángel al terminar de comer su alimento.

—Tú eres el experto, yo no sé cocinar mucho —comentó Rossana, conociendo de a poco las distintas facetas que conformaban el carácter de Ángel. Era increíble cómo había cambiado con ella desde que se declaró—. Mi mamá me enseñó, pero eso fue hace mucho y no recuerdo casi nada.

—Es fácil, casi como andar en bicicleta. Mañana podríamos hacer el almuerzo juntos —sugirió, levantando las cejas guasón, pensando en varias formas de encenderla.

—Sí, me gustaría mucho —aceptó contenta.

—Mañana en la mañana tendré una reunión con mi superior de la Interpol —informó Ángel, cambiando de tema bruscamente. Rossana parpadeó un tanto confusa—. Quiero que me acompañes.

—¿Cómo?, ¿para qué quieres que te acompañe?

—Tengo dos motivos. Uno, porque no quiero dejarte sola en este lugar y prefiero tenerte a la vista. Y dos, porque necesito un par de ojos adicionales y tal vez un plan B.

—Bien, cuéntame qué necesitas de mí…

Eran las nueve y media de la mañana. Rossana ingresaba en la iglesia Santa Inés de la Agonía asombrada por lo imponente que era y poseedora de una arquitectura maravillosa. A pesar de que ella era romana, no conocía mucho su propia ciudad, pues todos sus recuerdos eran de su niñez y sus paseos familiares.

Iba vestida de luto, cubriendo su peluca castaña con un velo negro, lentes oscuros, y su cara solo estaba maquillada con base, ocultando su tatuaje. Caminaba lento, admirando de reojo las pinturas religiosas y los exquisitos detalles que inundaban todo a su alrededor. El cielo era elevadísimo, coronado con una cúpula decorada con preciosos frescos. A ambos lados había columnas y arcos que soportaban el segundo piso. Rossana sostenía en sus manos un ramo de lirios blancos para colocar después como ofrenda en el altar, y haciendo una perfecta actuación de viuda doliente, se sentó en una de las banquillas elegida al azar y empezó a orar.

Ángel llegó quince minutos más tarde, también vestido de luto, mirando en todas direcciones hasta que vio a Rossana que pasaba inadvertida, camuflándose entre los turistas y los feligreses que visitaban temprano el lugar. Se sentó dos asientos más, delante de donde estaba ella. Observaba en todas direcciones, se sentía extraño, paranoico, y no precisamente por haber llevado a Rossana a ser testigo de su reunión. Cerró los ojos, juntó las palmas de sus manos y también empezó a orar.

A las diez en punto, Cesare Avenati hizo ingreso en la iglesia. No le fue difícil encontrar a Ángel Larenas, se sentó a su lado con la vista al frente en dirección hacia el altar. Rossana observaba todo desde su lugar privilegiado, pero al ver a ese hombre un escalofrío le recorrió todo el cuerpo.

Ella lo conocía.

—El mundo es muy pequeño, Ángel Larenas —dijo Cesare sin quitar la vista al frente—, y usted se ha metido en un gran problema al dárselas de salvador de putas.

Ángel apretó la mandíbula y miró furibundo a Cesare, a la vez que su mente intentaba procesar lo que ese hombre intentaba decir, no pasaron muchos segundos cuando sintió el cañón de una pistola incrustado en su costilla.

—¿Dónde está esa puta? ¿Dónde está Mariposa? —inquirió Cesare, dirigiendo su gélida mirada a Ángel—. Sé que todavía está contigo.

Rossana lo reconoció de inmediato, el perfil, la complexión de su cuerpo y esa voz, esa maldita voz.

—No lo sé. La dejé ir —mintió Ángel totalmente desconcertado por el interrogatorio y toda la perorata que le estaba soltando Cesare. No podía desviar la mirada hacia Rossana, hacer eso la delataría y ese hijo de perra la conocía, pero de dónde… ¿¡De dónde!?

—No me mientas, todavía está contigo… No debías comprarla, debías follarla y no hacer tu trabajo para la Interpol. ¡Se supone que eres un maldito narco! Acaso, ¿no ése tu trabajo?

—En realidad, ni siquiera he probado la cocaína en mi vida, con suerte fumo. Soy demasiado bueno, ¿cierto? ¿De verdad crees que soy corrupto? —interpeló Ángel con suficiencia, casi con diversión a pesar de que la situación no era para nada divertida—. No todo lo que brilla es oro, Cesare. Te equivocaste conmigo.

—Su nombre no es Cesare —acusó Rossana encañonando a ese infeliz perro en la cabeza, la pistola la tenía oculta en el ramo de flores. El desgraciado cobarde soltó el arma de inmediato y levantó las manos, rindiéndose al escuchar la voz de su puta favorita—. Es Lucio —reveló.

Ahí estaba el maldito cuando unas ganas locas de apretar el gatillo y matarlo devoraban a Rossana. En el rostro de ella solo se reflejaba odio y rencor, pero en sus ojos había un dolor infinito. Ángel no podía creer lo que estaba presenciando, miró a Rossana con los ojos desorbitados y luego a Cesare que sonreía burlón… y todo se volvió rojo.

—¡Hijo de perra, te mataré! —exclamó Ángel hecho una furia, tomándolo de la ropa sin importarle nada ni nadie. Pero un estruendo que hizo un horrible eco lo frenó y diminutas gotas salpicaron su rostro.

Silencio…

Gritos…

Terror…

Rossana miró atónita a Ángel, su cara y parte de su cuello estaban manchados de sangre. Toda la gente corría y gritaba despavorida sin siquiera mirar, solo escapaban hacia la salida como una horda de corderos asustados.

Ángel de inmediato se levantó de su asiento y miró en todas direcciones. Una sombra desde lo alto del segundo piso se escabulló. Luego, sus ojos se desviaron hacia el cuerpo inerte de Cesare, un tiro perfecto y limpio le perforaba la cabeza de lado a lado.

—¡Mierda! —Debía actuar rápido, ¡debía moverse ya! No era una opción perseguir al asesino, era un fantasma, sería una estupidez—. Rossana, mírame. —Ella todavía tenía la pistola en la mano, pero oculta. Estaba paralizada, era como una de las estatuas de los santos que adornaban la iglesia. Rossana por un segundo pensó que había apretado el gatillo, y también por un segundo pensó que también había herido a Ángel—. Estoy bien… ¡vámonos!… ¡corre! —Como un acto reflejo Rossana acató, dio media vuelta y se echó a correr. Ángel salió tras ella, dándole alcance de inmediato, mezclándose con la gente aterrada por el disparo. Sacó su celular y dio por terminada la grabación que estaba registrando desde que había entrado a la iglesia.

—Límpiate la sangre de la cara y el cuello, Ángel —ordenó Rossana muerta de miedo y, a la vez, con su mecanismo de supervivencia activado. Con frialdad y eficiencia se quitó el velo negro y se lo entregó para que limpiara las manchas rojas que los delataban.

Ángel obedeció en el acto, las sirenas de la policía se escuchaban a lo lejos, el lugar estaba repleto de gente que corría en todas direcciones, sembrando en el ambiente el terror y la confusión. La situación se había vuelto ideal para salir de la plaza que estaba en frente de la iglesia, huir por las estrechas calles aledañas y perderse corriendo entre la multitud.

Ángel se metió el velo en el bolsillo, agradeciendo al cielo de haber vestido de negro, porque no se notaba la sangre que se le pegaba al pecho. Era el aniversario de muerte de sus padres, siempre vestía de luto ese día y levantaba una plegaria por ellos.

Tomó de la mano a Rossana, y después de unos minutos de carrera empezó a bajar la velocidad de a poco, cuando ya había notado que se habían alejado lo suficiente de la iglesia. Siguieron caminando en silencio, a un ritmo moderado, buscando una parada de autobús para volver al apartamento.

Era un lugar seguro, ahora lo sabía.

Capítulo 20

—¿¡Qué mierda acaba de suceder!? —exclamó Ángel apenas cerró la puerta del departamento. Desesperado y frustrado revolvía su cabello—. ¡Esto es una maldita pesadilla! ¡Una puta pesadilla! —siseó, controlando esa avalancha de emociones y pensamientos que rebasaban su interior.

Rossana estaba sin habla con la vista perdida, casi en estado de shock, por inercia se había sentado en el sofá en cuanto entraron. En su mente había quedado grabada para siempre la imagen de Lucio muerto. Tantas veces le deseó lo peor, pero nunca imaginó que ella presenciaría el fin de sus malditos días. En todo caso, no sentía ninguna lástima por él, se lo merecía el perro infeliz.

El silencio devoró la habitación, los rayos del sol eran eclipsados por nubes solitarias que viajaban rápido por el cielo y disminuían la intensidad de la luz por largos segundos, para luego volver a iluminar todo, llenando el lugar con claridad.

—¿Estás bien? —interrogó Ángel preocupado, ella no contestó—… ¿Rossana, estás bien, amor? —inquirió nuevamente, suavizando más su tono de voz. Ella lo miró y asintió sin hablar. Ángel, un poco más tranquilo, se acercó a ella y se sentó a su lado—. Estamos a salvo aquí —aseguró convencido—. Ese malnacido no tenía idea de nuestra ubicación y tampoco tenía la certeza de que estuvieras conmigo. El blanco era él, si hubiera sido yo, me habrían matado mucho antes, incluso antes de entrar a la iglesia... Más allá de eso, no comprendo nada más y necesito que te armes de valor para contarme algunas cosas que sucedieron antes de que me conocieras.

—Sí, te contaré todo lo que necesites saber... —Ambos se quedaron en silencio, mirándose a los ojos. A pesar de todo, Rossana se sentía segura con él—. ¿Ángel, estás bien?

—Sí, preciosa mía. —Suspiró cansado—... Solo estoy conmocionado y muy, muy desconcertado por todo. Necesito respuestas, necesito saber en quien confiar en la Interpol... Estamos a la deriva...

—Lo sé... pero estoy segura que todo saldrá bien.

—Eso espero, pequeña hada... Voy a quitarme esta ropa sucia y me daré una ducha —anunció él, era capaz de sentir el olor a sangre adherida en su piel, no podía pensar y necesitaba despejarse para poder entender todo ese desastre—. No me tardo. —Le dio un beso casto, pero ella no lo dejó marchar y tácitamente le pidió otro. Ángel la besó nuevamente pero con intensidad, fervor y desesperación, convenciéndose, convenciéndola, de que estaban juntos. Él adoraba el sabor de Rossana y la pasión que ella tenía dormida.

Ángel no tenía intención de profundizar el beso, pero ella se lo puso muy difícil al pedir más y más, volviéndose exigente, acariciándolo sensualmente con su lengua, tentándolo, seduciéndolo... Pero no era el momento, Ángel interrumpió el beso lentamente hasta casi extinguir ese fuego que los consumía—. No puedo seguir, preciosa, me estás matando... —Dolorosamente se levantó del sofá con el corazón latiendo veloz, enviando sangre a una tensa y evidente erección. Acarició tiernamente el rostro de Rossana y se fue a tomar esa ducha que tanto necesitaba.

Rossana se quedó mirando cómo él cerraba la puerta tras de sí, y al rato después se escuchaba el agua correr. Respirando rápido y superficial se levantó de su asiento, ella también necesitaba una ducha, por lo que se armó de valor, porque no la iba a tomar sola.

Ángel estaba dejando que el agua caliente corriera por sobre su cuerpo, tenía las manos apoyadas en la pared y la vista pegada al suelo. De la sangre seca ya no había rastros, no pensaba en nada, tenía la mente en blanco.

Rossana entró sin hacer ruido, el corazón le retumbaba en su pecho, se preguntaba por qué estaba haciendo eso, e inmediatamente se respondía, «porque quiero, porque lo deseo, porque lo amo, porque quiero sanar…». Estaba desnuda, no solo su cuerpo, su alma y su mente también lo estaban. Ángel confiaba en ella, él pudo haber sospechado que estaba coludida con ese maldito desde el principio y que todo era una trampa, Rossana estuvo esperando que él estallara y que empezaran las acusaciones, las increpaciones, que le exigiera explicaciones que no tenía, pero nada de eso sucedió. Él sabía, la conocía, la quería, y sabía la verdad… y ella estaba tan confundida como él respecto a lo que pasó en la iglesia.

Y ahí estaba del otro lado de la cortina gris, tenía frío y todo estaba lleno de vapor, pero estaba decidida, quería dar ese paso…

—Ángel… —murmuró—. ¿Puedo acompañarte? —preguntó nerviosa, mirando en dirección a la ducha.

Incrédulo de lo que oía, él corrió un poco la cortina y en medio de esa neblina densa y caliente estaba ella completamente desnuda, esperando su respuesta.

—Sí, claro —respondió alelado, mirándola de arriba a abajo como si fuera una especie de aparición erótica. El cuerpo de ella era bellísimo, un perfecto reloj de arena, caderas y pechos generosos y cintura estrecha, su vientre no era plano y seco, no, tenía una exquisita curvatura que terminaba perdida entre los rizos oscuros y rojizos del pubis. No era muy alta, pero para él, ella era simplemente perfecta y femenina.

Rossana sonrió con timidez y Ángel abrió más la cortina para que ella se metiera bajo el chorro de agua. No. No era una aparición, ella estaba realmente con él, frente a él, observándolo, estudiándolo, recorriéndole todo el cuerpo con la mirada, como si estuviera memorizando cada parte de su anatomía, cada tatuaje que marcaba su piel, cada gota de agua que se deslizaba por la gravedad. La mirada de Rossana era de una mujer que por primera vez descubría el cuerpo de un hombre. En sus pupilas se dibujaba la curiosidad, el deseo, la anticipación. Ángel definitivamente no estaba desvariando, ella de verdad estaba ahí, sorprendiéndolo, como siempre. Rossana parpadeó, saliendo de su trance, se centró en su cometido y empapó su cabello, preparándolo para limpiarlo.

—¿Me das el *shampoo*? —solicitó ella con naturalidad, sacando a Ángel de súbito de ese estado de aturdimiento.

Ángel tomó el envase, pero no se lo entregó, en vez de eso, lo abrió y se echó un poco en la palma de su mano y lo dejó donde estaba.

—Date la vuelta —ordenó con suavidad—. Yo te voy a bañar.

Rossana obedeció y le dio la espalda, cerró los ojos mientras Ángel le masajeaba el cabello, llenándole la cabeza de espuma. Las manos de él eran enormes, pero su toque era seguro y delicado.

—Me gusta el color de tu cabello, no te mentí esa vez que te dije que me gustan las pelirrojas, pero irónicamente nunca he estado con una —comentó jugando con su cabello corto y granate entre sus dedos—. Listo, mete la cabeza bajo el chorro para aclararte el *shampoo*. —Rossana siguió las instrucciones, sonreía contenta, era la primera vez que la mimaban de esa manera. Ángel le quitaba la espuma de la cabeza con eficiencia y ella podía sentir la cercanía del cuerpo de él que apenas la rozaba.

Ángel todavía seguía conteniéndose.

Rossana iba a darle una señal.

—¿Me enjabonas? Pero sin la esponja —especificó—. Quiero sentir tus manos sobre mí —pidió, queriendo sonar segura, pero un temblor en su voz delató sus nervios.

Sin mediar más palabras, Ángel repitió con el jabón líquido la misma acción que antes hizo con el *shampoo*.

—Esto es una provocación total y absolutamente deliberada, pequeña hada —advirtió con voz grave y una sonrisa perversa que ella no pudo ver—. Te voy a dejar bien limpia.

Rossana primero sintió las manos resbalosas de Ángel sobre sus pechos, los masajeaba y acariciaba en lentos movimientos circulares, provocando que sus pezones emergieran duros, rogando por ser estimulados, pero que Ángel evitaba a propósito para continuar con el sensual suplicio al que estaba sometiendo a su hada. Sus manos, sin perder el ritmo, siguieron moviéndose hacia su vientre, contorneando su cintura, y luego ascendieron nuevamente por sus costados hasta llegar al cuello, para posteriormente deslizarse hacia sus hombros y sus brazos, dejando un reguero de burbujas que rápidamente desaparecían arrastradas por el agua caliente. Ella estaba quieta y en silencio, disfrutando de ese voluptuoso juego que él estaba llevando a la práctica de manera magistral, sensibilizando su piel al máximo, despertándola como si fuera la crisálida de una mariposa a punto de nacer.

Mas jabón y más caricias, pero ahora sobre la espalda de ella, los pulgares de Ángel hicieron presión recorriendo su columna vertebral, lánguidamente, hasta llegar al coxis, y con las manos muy abiertas abarcó la plenitud de sus nalgas redondas y turgentes. Rossana no podía evitar reprimir el ronroneo que emergían de sus cuerdas vocales, pero ella estaba decidida a no hacer ruido… Sentía que si gemía y gritaba se iba a desconectar del momento y entraría en ese estado en que su mente se separaba de su cuerpo para no sentir.

Y ella quería sentirlo todo.

Ángel continuó con su tortuoso y placentero masaje por las piernas, y con ambas manos recorrió toda la piel, desde los muslos hasta la punta de los pies, de arriba a abajo, repetidas veces, con una agónica lentitud. Primero una extremidad, y luego la otra.

Otro poquito de jabón y posó su palma sobre el monte de Venus, para tentarla. Dibujando círculos hizo abundante espuma que esparció en sus ingles y nalgas de manera voluptuosa y decadente.

Pero no fue más allá.

—Hemos terminado —decretó Ángel, aclarando con abundante agua el jabón que quedaba sobre la sensible piel de ella. Rossana iba a rezongar, quería más, se iba a girar pero…—. No te des vuelta, quédate ahí. Corta el agua, por favor —ordenó con amabilidad, ella hizo lo que él le pidió.

Ángel se pegó a la espalda de Rossana por completo, haciendo que notara el duro y tenso estado en el que él se encontraba. La abrazó, abarcando sus pechos, sosteniéndolos uno en cada mano.

—¿Quieres seguir? —preguntó él con la voz rota de deseo—. ¿O quieres que me detenga? Haré solo lo que tú desees, tú tienes todo el poder sobre mí —aseveró convencido.

Rossana tragó saliva, sentía que el cuerpo se le incendiaba y que el infierno se desataba en el vértice de sus piernas.

—Quiero seguir —respondió con un hilo de voz.

—Entonces, seguiremos, pequeña mía.

Ángel se separó de su cuerpo y salió de la ducha. Tomó una toalla y empezó a secar el cabello y el cuerpo de Rossana, amándolo, reverenciándolo con devoción. Cuando terminó, le entregó la toalla a ella para que hiciera lo mismo con él.

Concentrada, pasaba la toalla sobre la piel de Ángel, quitando el agua de la ancha espalda tatuada, los brazos, el torso. Nunca había visto tan de cerca el cuerpo del hombre que amaba y que parecía una verdadera obra de arte. Tenía cada musculo marcado de manera natural, todo en él era duro y fuerte, en estado bruto, nada en él estaba estilizado por máquinas y rutinas de gimnasio. Las piernas eran como imponentes columnas que sostenían ese cuerpo y que de pronto le pareció abrumador. Rossana se agachó para secar las pantorrillas y luego subió por los muslos, e inexorablemente llegó hasta esa parte que había evitado secar desde el principio.

Involuntariamente, a Rossana se le cortó la respiración y la boca se le secó cuando frente a sus ojos tenía la orgullosa, monumental y gruesa erección de Ángel, lista y dispuesta solo para ella. Indudablemente, ese hombre estaba hecho para el pecado, pensó Rossana. Se quedó unos segundos apreciando cómo era él, esperando a sentir esa punzada de asco y rechazo… pero nada de eso sucedió, él estaba quieto dejando que ella hiciera lo que quisiera.

Se pasó la lengua para mojar los labios y volviendo a tomar aire, secó esa zona tan sensible con mucha delicadeza.

—Listo —susurró Rossana, poniéndose de pie.

—Te faltó una parte, hada curiosa —apostilló Ángel divertido.

—¿Cuál? —preguntó confundida.

—No importa… ya se evaporó el agua —respondió sonriendo.

—Dime —exigió también sonriendo, y mentalmente repasando todos los lugares que había secado.

—Esta. —Y firmemente y con ambas manos poseyó las nalgas de ella para graficar mejor su explicación—. Pero como ya te dije, el agua se evaporó… Hace un poco de calor, ¿no crees?

—Mucho calor…

—¿Quieres seguir?

—Sí.

—Entonces, vamos.

Ángel tomó de la mano a Rossana y salieron del baño, el aire frío les erizó la piel, pero en cuestión de segundos el calor se manifestaba en todas partes como arte de magia. Entraron al dormitorio donde reinaba la cama, como si los estuviera esperando para ser testigo de la consumación de su unión.

—Voy a parar si dices que no, recuérdalo —reafirmó Ángel lo que alguna vez prometió.

—Lo recordaré… pero no quiero decirte que no.

—No lo dirás si no lo deseas. —La miró a los ojos y sonrió con ternura—. Te quiero mucho.

—Y yo a ti.

Ángel se sentó en la cama, apoyando su espalda en el cabecero, e invitó a Rossana a que se sentara a horcajadas sobre él, ella obedeció, haciendo que sus sexos se rozaran por primera vez. Para él, fue una exquisita tortura sentir el calor húmedo de Rossana que manaba desde sus profundidades; para ella, sentir la dureza de Ángel tan cerca de donde más lo anhelaba fue una explosión de sensaciones que nunca antes había experimentado.

La experiencia en la ducha había sido el perfecto juego previo para dejarla completamente encendida y preparada para recibir a Ángel y abrazar todas las emociones que él podía brindarle. Rossana lo supo, solo un roce y sentía que estaba al borde del precipicio del cual no sabía cómo saltar.

Ángel no dejó pasar más tiempo, sus manos se anclaron en las caderas de ella y la besó.

Duro, exigente, hambriento y a la vez diciéndole, rogándole que confiara en él y se entregara al gozo, que lo dejara entrar tal como entraba su lengua en ella para que bailaran juntos esa danza salvaje y ancestral.

Ella respondió a ese beso, enmarcando el rostro de él, sintiendo la barba que ya estaba a medio crecer. Rossana ya conocía a Ángel, su sabor, su aroma, el calor de su lengua tan familiar, tan de él. Adoraba toda esa fuerza que irradiaba y controlaba a voluntad, él dominaba su parte animal, ella sabía que nunca la iba a dañar ni le iba a provocar dolor.

Ángel continuó dejando un reguero de besos por sobre su cuello, extendiendo una estela de calor y humedad, marcándola, apropiándose de la piel de ella hasta llegar a esos bellos montes coronados por sus enhiestos pezones. Los adoró con la boca, lamiendo, succionando, dando leves mordiscos que solo inducían al placer. Las manos de Ángel abandonaron las caderas y recorrieron el cuerpo de Rossana hasta llegar al mismo lugar donde estaba la boca de él, deleitándose de su sabor. Ángel se llenó las manos de Rossana, de la carne de sus pechos, estaba enloqueciendo, sentía que iba a estallar en cualquier momento.

No pasó mucho tiempo bajo ese sensual ataque sin piedad, Rossana no resistió y sin darse cuenta sus caderas empezaron a moverse, a buscar el contacto, el calor, saciar esa necesidad de sentir, de llenar el vacío que la agobiaba. Ángel al notar cómo ella resbalaba voluptuosamente sobre él, rompió el contacto de su boca con los pechos de ella y gimió. Volvió a apoderarse de los labios de Rossana y la besó con ardor.

Ella no podía parar, había cruzado un límite al que jamás había llegado, nunca antes había tenido ese cúmulo de sensaciones, era como ir directo al cielo, pero no lograba tocarlo, algo le faltaba… e inmediatamente se dio cuenta de que le faltaba él, dentro de ella.

—Ángel, estoy lista… Quiero tenerte en mí —aseguró con la voz cargada de deseo, amor, necesidad—. Ser tuya, siempre.

—¿Estás segura?

—Completamente…

—En la mesa de noche, en el cajón… Necesitamos un preservativo, preciosa.

Rossana se inclinó hacia donde le indicaba Ángel y los encontró con facilidad. Le entregó el paquetito plástico a Ángel y él, metódicamente, abrió y enfundó su miembro con precisión y rapidez.

—No lo olvides, pequeña. Te quiero —dijo, mirándola a los ojos—. Eleva tus caderas…

Rossana así lo hizo y él acarició con sus dedos los pliegues de ella, estimulándola, abriéndola con delicadeza, buscando ese lugar que ansiaba llenar de él, hasta que lo encontró oculto entre toda la humedad que rezumaba por doquier, ella estaba lista y preparada para su ansiada invasión. Rossana contenía sus jadeos y solo siseaba con la respiración entrecortada, esperando a que él la penetrara.

Lentamente, milímetro a milímetro, Ángel fue entrando en ella, descubriéndola, ampliándola, sintiendo cómo ella lo encerraba como si fuera un guante de seda. Rossana nunca había disfrutado ser penetrada por ningún hombre, pero él era diferente. Siempre lo fue, único y especial, y lo estaba recibiendo dentro de ella por voluntad propia.

Era su primera vez. Libre. Por amor.

Ángel llegó hasta lo más profundo de su ser, y soltó el aire que retenía en sus pulmones, había olvidado respirar cuando sintió el fuego líquido de Rossana rodeándolo por completo, deseaba moverse, embestirla, pero…

—Muévete, preciosa, busca tu placer, intenta encontrarlo, amor —murmuró tiernamente, él estaba resuelto a aguantar todo lo que le fuera humanamente posible para que Rossana disfrutara y lograra liberarse. Ella lo valía, tenerla sobre él, entregándose a él, era un sueño hecho realidad—. Haz lo que quieras conmigo y yo te seguiré, enséñame, guíame.

Rossana alentada por las palabras de Ángel empezó a moverse, primero lento, absorbiendo de a poco todas las sensaciones que el cuerpo de él le entregaba, buscando su propio ritmo. Y en ese momento Rossana se dio cuenta de que no era solo ella la que se estaba entregando, también él, dándole toda la libertad y el control de su unión; a Ángel solo le importaba que ella sintiera que era capaz de obtener placer, que era dueña y señora de sus acciones para alcanzarlo.

Su mente se vació, solo existían ellos dos y ese glorioso momento. Empezó a contonear sus caderas con más brío y pronto descubrió ese ínfimo contacto donde todo era perfecto, roce, presión y profundidad, todo era maravilloso, tanto así, que su voz daba incontrolables jadeos que ya no pudo encerrar dentro de ella, y no le importó.

Y para Ángel eso era presenciar el cielo, abriéndose ante Rossana, estaba a un paso de obtener ese efímero instante y lo único que le faltaba era seguir su compás, unirse a ella en su cabalgata hacia el éxtasis.

—Te siento, mi hada, estás tan cerca —susurró, abrazándola, embistiendo al mismo tiempo que ella, empujándola, elevándola—… siénteme… siéntenos…

Ese fue el último impulso que ella necesitaba, y se dejó llevar, una luz cegadora la envolvió por completo, uniendo todos sus trozos que estaban desperdigados dentro de su alma, fundiéndolos con el corazón de su Ángel. Un deleite indescriptible y adictivo se propagó desde su centro, arrasando con todo a su paso, y Rossana fue plenamente consciente de cómo el interior de ella intentaba apresar a Ángel, reteniéndolo, aumentando esa sensación de delectación absoluta que no la soltaba, sino que aumentaba con cada movimiento que ellos, al unísono, potenciaban.

Ella lanzó un grito entrecortado y ahogado en placer. Esa fue la señal de Ángel, quien siguió a Rossana dando una última estocada, dejándose llevar mientras ella lo devoraba por completo.

La pequeña muerte, eso había sido para los dos, literalmente.

Rossana se derrumbó sobre Ángel con el cuerpo tembloroso, cubierto de sudor. Intentaba recuperar el aliento, el corazón estaba que se le salía del pecho. No podía hablar, solo sentir que sus extremidades apenas le respondían y que él la estaba sosteniendo en un cálido y reconfortante abrazo.

—Eres maravillosa, Rossana —dijo con la voz jadeante, totalmente dichoso de presenciar el milagro que era ella—. Me has dado el honor de ser tu primera vez. Gracias, mi pequeña hada. —La estrechó más entre sus brazos, no estaba soñando. Gracias a Dios no estaba soñando—. Te quiero mucho… mucho.

Rossana no tenía palabras para expresar todo lo que sentía en su corazón, estaba demasiado abrumada por el momento y todo lo que había sentido. Lo único que sabía con total seguridad era que en ese instante Mariposa había muerto, ya no lo era y nunca más lo volvería a ser.

Simplemente era Rossana.

Era libre y era feliz.

Y amaba profundamente a Ángel.

Capítulo 21

*R*ossana quedó sumida en una bruma de emociones, demasiadas, para ese corazón que había vivido tantas penurias. Su cuerpo estaba completamente laxo, se sentía como una auténtica muñeca de trapo. Una sonrisa perezosa surcó su rostro, todo había sido maravilloso, con razón todo el mundo hablaba de los orgasmos, era algo milagroso… pero para Rossana eso aplicaba solo cuando se hace el amor con la persona correcta.

Aunque si lo pensaba mejor, no creía que hubiera podido hacerlo con cualquier otro hombre, tal vez era porque Ángel era todo lo que ella necesitaba. Ambos habían tenido vidas muy diferentes al común de las personas, tal vez por eso encajaban tan bien.

—¿Despertaste? —preguntó Ángel, también sonreía. Pero su sonrisa era diferente, se veía más joven, algo en él había cambiado.

—¿Me dormí? —contestó con otra pregunta, ¿se había dormido de verdad?

—Por lo menos, unos cinco minutos —informó, su voz también era jovial, como si de pronto le hubieran cambiado la personalidad—. Me encantaría estar para siempre así, pero no podemos estar unidos por demasiado tiempo de esta manera… ¿Puedes? —dejó la pregunta en el aire, Rossana entendió a lo que se refería y se levantó sobre sus rodillas para separarse de él.

—Oh, Dios mío —gimieron y sisearon al mismo tiempo como si hubieran tenido un microorgasmo. Rossana se sintió vacía instantáneamente y se ovilló al lado de Ángel, mientras él se quitaba el preservativo y lo tiraba al suelo. Estar tan relajado y saciado le impedía levantarse, solo quería disfrutar ese momento.

Ángel cubrió a ambos con una manta y ella puso su cabeza sobre su pecho. El mundo afuera no existía, solo ellos dos, y esa burbuja de felicidad sin fin.

—¿Siempre es así, Ángel? —interrogó ella para convencerse de que ese acto que habían compartido era algo que podía volver a repetirse.

—La mayoría de las veces —respondió—. A veces, simplemente no se logra y eso tampoco es malo —reflexionó—, también varía la intensidad… o de cuantas veces puedas lograrlo. Las mujeres son criaturas fascinantes, tienen la capacidad de tener varios orgasmos cada vez que hacen el amor, nosotros no y las envidiamos por ello.

—¿En serio?

—Así es, es solo práctica… por lo menos, eso es lo que me han contado.

Se quedaron en silencio. Afuera las nubes nuevamente eclipsaban la luz del sol y la leve, pero evidente penumbra reinó. Ángel besó la cabeza de Rossana y ella recorría con la punta de los dedos uno de los tantos tatuajes que adornaban el musculado torso de su hombre.

—¿Por qué tienes tantos tatuajes? —interrogó Rossana con curiosidad, rompiendo el silencio del momento.

—Dicen que cuando te haces uno, ya no puedes parar y siempre quieres volver a tatuarte. Eso me pasó a mí. Cada uno tiene un significado especial —confesó relajado, acariciando uno de los brazos de Rossana.

—Me gusta éste, el de los lirios blancos —comentó mientras dibujaba con su índice el dibujo a color de las dos flores cerca de su clavícula derecha.

—A mi mamá le gustaban, simboliza a mis padres —explicó—. Mi papá siempre le regalaba lirios blancos a mi mamá para los aniversarios. —Se quedó unos instantes en silencio y pensó en Rossana, le gustaría regalarle flores un día—. ¿Qué flores te gustan a ti?

—No lo sé… nunca he pensado en ello. Recuerdo que mi mamá tenía una rosa blanca entre las hojas de un libro, mi papá se la había regalado cuando eran jóvenes.

—Algún día te regalaré flores —prometió—. Cuando estemos de aniversario.

Rossana se maravilló con aquella afirmación. Sí, cuando estuvieran de aniversario, era una linda ilusión.

—Me encantaría… ¿Y éste? —preguntó, apuntando otro que era un kanji japonés que tenía en la clavícula izquierda—. ¿Qué significa?

—«Luciérnaga»… Me lo hice el día de su funeral —contestó, recordando cuanto dolió hacérselo, no solo era físico, también le dolía el alma en aquella oportunidad.

—Es muy lindo, es como una ofrenda… —Recorrió con sus dedos la forma del tatuaje y recordó la triste historia de Ángel, pero ahora él era feliz… con ella. Una cicatriz sobre el ideograma de tinta le llamó la atención—. ¿Qué te pasó aquí?

—Es un recordatorio de la muerte de tu padre… —relató tranquilo, había cambiado tanto su vida en tan pocos días, incluso la muerte de su amigo la percibía de otra manera—. Le hicieron una quitada de droga en plena calle y nos dispararon a ambos.

—Ese día comenzó todo para ti —reflexionó ella, su padre había marcado la vida de ambos. Dos vidas se trasformaron, la de ella cuando la abandonó forzosamente y la de Ángel, cuando él murió y le hizo prometer cumplir su última voluntad.

—Sí… pero de otra forma no hubiera podido conocerte. No lamento, ni me arrepiento de nada.

Rossana sonrió, Ángel tenía razón. Llegó a su vida cuando más lo necesitaba.

—¿Y el tatuaje de tu espalda que significa? —preguntó, siguiendo el *tour* de tinta del cuerpo de Ángel. Era una buena forma de conocer las cosas que le importaban, Rossana podía identificarlas fácilmente, la familia, la fraternidad, el honor, el amor.

—Nos representa a mi hermano y a mí... luchar contra la adversidad… Según la leyenda, el pez koi fue capaz de ascender por el cauce del río Amarillo de China y escalar una de sus cascadas, le tomó cien años cumplir su objetivo. Como recompensa, el espíritu del cielo sonrió en señal de aprobación y transformó el pez agotado en un dragón de oro brillante.

—Muy tú ese tatuaje, supongo que Sandro es igual a ti.

—Aunque él lo niegue, fuimos hechos del mismo molde. Pero él es más cuadrado, yo soy más flexible.

—Me gustaría conocerlo algún día.

—Espero que suceda eso, cuando él pueda ver más allá de lo que cree que es la verdad… o cuando su vida dependa de ello —bromeó, riendo de su ocurrencia. Ella también rio junto con él. Ángel le hacía olvidar el pasado, como si todo hubiera sido un mal sueño—. Cuando volvamos a Chile me haré otro. Sin duda, este viaje es algo que debo inmortalizarlo en tinta.

—¿Y tienes pensado que te vas a tatuar?

—No lo sé… lo decidiré cuando llegue allá. —No quiso decir más, pero él ya lo había decidido, se haría un hada pelirroja en el pectoral izquierdo, pero se guardó el secreto, sería una sorpresa para ella. Miró a Rossana a los ojos y luego a su dragón en la mejilla y lo acarició con su pulgar—. No te gusta ese tatuaje, ¿verdad? —aseveró.

—Lo odio… —contestó con beligerancia—. Lucio me apuntaba con una pistola en la cabeza para que me quedara quieta mientras me lo hacían. Todas teníamos su marca como si fuéramos ganado, pero él la hizo en mi cara a propósito, las demás la tenían en un seno o una nalga. Ese infeliz era un sádico y un enfermo.

—¿Te gustaría borrarlo?, ¿quieres quitártelo?—ofreció. A Ángel no le molestaba el tatuaje, pero tan solo pensar en el martirio de ella, cada vez que se miraba al espejo, hacía que se le retorcieran las entrañas.

—Qué no daría por quitarlo de mi cara…

—Entonces, lo borraremos apenas pongamos un pie en Chile —decidió resuelto—. Existe un tratamiento con láser y…

—¿En serio?, ¿de verdad? —Rossana no podía creer que podría algún día deshacerse de ese maldito estigma. Unas lágrimas de felicidad empezaron a fluir, ella no podía ser más feliz. Ángel le estaba poniendo el mundo a sus pies, no en el sentido material, él era capaz de hacer cualquier cosa por ella… y ella sentía que también haría cualquier cosa por él.

Abrazó a Ángel feliz y se montó sobre él, cubriendo su rostro con besos de amor y agradecimiento que pronto se convirtieron en algo más profundo y apasionado, el aire empezó a caldearse de nuevo, y los cuerpos de ambos empezaron a responder nuevamente a ese feroz llamado de la naturaleza y que era imperativo acallar, fusionándose hasta ser solo uno.

Las manos de Ángel comenzaron a vagar por las curvas de ella y su voz mil veces susurraba «te quiero», «tómame», «soy tuyo», «para siempre»… A lo que ella respondía con las mismas palabras, con el mismo fervor y con la misma devoción.

El timbre de la puerta sonó, y luego la golpearon tres veces.

Ángel y Rossana se paralizaron.

—Espérame aquí, no hables —indicó Ángel susurrando, tranquilo, pero serio, preparándose para lo peor.

Se levantó de inmediato y se puso pantalones, mientras caminaba directamente a la puerta, observó por la mirilla quienes eran los que estaban del otro lado, y para su sorpresa se trababa de dos agentes de la policía de estado. Un escalofrío le recorrió toda la columna vertebral. Inhaló profundo y abrió.

—Buenas tardes, señores —saludó Ángel con aparente naturalidad, en cambio su interior estaba inquieto y alerta, pensando en que si los habían descubierto o si hubo testigos que los delataron, o si fueron grabados por las cámaras de seguridad. En fin, eran muchas las posibilidades en las que no había pensado hasta el momento.

—Buenas tardes. Soy el oficial Martino y mi compañero el oficial Rosso, venimos de la Comisaría Borgo XVIII. Estamos buscando a… —El oficial leyó un documento para asegurarse—, la señorita Rossana Spada, ¿vive aquí?

—Sí, es mi novia —contestó lacónico, pero con un sabor dulce entre sus labios. Sí, era su novia, pero su lado machista prefería pensar en que ella era su mujer… Era extraño que la buscaran a ella, ¿de dónde?, ¿por qué?...

—¿Se encuentra la señorita en el domicilio? —insistió el oficial.

—¿Para qué la buscan? —replicó Ángel desconfiado.

—Hizo una solicitud de pasaporte, estamos comprobando su dirección —respondió mecánicamente el oficial Martino, para ese agente corroborar domicilios e identidades era la parte más tediosa de su trabajo y, realmente, quería terminar pronto para ir a almorzar.

—La llamaré en seguida, espere, por favor —dijo Ángel con fingida amabilidad, había olvidado por completo de que irían los policías al departamento, era parte del trámite.

Se dirigió al dormitorio y al entrar vio que Rossana ya se estaba vistiendo rápidamente. Maldijo por unos instantes a los policías por matar el momento, pero por otra parte, si todo salía bien, pronto tendrían el pasaporte de Rossana y podrían largarse del país en cuanto pudieran.

Rossana fue al encuentro de los policías y Ángel la siguió de cerca como una sombra. Los agentes inmediatamente iniciaron el proceso de comprobación de la identidad de ella y le hicieron preguntas de rutina, las cuales respondió tranquila y sin vacilar, incluso con una pizca de coquetería femenina, lo justo para encantar al agente que la estaba entrevistando y a su acompañante. Después de unos minutos, que para Ángel fueron siglos, los agentes se despidieron informando que el pasaporte lo podrían retirar en tres días hábiles.

Una vez que Rossana cerró la puerta, se apoyó en la misma y expulsó el aire de sus pulmones y miró a Ángel con una sonrisa maliciosa en los labios.

—Policías inoportunos —rezongó, chasqueando la lengua—. Me arruinaron mis planes malévolos, pero no importa, porque pronto tendré mi pasaporte, ¡estoy muy contenta! —Dio unos saltitos de felicidad como si fuera una niña—. ¡Estoy muy feliz! —Abrazó a Ángel y lo besó con alegría—. ¡Soy muy feliz! ¡Te quiero tanto, tanto! —exclamó llena de vida y juventud.

Ángel también contento y sonriente respondió a los besos y abrazos de ella. Todo iba en la dirección correcta, y de súbito vino a su mente todo el camino que les quedaba todavía por delante.

La burbuja de Ángel estalló y recordó que allá afuera había una inquietante realidad. Una que debía afrontar en ese mismo instante.

Abrazó más fuerte a Rossana e inspiró su adictivo aroma. Tarde o temprano debía ir a la Interpol con respuestas y evidencias, y probablemente tendría que involucrar de verdad a su hada como testigo.

—Yo también te quiero mucho, mi pequeña hada... —Suspiró profundo—. Pero quiero largarme pronto contigo y necesito respuestas. —Enmarcó con ternura la cara de Rossana y la miró a los ojos—. Necesito que me cuentes todo lo que sepas de ese maldito hijo de perra.

Rossana asintió seria, se sentó en el sofá y dispuso a hablar.

Ángel contempló la fachada de la Oficina Central de la Interpol. Según el informe que le habían entregado en Santiago, la persona siguiente en la cadena de mandos era Nicole Contrari. No tenía opción, después de todo lo que le contó Rossana acerca de cómo funcionaba el negocio y de cómo ella llegó a su habitación de hotel, determinó que no podía seguir haciendo todo solo. La misión se había desvirtuado por completo y perdido todo propósito y, además, era imperativo descubrir quienes más estaban metidos en ese caso de corrupción, porque lo más probable era que Cesare era parte de algo mucho más grande. Ángel, lamentablemente, no era Jason Bourne ni nada por el estilo, no podía salvar el mundo y resolver todo el misterio por sus propios medios. Él solo era una pieza de un enorme engranaje que, por el momento, tenía innumerables partes defectuosas.

Habían pasado más de tres horas desde que presenciaron la muerte de Cesare Avenati, alias Lucio. Ángel ingresó al edificio pensando en Rossana, ella estaba en una cafetería cercana, estudiando español y esperando su llamado en caso de que la necesitara para prestar declaración.

Iba a jugar sus cartas, era todo o nada.

Nicole Contrari estaba terminando una inesperada llamada telefónica. Le acaban de confirmar el deceso del agente Avenati. Se tomó la cabeza entre las manos, todo era un maldito caos, desde que habían comenzado la ola de rumores del incidente en la iglesia no tenía nada concreto, solo sabía que en ese lugar debía reunirse con el agente chileno, quien se estaba convirtiendo en el sospechoso número uno, dado que no daba señales de vida.

La misión que iba sobre ruedas de pronto se descarriló por un despeñadero sin fin. Inspiró profundamente, pronto la iba a llamar el director para exigir explicaciones, la prensa ya estaba elucubrando, diciendo un disparate tras otro, y ella no tenía nada, ¡nada!

¡¿Dónde estaba Ángel Larenas, maldita sea?! Pensó ofuscada mientras descargaba su puño sobre el escritorio, haciendo tambalear su tazón de café que ya se había enfriado sin siquiera haberlo probado.

El intercomunicador sonó de pronto, interrumpiendo sus cavilaciones que eran cada vez más pesimistas, Nicole tomó el auricular hastiada, era un muy, muy mal día.

—¿Qué sucede, Bianca? —preguntó de mala gana.

—Nicole, te buscan...

—Dije que no estaba para nadie —interrumpió molesta.

—Lo sé, lo sé... —replicó paciente la muchacha—, que no estabas para nadie, a menos que fuera el señor Larenas, y el señor Larenas está aquí.

—Hazlo pasar ahora, y no existo para nadie más.

—Bien.

Nicole se reacomodó en su silla e intentó relajarse un poco, sentía que el peso del mundo recaía sobre sus hombros y esperaba que no se le notara en la cara. La puerta se abrió y entró un hombre muy serio y alto, bastante alto para ser sudamericano. No era lo mismo leer en una ficha que medía un metro ochenta, a ver en vivo y en directo ese metro ochenta. El hombre era imponente e intimidante.

Pero ella también podía ser intimidante, no por nada estaba donde estaba.

—Hasta que se dignó a poner un pie en este lugar, señor Larenas —saludó la agente con acritud, cruzando los dedos de sus manos bajo su mentón—. Tome asiento, por favor —solicitó, indicándole una de las sillas que estaban frente a su escritorio.

—Buenas tardes, señorita Contrari —Ángel devolvió el saludo con amabilidad, sentándose donde le decía su superior.

Se quedaron unos segundos en silencio, midiéndose con la mirada, ninguno de los dos rompió el contacto. Una buena señal para Ángel... y también para Contrari.

—Supongo que viene con alguna explicación coherente. ¿Qué diablos sucedió con Avenati? —exigió con dureza y cara de pocos amigos.

—Antes de decir lo que pasó con ese… —«Perro malnacido», pensó Ángel, pero su rostro no lo reflejó—… señor, voy relatarle todo desde el principio. Según la información entregada por mis fuentes.

—Estoy esperando, comience. —La paciencia era una virtud que se le había agotado con el ultimo llamado telefónico a Nicole Contrari, solo deseaba tener el cuadro completo de todo ese desastre.

—Tres días antes de que yo pusiera un pie en este país —comenzó a relatar—, Matteo, uno de los subastadores de nuestra operación, compró una esclava sexual a su «proveedor» habitual de prostitutas, un sujeto llamado Lucio. El sujeto tenía instrucciones bastante precisas que cumplir, debía dejar instalada a la mujer en una habitación de un hotel y que después sería especificada la fecha y la hora. —Nicole miraba fijo a Ángel, intentando adelantarse mentalmente al relato de él, conjeturando—. Al día siguiente de mi arribo, sostuve una reunión a eso de las ocho de la mañana con Cesare Avenati. Todo transcurrió con normalidad, hasta el momento en que se fue, dejándome un sospechoso maletín, el cual me llevé sin pedir explicaciones. Al llegar a mi habitación…

—Estaba la esclava ahí —concluyó Nicole, adelantándose al relato.

—Exacto. La mujer estaba casi desnuda sobre mi cama —continuó narrando y levantando una ceja. Esa mujer al interrumpirlo lo desconcertaba, tal vez estaba probando a que él se equivocara—. Alguien había dado el aviso de que yo ya estaba ahí cuando se suponía que los rumores desperdigados por ustedes indicaban que yo llegaba al país el día siguiente. Eso me hizo tomar la decisión de…

—Irse del hotel, como usted lo informó, pero ¿por qué no explicó ni lo del maletín ni mencionó a la mujer? —interrogó, cuestionando su actuar.

—La mujer me suplicó aterrada que no la devolviera. Lucio, su proxeneta, la amenazó si le fallaba a su cliente. Así que me la llevé conmigo.

—Así que también es un buen samaritano —acotó con sarcasmo—. Pero eso no responde mi pregunta, señor Larenas —insistió Contrari, quería respuestas claras, no evasivas.

—El maletín y que supieran de mi ubicación me hizo sospechar de inmediato que en el hotel no estaba seguro y que alguien al interior de la Interpol y de esta misión quería sabotear mi trabajo, por eso no especifiqué por escrito… ¿Me puede dejar continuar sin interrumpir?

—Adelante.

—Al día siguiente empezó la subasta, entre los ofertantes estaba quien había comprado a la mujer al proveedor.

—Matteo.

—Así es —corroboró serio, era imposible, esa mujer iba a seguir interrumpiendo—. Rossana Spada, la mujer que me enviaron para darme sus… servicios —mencionó a duras penas—. Reconoció la voz del sujeto, al mismo tiempo que el propio Matteo confirmaba que él la había enviado. Tal como pudo apreciar en los audios que entregué en mi primer informe.

—Así es, pero usted no explicaba nada de eso en su informe escrito.

—Era bastante obvio el audio, ¿no?

—Bueno, sí, se entendía que hablaban de una transacción para comprar a la mujer, pero eso no era parte de su misión.

—Yo actuó según mi propio criterio, y tenía libertad de acción, eso quedó muy claro cuando tomé este trabajo. La mujer era una esclava y era evidente que también hay una red de trata de blancas, tráfico humano y prostitución detrás de todo esto, y que provee y se asocia con las mafias. Esa mujer necesitaba mi protección y nosotros su testimonio.

—¿Y esa mujer sabe quién es usted? —preguntó con sorna.

—Desde el primer día —respondió seguro. Definitivamente, Contrari era dura, no tenía nada que ver con el condescendiente y lame botas del primer encuentro con Avenati.

—¿Y usted cómo sabe si esa mujer no le está mintiendo? —cuestionó duramente.

—¿Ha visto alguna vez el terror y miedo auténtico de una persona que suplica por su vida? ¿Ha presenciado alguna vez la gratitud que tiene una persona frente al simple hecho de tener algo de ropa normal para sentirse persona? ¿Conoce el asombro de alguien que recorre su ciudad en libertad después de cinco años de encierro y esclavitud sexual? —preguntó Ángel serio, entrecerrando los ojos. Contrari no tenía idea de nada. Él sí.

—No —respondió lacónica. Su trabajo de campo nunca había estado tan cerca de ese tipo de miserias.

—Yo sí, y eso me hace creer en el testimonio de ella.

—¿Así de simple? —interpeló, esbozando una sonrisa. En el fondo, Larenas era un romántico, pero eso muchas veces le faltaba a los hombres en su trabajo, compasión y hacerle caso a la intuición.

—Así de simple —contestó con seguridad.

—Continúe.

—Compré la libertad de Rossana Spada a través de la reunión que sostuve con Matteo. Después del último informe escrito, Cesare Avenati me citó en la Iglesia para darme el acceso al registro de identidades para poder reconocer a Matteo.

—Eso fue lo último que supimos de él, de hecho. Nos pareció extraño su actuar, pero no era la primera vez que se citaba a algún agente para entregar los accesos a nuestros sistemas.

—Tengo el audio de la entrevista. —Ángel sacó su teléfono móvil y reprodujo íntegramente la conversación de Cesare. La agente Contrari no pudo ocultar su asombro ni la ira al saber que Cesare Avenati era Lucio, el proxeneta de Rossana Spada, alias Mariposa. El audio terminaba cuando Ángel y Rossana escapaban.

—No puede ser, esto tiene que ser una broma. Cesare... —La incredulidad estaba instalada en su rostro. ¡Avenati era la rata que saboteaba! Ahora todo cuadraba. En los casos de los agentes muertos, él estaba involucrado en las misiones de algún modo... y en las investigaciones posteriores, todas eran un callejón sin salida. ¡Lógico! Todo tenía sentido.

—Sabe muy bien que no es una broma. El disparo provino desde el segundo piso de la iglesia, los forenses podrán corroborar que mi arma no hizo ningún disparo. Desde la posición que teníamos Rossana y yo, no es posible que coincida el ángulo, tipo, ni el calibre del disparo. Tampoco tengo tanto dinero como para contratar a alguien para asesinar a Avenati.

—Estamos esperando el informe forense de balística. Hace solo unos minutos me confirmaron el deceso de Avenati.

—Es muy probable que Avenati se sintió amenazado y desesperado al saber que compré a la muchacha, y que la subasta la estaba ganando su cliente. Tal vez, ignoraba que yo iba a ser el destinatario de los servicios de la señorita Spada y se enteró demasiado tarde como para retractarse de la venta y tener problemas con Matteo. Por eso era preferible arriesgarse y hacer esa jugada. No contábamos con que la señorita Spada lo iba a reconocer —conjeturó.

—Todavía no me dice nada sobre el contenido del maletín —apostilló perspicaz. A Nicole Contrari no se le escapaba nada.

—Esa es otra prueba que ya no existe por salvaguardar mi seguridad. Contenía pasaportes falsos, euros, unos documentos de la Interpol. De hecho, era una copia del informe que me entregaron en Santiago, una pistola calibre 22, municiones y un doble fondo con medio kilo de cocaína y un dispositivo de rastreo. Escapamos a tiempo de una redada efectuada en el 5 de la *Via dei Liguri*, departamento 404. Puede confirmar con los *carabinieri*.

—Supongo que tiene algún registro del contenido del maletín.

—Supone bien, tengo fotografías. Mi hipótesis es que el maletín era un plan alternativo de Avenati para sacarme del camino sin mancharse las manos, directamente. Si salía a la luz que soy un agente encubierto, gracias a la redada, la mafia de aquí o los carteles de Sudamérica le pondrían precio a mi cabeza y adiós misión. Por eso se desesperó, porque su plan inicial no funcionó como esperaba.

—Es posible que el mismo Avenati estaba involucrado en las muertes de los agentes que se acercaban a la mafia... Protegía a sus clientes y su propio negocio —especuló a medias, ella ya tenía suficientes pruebas, solo debían allanar las propiedades de Avenati y sus negocios.

—Es muy posible, pero hay que actuar rápido. Tarde o temprano la corrupción y el negocio de Avenati saldrá a la luz. Tal vez por eso lo eliminaron.

—Y tú y la mujer son, en teoría, los únicos testigos que tenemos.

—Así es.

—¿Sabes dónde operaba Avenati con las esclavas?

—Esta es la dirección. —Ángel entregó un papel con la información escrita por Rossana. Eso era algo que su hada nunca olvidaría, mirando el mismo paisaje durante cinco años desde una azotea.

—Necesitamos registrar el testimonio de la señorita Spada —resolvió Nicole, el interrogatorio al agente Larenas había concluido.

—¿Es necesario? —A Ángel no le gustaba nada la idea de someter a Rossana a revivir su calvario, pero bien sabía él que era inevitable.

—Es imperativo. Conseguiremos una orden de allanamiento más rápido si tenemos su testimonio.

—En ese caso… —Ángel tomó su celular y marcó un número, esperó solo dos tonos—. Rossana, debes venir… pregunta por la oficina de Nicole Contrari. —Se quedó en silencio, esperando la respuesta de ella—. Lo sé… Lo siento, no hay alternativa… Gracias. —Cortó el llamado y miró a Nicole—. En cinco minutos vendrá —confirmó.

—Excelente. —Nicole tomó el auricular y le avisó a su asistente que dejara pasar a Rossana en cuanto se apareciera en la oficina.

—Ahora, respóndame, señorita Contrari, ¿puedo de verdad confiar en usted? —preguntó, era importante la respuesta y la reacción de su superior.

—Me ofende, Larenas. Por supuesto que sí, no soy Avenati —increpó la agente y frunció el ceño—. Yo tengo más razones para desconfiar de usted y de su actuar.

—Por eso mismo estoy aquí poniendo mi cargo a su disposición, junto con pruebas y testimonios. Y permítame que la contradiga, soy yo el que tiene motivos suficientes para desconfiar… ¿Qué pasará con la misión inicial?

—Veremos que sucede. Es probable que fracase con todo este lío. —Pero internamente Nicole ya estaba pensando en la mejor manera de evitar que eso sucediera—. No podremos ocultar demasiado tiempo que Avenati era corrupto. Tampoco podemos prever cuantos más están involucrados. Esto es una jodida pesadilla.

—No me sirve esa evasiva como respuesta… Necesito algo concreto, mi tapadera no puede ser descubierta, no solo se arriesga esta misión, sino la que me trajo hasta aquí. Tengo un trabajo de diez años que puede irse a la basura gracias a sus agentes corruptos.

—Suspende la subasta y vuelve a Chile, operarás desde allí cuando todo se calme —resolvió de inmediato. Los esfuerzos no podían perderse del todo y ya tenían suficientes problemas con Avenati—. La excusa que darás es que no puedes confiar en tus ofertantes y te retirarás hasta nuevo aviso. Se volverán locos, pero cuando se destape lo de Avenati sabrán el por qué y luego haremos los arreglos para que vuelvan a contactarte. Maldición, esto tomará demasiado tiempo.

En ese instante, golpearon la puerta y se abrió lentamente, Rossana entraba con timidez a la habitación y Nicole Contrari al verla casi no podía creer que alguna vez había sido una esclava sexual. ¡Es que era imposible! No aparentaba haber vivido en cautiverio y recibir toda la clase de vejámenes que sufren las víctimas del mercado sexual, era como ver una joven común y corriente de facciones angelicales. Pero observó más allá y notó ese tatuaje en su mejilla, lo había visto antes.

En otras chicas extranjeras, todas muertas, todas marcadas con ese mismo dibujo, ya sea en un pecho o en la nalga… nunca en la cara.

Esa joven era una sobreviviente, pero evidentemente ella era especial para quien la marcó de esa forma.

—Buenas tardes, señorita Spada —saludó afable Nicole a Rossana—. Tome asiento, por favor. ¿El agente Larenas la ha tratado bien?

—Muchas gracias, señorita Contrari —contestó Rossana, intentando no mirar al hombre que quería con el alma—. Ángel… perdón, el señor Larenas me ha tratado más que bien.

—Excelente… Como debió advertirle el agente Larenas, necesitamos su testimonio para detener el negocio de Avenati antes de que se enteren que está muerto y se esfumen. Necesitamos saber todo… absolutamente todo lo que usted sepa. —Rossana asintió resignada. Solo esperaba que esa fuera la última vez que iba a relatar en detalle lo que vivió—. Y usted, agente Larenas, espero un informe que sea DE-TA-LLA-DO. Y lo quiero para ahora —demandó—. Puede usar uno de los equipos de nuestros agentes, la señorita Bianca lo guiará. —Se levantó de su asiento, había mucho trabajo y poco tiempo—. Sígame por acá, señorita Spada.

Rossana también se levantó y secundó a Nicole Contrari, miró a Ángel y esbozó una sonrisa para él, diciéndole que todo saldría bien. Le tocó el hombro y él respondió, apretando su mano levemente para luego dejarla ir.

Había mucho trabajo… Pero si todo salía bien, pronto iba a volver, y se iba a llevar a Rossana con él.

—Ese es Matteo —indicó Rossana apuntando la pantalla.

—Ángel, ¿puede confirmar si esa es la misma persona con la que se reunió?

—Él es —ratificó Ángel, sintiendo ganas de escupirle la cara a ese infeliz.

—Sin duda, el hombre se tragó que usted es un narcotraficante y le dio su nombre real. Generalmente dan uno falso. Matteo Mastroianni es parte de la Sacra Corona Unita, es una asociación relativamente nueva y está conformada por distintos miembros de las otras mafias como la 'Ndrangheta, la Cosa Nostra y la Camorra, pero no ha logrado tener la misma influencia que las otras. Sin duda, por eso Matteo deseaba monopolizar el mercado de la cocaína… Pero ahora no tenemos nada gracias a ese estúpido de Avenati.

—Suena lógico —concordó Ángel.

—¿Y mi informe? —inquirió Nicole.

—En su correo electrónico, junto con todas las evidencias. El respaldo de todo está en este *pendrive* —informó, entregando un dispositivo de almacenamiento en las manos de Nicole.

—Gracias, señor Larenas. Es muy eficiente.

—Éste, era cliente habitual —indicó Rossana, recordando con asco—. Le gustaban las chicas colombianas, se llevó a varias una vez…

—Reconocerías a esas mujeres si te muestro las fotos.

—Es posible, sucedió hace como dos años. Pero las recuerdo bien, eran muy alegres, pero sus ojos eran tristes.

—Muy bien, después de ver este registro verás las fotos que tenemos de unos casos de algunas chicas que aparecieron muertas. Tenían el mismo tatuaje que tú.

—No hay problema —respondió, tocándose de inmediato su marca, al fin servía de algo útil ese maldito estigma—. Haré todo lo que pueda.

—También necesito que revises otro registro fotográfico...

—Lo que desee, solo quiero acabar con esto pronto...

—Lo haremos, señorita Spada. Lamentablemente, usted es la única persona que puede ayudarnos y posee demasiada información. Tenemos un programa de protección a testigos...

—Gracias... pero me iré al extranjero cuando termine de dar mi testimonio —informó Rossana sin dejar de ver la pantalla.

—Entonces, le daremos protección haciendo que salga del país sin que quede algún registro. ¿A qué país irá?

—A Chile... Éste, también era cliente... —Apuntó a otro tipo en la pantalla—... yo era como la muestra gratis del negocio... —explicó con vergüenza.

Nicole asintió, levantando una ceja en respuesta al destino de Rossana, Ángel no notó ese gesto, él también observaba la pantalla, junto con la joven, y no demostró ninguna emoción al escuchar la respuesta de ella. Bueno, no tenía que ser demasiado inteligente para dilucidar por qué se iba a Chile, pero Nicole no hizo ningún comentario. Era lógico que esa muchacha no quisiera saber nada de su propio país, y era probable que con el agente Larenas ya tuvieran algún tipo de «amistad». Supuso que ella estaría segura bajo la protección de él, después de todo, Ángel era el mejor y también no estaría del todo inubicable.

Dos pájaros de un tiro.

—¿Cuándo crees que nos podremos ir, Ángel? —preguntó Rossana con la cabeza apoyada en el pecho fuerte de él.

Él suspiró profundamente, nunca había deseado tanto volver a su tierra.

—No lo sé, mi hada... Espero que pronto. —Besó la cabeza de ella, sentir su cuerpo cálido y desnudo lo relajaba, su pequeña le hacía sentir que era amado.

Rossana bostezó, se le caían los parpados del sueño, había sido un largo día donde los eventos se sucedieron demasiado rápido, las horas transcurrieron agitadas, agotadoras física y emocionalmente, pero finalmente todo era esperanzador. Estaban acostados en la cama de la habitación de un nuevo hotel, registrados con nombres falsos, el señor Alessandro Trapetti y su flamante nueva esposa la señora Gloria Solari. Eran las tres de la madrugada y la noche romana estaba fría y cubierta de una densa neblina, era como si la ciudad misma los estuviera protegiendo con un manto para que fueran invisibles.

—Ángel, te quiero mucho —susurró apenas, el sueño la estaba venciendo.

—Yo también, preciosa. Descansa, mañana será un largo día. —Ángel bostezó largo y hondo, también estaba cansado.

—Tu corazón… Me encanta como suena, tum, tum… tum, tum… tum, tum… tum… tum… tum… —Rossana se quedó en silencio, cayendo rendida, escuchando el hipnótico palpitar del corazón de su Ángel.

—Es todo tuyo, Rossana. Late gracias a ti. —Cerró los ojos y en seguida comenzó a caer en ese tibio y delicioso sopor previo a la vigilia.

Ambos se sumergieron en un cálido y profundo sueño.

Del otro lado de la ciudad, una redada liberaba a veinte mujeres tatuadas con un dragón, arrestaba a cinco hombres y allanaba todas las evidencias que probaban que Cesare Avenati era parte de la mayor red de tráfico humano, trata de blancas y prostitución de Italia.

Y eso era solo la punta del *iceberg*, las consecuencias eran difíciles de dimensionar en ese momento… Pero daba lo mismo, eso era ya otra historia, una en la que Ángel y Rossana no participaban.

Capítulo 23

Rossana tenía una sonrisa contenta cuando salió de la estación de policía, ya que en sus manos tenía su nuevo y flamante pasaporte. Ángel estaba esperándola en la calle con un ramo de alstroemerias blancas, lilas, rosadas, naranjas y amarillas. No podía elegir un solo color para expresar todo lo que ella significaba para él, porque Rossana representaba todo en su vida.

Cuando ella vio a Ángel con las flores, su sonrisa se ensanchó mucho más y corrió hacia él, colgándose de su cuello y besándolo sin pudor. Era la primera vez que recibía flores y eran preciosas.

—Gracias, son hermosas —dijo ella cuando por fin Ángel se las entregó.

—No más que tú —halagó con una sonrisa—. Acabo de llamar a Nicole Contrari, oficialmente la subasta ha sido suspendida hasta nuevo aviso, así que podemos volver a Chile cuando queramos.

—¡Es maravilloso! ¡Al fin!

—Sí, al fin —coincidió contento—. Vamos a tener que comprarte ropa nueva cuando lleguemos a Santiago.

—¿Por qué? Si con lo que tengo es suficiente.

—Allá es verano, y el calor es muy seco. Te asarás en cuanto pongas un pie en el aeropuerto.

—Ahhhh, supongo que será inevitable… Me incomoda un poco que gastes tanto dinero por mi causa.

—Ni se te ocurra empezar a pensar de ese modo, Rossana Spada, te lo prohíbo —reprendió con cariño—. El dinero solo sirve para cosas materiales o para tener ciertas comodidades.

Pero cuando se trata de ti, es una forma más de demostrarte de que quiero dártelo todo y si eso implica gastar algo de dinero para vestirte no me importa. Quiero que termines tus estudios, que hagas tus sueños realidad y me harás feliz si puedo ayudarte para lograrlos.

—Si lo expones de ese modo, no puedo rebatirte nada… —Sonrió con timidez—. Tienes una capacidad de convencimiento impresionante.

—Entonces, voy a intentar convencerte de otra cosa. En una de esas tengo suerte —anunció socarrón. Estuvo las últimas veinticuatro horas pensando, intentando refrenar ese impulso, pero estaba tan seguro de aquello que sentía que, simplemente, se dejó llevar en ese mismo minuto.

—Ah sí, inténtalo —provocó seductora.

—¿Te quieres casar conmigo?

Silencio…

…

—¿¡Qué!? Pero, pero, pero… —Rossana boqueaba como pez fuera del agua, porque nunca imaginó una propuesta de ese calibre—. ¡Pero, Ángel! ¿Cómo puedes pedirme matrimonio? Solo me conoces, ¿desde hace cuánto?, ¿diez días? —manifestó incrédula y a la vez nerviosa, porque estaba segura que podría estar con él toda la vida.

—Y es suficiente para mí.

—Pero Ángel, no puedes… ¿Y si dentro de un mes ya no me quieres?, ¿y si conoces a otra persona?

—Voy a hacer como que no escuché esas preguntas. Ahora, dame un solo motivo plausible para que yo no te proponga estar contigo hasta que me haga viejo. Uno solo —desafió.

Rossana se quedó en silencio, pensando en algo que a él le impidiera pedirle semejante cosa, a Ángel no le importaba su pasado y nunca, nunca se lo había restregado o recriminado. Él la quería, es más, ella estaba segura que Ángel la amaba, se lo demostraba a cada momento a pesar de no decírselo directamente; quería llevársela a su país y empezar una nueva vida, y solo deseaba hacer sus sueños realidad; ella conocía los secretos que él guardaba en su corazón, todos ellos, porque sabía muchas cosas de él, y más que su propia familia. Ese hombre le abrió las puertas para conocer el placer de amar siendo tierno, protector, suave, comprensivo; ella era la segunda mujer que él había amado en su vida, pero era la primera en amar abiertamente y, al parecer, no deseaba desperdiciar esa oportunidad.

No. No encontraba un motivo, solo el poco tiempo que lo conocía. Y eso para él no era un «motivo plausible».

Silencio.

—¿Tú no quieres casarte conmigo? —preguntó Ángel con miedo, tal vez había apostado demasiado alto. Era un idiota, la estaba presionando más allá de lo imaginable, le estaba pidiendo demasiado—. ¿Quieres esperar?, ¿o no quieres casarte nunca? —Sí, tal vez se había precipitado, pero él solo ansiaba estar para siempre con ella. Estaba completamente seguro de que Rossana era la mujer de su vida.

—¿Por qué quieres casarte conmigo, Ángel? —preguntó Rossana, para poder decidir algo tan importante. Él la miraba con amor y a la vez con tanta decisión. Estaba determinado a entregarle sus sólidos argumentos.

—Porque nunca encontraré a alguien como tú, nadie en este mundo es como tú; porque me sorprendes cada día con tu sabiduría, con tu inocencia, con tu valentía, con tu entrega sin pedir nada a cambio; porque no me interesa si han pasado diez días de haberte conocido, si en estos diez días me has mostrado todo lo que te hace ser tú, ¡y qué más da! Tengo toda la vida para seguir descubriéndote; porque me trajiste paz en más sentidos de los que puedes imaginar, tú eres mi paz, mi hogar… y porque te amo, irremediablemente, te amo con todo mi corazón.

Rossana estaba absolutamente sorprendida y atónita por esa monumental declaración, Ángel estaba exponiéndole su corazón de una manera total y completa. ¿Cómo era posible que ella despertara todo eso en él? Era simple la respuesta, de la misma manera en que él le despertaba esos mismos sentimientos a ella.

Y comprendió que no había impedimentos, ni un solo motivo plausible para no casarse con él. Porque también lo amaba, irremediablemente.

Ángel estaba atento, escrutando su rostro, intentando descubrir qué pensaba; en ese momento ella no era tan transparente como siempre. Rossana empezó a negar con la cabeza, esbozando una sonrisa con una gracia innata, ella siempre era así con cada uno sus gestos, suave, femenina y elegante.

—Es imposible darte un motivo plausible para decirte que no.

—Entonces, ¿eso es un sí? —preguntó emocionado y feliz, solo deseaba escuchar esa pequeña palabra saliendo de los labios de ella—. ¿Es un sí? —Enmarcó el rostro de ella entre sus manos, acariciándole las mejillas con sus pulgares, sintiendo la calidez de su piel.

—Es un sí… te amo… irremediablemente.

—Te amo, mi hada. —Le besó los labios con ternura y dulzura—. Te prometo que nunca te arrepentirás de haber dicho que sí. —Se comprometió de corazón.

—Te prometo que nunca te arrepentirás de habérmelo pedido —replicó ella feliz desde el fondo de su alma.

—Entonces, vamos al ayuntamiento y después a una joyería... —propuso, tomándola de la mano y empezando a caminar.

—No quiero un anillo, tú no puedes usar uno de matrimonio… —Ángel la miró extrañado, arqueando una ceja—. Por tu trabajo —explicó—… No podrías usarlo.

—¿Y qué propones tú?

—Cuando termines tu misión de encubierto usaremos anillos, mientras tanto podemos tener otro símbolo de nuestra unión.

—¿Y qué tienes en mente?

—Ya te lo diré. —Guiñó un ojo, pícara. A Ángel le encantaba ver como ella iba mostrándole a esa Rossana feliz y llena de vida. Atrás quedaba esa mujer que le rogó por su vida sin bajarle la vista, al mismo tiempo que aguantaba las lágrimas de desesperación.

—Me tienes intrigado.

—Te gustará. Lo sé.

Dos días después, Rossana cerraba sus ojos e inspiraba profundo, solo escuchaba el murmullo constante de la máquina que le perforaba la piel y le inyectaba tinta a la vez. Le dolía, pero era un dolor especial.

—Estamos listos, señora —avisó el hombre, mientras le limpiaba la piel de la cara interna de su antebrazo izquierdo, dejando al descubierto la frase en letra manuscrita y simple «*Per sempre insieme*».

Rossana sonrió, y mientras le daban las instrucciones de cuidado del nuevo tatuaje, Ángel observaba todo en silencio con un brillo en los ojos que solo Rossana podía notar. Él ya había pasado por la aguja del artista, tenía la misma frase tatuada en el mismo lugar donde ella tenía el suyo.

—Juntos para siempre —tradujo al español, al mismo tiempo que se ponía al frente de ella y juntaban sus antebrazos.

—Juntos para siempre —repitió Rossana, mirando con emoción la huella indeleble que sellaba su matrimonio que se había celebrado dos horas antes en el ayuntamiento.

Salieron de la mano, cargando sus maletas en dirección al aeropuerto, en tres horas más su vuelo salía a Chile.

Rossana ya había empezado su nueva vida.

Ángel ya había empezado a vivir.

Eran las nueve de la mañana, la señora Gloria estaba preparándose un desayuno, en unas horas irían a buscarla para ir al centro de diálisis para recibir su tratamiento. Su nieto menor, Sandro, ya la había llamado por teléfono desde su trabajo, insistía en eso sabiendo que ella odiaba esos aparatos infernales. Ella prefería conversar largo y tendido cuando él llegaba a casa, pero se había puesto tan sobreprotector cuando le diagnosticaron la insuficiencia renal, que no le quedó más remedio que soportar sus llamados en la mañana y al mediodía.

Alguien golpeó la puerta, y ella muy extrañada, y a la vez con una punzada de miedo, se dirigió a abrir. Una linda joven pelirroja y de cabello corto le sonrió tras la puerta; a la señora Gloria no le pasó desapercibida una mancha que tenía en la mejilla.

—Buenos días —saludó la muchacha con un fuerte acento que para la mujer mayor le era familiar—. ¿Es usted Gloria Trapetti?

—Soy yo, ¿en qué puedo ayudarle? —respondió con algo de desconfianza.

—Hola, mi nombre es Rossana Spada, tengo noticias de su nieto, Ángel.

—¿De Ángel? —Abrió los ojos, sorprendida—. Pase, pase, por favor… ¿Está bien?, ¿le pasó algo?, ¿llegó a Chile? —preguntó casi sin respirar.

Rossana entró a la casa mirando todo a su alrededor, era la casa donde había crecido su esposo y estaba frente a la mujer que lo había terminado de criar. Ángel le habló mucho de su abuela, la señora Gloria era una mujer digna de admiración.

—Ángel está muy bien, señora Gloria —informó mientras pasaban al comedor de la casa. Notó que la mesa estaba puesta para un desayuno. En ese momento comprendió por qué Ángel solía comer pan con aguacate molido y té con canela—. No se preocupe, llegamos a Chile hace solo dos días.

—¿Y por qué no me avisó antes? Muchachito desvergonzado… —Se dio media vuelta y miró fijo a Rossana—. Espera, dijiste ¿«llegamos»?

—Bueno… Sí, una de las noticias es que soy la esposa de su nieto —contestó un poco nerviosa.

—¿Esposa?, ¿es una broma? —interrogó asombrada. Bueno, por lo menos debía reconocer que su nieto tenía muy buen gusto, ya que ella era una joven preciosa. Gloria tenía buen ojo, sabía cuándo estaba en frente de una buena persona, y esa mujer que tenía en frente lo era.

—No es una broma… sucedieron muchas cosas en Italia —explicó. Más bien, intentó explicar.

—Sí que es una tremenda noticia, pero no me extraña viniendo de Ángel, siempre toma las decisiones más inesperadas. —Suspiró profundo—. ¿Quieres una taza de té, muchacha? —ofreció.

—Sí, me encantaría —aceptó entusiasmada—. Se ve todo muy delicioso. Ángel siempre prepara los desayunos así como usted.

—No hay nada mejor que un desayuno Larenas. Mi difunto esposo siempre me mimaba con sus desayunos. Viene de familia agasajar a las mujeres con buena comida. —Sonrió nostálgica, recordando cómo era su esposo y luego su hijo con su mujer—. Y a propósito de esposos… ¿Este es un matrimonio por conveniencia? —preguntó Gloria sin rodeos, sería el colmo que su nieto se embarcara en semejante embrollo.

—Oh, no, señora Gloria, por ningún motivo —se defendió Rossana con ímpetu—. Sé que puede ser muy *inaspettato* y repentino *questo* enlace. Pero *siamo in amore* —justificó entre español e italiano por la emoción contenida. Por nada del mundo era por conveniencia, se amaban con el alma.

—Este Ángel me va a matar —expresó con una sonrisa, haciéndose la enojada y aceptando alegre que su nieto mayor encontrara el amor al fin. Los últimos años lo había visto tan frágil y melancólico, y ella no podía hacer nada para consolarlo—, pero ya era hora de que sentara cabeza, en un mes cumplirá treinta. Era absurdo que estuviera tanto tiempo solo… Asumo que eres italiana.

—Sí, lo soy… *Sono la figlia di Enzo…* No sé si usted sabe de la existencia de él —reveló con cautela.

—¡De Enzo! ¡Claro que sé quién es! Entonces, eso quiere decir que tú eres una de esas mujeres que mi muchacho debía encontrar. ¡Ángel al fin las encontró! —exclamó contenta, sabiendo lo que aquello significaba, que tarde o temprano su nieto dejaría atrás esa profesión que les había quitado tanto.

—Bueno, solo a mí… mi mamá falleció hace diez años… Es una historia muy larga.

—Tengo todo el tiempo del mundo, Rossana… Y ya que eres de la familia, puedes llamarme Noni, y debes obedecer mi regla número uno, *in questa casa si parla in italiano.*

—*Bene, Noni* —aceptó Rossana con una feliz y franca sonrisa.

Segunda Parte

«*La libertad no consiste en hacer lo que se quiere, sino en hacer lo que se debe.*»

Ramón de Campoamor

Capítulo 24

*P*rimavera, año 2014, cinco años después…

Las cosas no habían salido tan rápidas como esperaba Ángel en un principio, porque después de su partida de Italia la situación fue de mal en peor. Posteriormente de que se descubriera la red en la que lideraba Cesare Avenati se destapó que también estaba involucrado el director general de la Interpol y otros altos mandos, lo cual llevó a una reestructuración total de la institución. No pasó mucho tiempo cuando se descubrió que la eliminación de Avenati fue una decisión en conjunto que tomaron los involucrados, al percatarse que él estaba fuera de control y paranoico por la presencia de Larenas.

Aquello significó que la participación de Ángel en la operación «Joya del Pacífico» en la parte Europea fuera esporádica, viéndose obligado a mantener su fachada de narcotraficante. Si bien, Ángel ya estaba prácticamente fuera de las principales actividades menores que investigaba después de volver de su viaje a Italia, debía permanecer visible para la mafia, pues ya había quedado demostrado que era un proveedor confiable al suspender la subasta antes que se descubriera que había tanta gente de la Interpol involucrada entre ellos. La operación en sí había perdido propósito, pero decidieron dejarla activa para investigar a narcotraficantes de distintos países de Sudamérica que pretendían hacer negocios directos con Europa a través de Ángel.

La mafia, en tanto, se replegó por un largo tiempo para salvaguardar sus intereses y salir del ojo del huracán. Si bien, era una institución enquistada en la identidad de Italia, ya no podían mantener sus actividades tan a la vista como antes, y los esfuerzos por parte de las autoridades policiales y judiciales por sofocar sus organizaciones se redoblaron.

Todo se mantuvo quieto durante tres años, especialmente para la Sacra Corona, que se fragmentó aún más. Pero aquello no significaba que había desaparecido por completo, y paulatinamente comenzaron a dar señales de que estaban volviendo a sus «negocios».

En resumidas cuentas, Ángel seguía siendo un agente encubierto. Hace cinco años, en el momento en que volvió a Chile, comunicó su retiro a sus superiores en cuanto terminara su participación en la «Joya del Pacífico», y por eso mismo ya llevaba cuatro años entrenando a un reemplazo que resultaba ser tan confiable como él, porque su compinche Yeison había dado la sorpresa de ser todo un diamante en bruto. Cuando Ángel le confesó que era un agente encubierto, el hombre no hizo más que reír sonoramente, diciendo que no le extrañaba y que era más divertido estar del lado bueno de la ley. Fiel a su estilo rupturista, Ángel propuso a su compañero de andanzas «delictivas» para que continuara su trabajo en la PDI. A su superior, el subprefecto Reyes, no le gustaba demasiado esa alternativa, pero dado que Ángel era un elemento que había demostrado ser incorruptible, aprobó ese nuevo programa especial de operaciones encubiertas con el compromiso de que Yeison terminara sus estudios con notas sobresalientes y aprobara la escuela policial, cosa que el joven llevó a cabo sin dificultades.

Con un reemplazo en entrenamiento y teniendo programado su retiro, Ángel ya no pasaba tanto tiempo trabajando en la población, donde tenía su centro de operaciones. Casi todo se había convertido en una mera fachada que lograba mantenerse viva gracias a Yeison y las habladurías e historias descabelladas que él mismo alimentaba, porque de las actividades ilícitas en sí era muy poco lo que se hacía, lo suficiente para mantener a raya el microtráfico y las pandillas.

Sí, todo era más aburrido, afortunadamente, y todo estaba listo a la espera de que Ángel terminara su participación en la eterna operación «Joya del Pacífico», porque todo indicaba que cada vez quedaba menos.

Rossana estaba concentrada en su escritorio, revisando algunos exámenes de sus alumnos de italiano. Llevaba un año y medio de trabajo, impartiendo clases de ese idioma tres veces a la semana en el Instituto Chileno Italiano de Cultura. Ya no quedaba rastro de su acento italiano para hablar español, cosa que sorprendía mucho a sus alumnos que no creían que era nativa de Italia y que solo llevaba unos pocos años viviendo en Chile.

Un tintineo familiar se escuchó del otro lado de la puerta, por lo que dejó de lado todo lo que estaba haciendo y sonrió.

Ángel estaba frente a la puerta del departamento, buscando sus llaves, había sido un día complicado en la población, un par de drogadictos estaban asaltando a los vecinos para obtener plata para sus *monos* de pasta base. Eso no se permitía en su territorio, iba a tener que hacer algo para que dejaran esa costumbre que hasta para los mismos ladrones era una regla de oro que no se quebraba, «no se caga donde se come». De todas maneras, era una situación que incluso podía llegar a ser divertida, comparado con otras cosas peores.

Eran las seis de la tarde, la hora en que usualmente Ángel llegaba a su templo, donde nada ni nadie podía invadir la tranquilidad de su hogar. Ya no era el lugar donde pernoctaba un par de veces a la semana, era donde vivía su hermosa familia conformada por Rossana y la pequeña hija de ambos, llamada Gloria como su Noni. La llegada de ella al mundo fue una bendición para todos. Ángel adoraba a la pequeña con devoción, y era idéntica a su hada, salvo por la forma de sus ojos que eran como los de la mamá de Ángel.

Al entrar, estaba Rossana esperando a recibirlo junto con su hija en brazos, ese era el ritual familiar, él llegaba y sus mujeres lo colmaban de amor y pequeñas sorpresas cotidianas. Sin ellas, Ángel no habría soportado tan bien el fallecimiento de su Noni, que los golpeó seis meses atrás, todavía lamentaban su pérdida, pero juntos era más fácil sobrellevar la tristeza de su ausencia. Sin embargo, Ángel estaba muy preocupado por su hermano Sandro, ya que él estaba solo llevando esa carga, y si antes apenas le hablaba una vez al mes, ahora había cortado todo tipo de comunicación. Sandro se había encerrado en un caparazón aún más hermético. Ángel siempre lo vigilaba para asegurarse de que todo estaba bien, y fue fácil establecer su tediosa rutina que solo consistía en salir a correr en la mañana, trabajar en la PDI, volver a casa y dormir.

Todos los días, una y otra vez.

—¿Cómo estuvo tu día? —preguntó Rossana después de que Ángel la besara a ella y a su hija de tres años, quien llevaba en brazos a su oso de peluche llamado Antonio Segundo—. ¿Todo bien?

—Lo de siempre. Yeison me contó que anoche volvimos a perder dinero por culpa de esa chiquilla. Es increíble, ganó la carrera con una rueda reventada. Menos mal que se retiró.

—¿Y por qué no le apuestan a ella si saben que siempre gana?

—Es solo por llevar la contraria. —Sonrió guasón—. Digamos que Yeison es un sentimental y prefiere apostar al futuro perdedor.

—¿No es algo infructuoso de su parte? —interrogó con una cuota de sarcasmo en su voz.

—Sí, pero me gusta mucho ver a Yeison rezongando cuando pierde dinero en una carrera ilegal.

—Te gusta verlo sufrir. Eres un sádico. —Sonrió—. En todo caso, tienes razón, es todo un espectáculo verlo reclamar cuando pierde. Todavía recuerdo esa vez que me dejaste competir, el hombre dijo tantas palabrotas que no sabía que existían. Debí haberlo grabado para agregar sus improperios a mi diccionario. —Rio a carcajadas, recordando ese momento.

Ángel le dejaba probar todo lo que ella quisiera, aunque fuera una carrera clandestina disfrazada de una misteriosa rubia. Ella no solo había sacado una licencia de conducir normal, no, Rossana practicó y estudió para sacar la profesional. Perfectamente podía conducir una ambulancia si quería.

A Ángel no le fue difícil descubrir que si Rossana deseaba algo, luchaba hasta obtenerlo, y siempre se destacaba por ser sobresaliente en todo lo que se proponía, ya fuera terminar sus estudios secundarios, aprender inglés y francés en línea, ser una conductora profesional, lo que fuera, si ella quería lograr un objetivo, se esforzaba hasta alcanzarlo. Esa cualidad lo había enamorado mucho más, porque su mujer era simplemente formidable y sumamente audaz e inteligente, y por si fuera poco, era una maravillosa madre. Pero Rossana bien sabía que ella no sería así si no fuera por Ángel que siempre le apoyaba en todo, sin importar nada.

Con los años su relación se fortaleció, ambos conformaban una sociedad inquebrantable que no desfallecía ante los constantes viajes de Ángel al norte para establecer relaciones comerciales con narcotraficantes, ni con los riesgos que se corrían en la población, ya que esas eran prácticamente las únicas actividades que él tenía de su misión de ser un agente encubierto. Rossana sabía a la perfección cómo trabajaba Ángel y sabía que no se arriesgaría si no era absolutamente necesario. Por fortuna, la experiencia en Italia hizo de Ángel un hombre mucho más cauto y duro de lo que era antes.

Pero solo en el trabajo.

Cuando cruzaba el umbral de la puerta, se transformaba en hombre, amigo, amante, esposo y padre.

—No soy sádico, soy un inocente angelito, mi preciosa hada —aseguró, acariciándole la tersa mejilla femenina, en el lugar donde alguna vez estuvo ese dragón de tinta que ella tanto odiaba.

—Un ángel caído que ha corrompido a esta pequeña hada, querrás decir —rebatió, sonriendo con el cálido contacto de la caricia.

—Bueno, me ha encantado corromperte —declaró, levantando las cejas con un brillo lascivo—. No te quejes, mira que tenemos el fruto de nuestra corrupción escuchando todo lo que decimos —advirtió, tocándole la nariz a la pequeña Gloria y tomándola en brazos—. ¿La escuchaste ayer cuando dijo «mierda»?

—Sí, y también vi que no pudiste regañarla por decir palabrotas.

—Es que es muy adorable, ¿cierto, señorita? Ya aprenderás a controlar tu lengua.

—Ajá. —Asintió la pequeña sin saber muy bien de lo que hablaban sus padres, solo tenía la certeza de que debía decir sí a todo lo que Ángel le preguntara.

—¿Has sabido algo de tu hermano? —preguntó Rossana, siempre lo hacía. En cierto modo, ella había tomado el rol de preocuparse por su cuñado cuando falleció Noni.

—Sigue sin querer hablar conmigo, pero está bien dentro de todo…

—¡Ese *cabro* lo que necesita es una mujer! —parafraseó Rossana a Noni, y ella siempre estuvo de acuerdo con esa expresión—. Una que sea de su edad, porque no puede estar todo el tiempo encerrado o tomando té con la señora Silvia.

—Ya sentará cabeza, ya sabes cómo funciona la cosa, una mujer lo sorprenderá en el momento menos esperado y cuando más lo necesite.

—Así es… —concordó Rossana con su marido, era lo que ellos habían vivido, había pasado tanto tiempo y le parecía que era tan poco a la vez. Parpadeó volviendo a la realidad y sonrió—. Ya está puesta la mesa, vamos a tomar once, será mejor —ordenó Rossana, empujando suavemente la espalda de Ángel y luego dándole un pellizco en una nalga.

—¡Auch! ¡Eso dolió! —rezongó él, sobándose el área afectada—. ¿Ahora qué hice?

—Nada —respondió inocente—. Solo verificaba el tono muscular.

—Ya verás, más rato me va a tocar verificar a mí.

Rossana lo miró, sonriendo, iba a disfrutar de la inspección de su marido.

El subprefecto Reyes estaba terminando de leer el informe que había redactado Ángel Larenas. Si todo marchaba a la perfección en unos cuantos meses darían el golpe final a tres carteles de droga de forma simultánea, y el telón de fondo sería el puerto de Valparaíso.

Cuando comenzó su relación profesional con el agente Larenas, nunca ocultó su aversión a la manera en que manejaba la información y la libertad de acción que tenía, pero después de lo ocurrido en Roma, no le quedaba más que confiar en aquel elemento que había demostrado lo suficiente cuanto valía.

Se había ganado su respeto y admiración. Por eso mismo aceptó el reemplazo que propuso el mismo Larenas para seguir combatiendo el narcotráfico dentro de las líneas enemigas.

El timbre del intercomunicador lo sacó bruscamente de sus cavilaciones, su secretaria le informaba que la Directora de Interpol, Nicole Contrari, le estaba devolviendo un llamado hecho un par de horas antes. Inmediatamente aceptó la comunicación, tenía novedades que entregar a los agentes de Europa.

—Señorita Contrari, buenos días —saludó en inglés el subprefecto.

—Buenos días, señor Reyes. Hace mucho que no nos hablábamos —contestó ella amablemente.

—En realidad, últimamente no ha habido muchas novedades desde el otro lado del charco —manifestó Reyes con un tono de voz neutral—, pero por eso mismo la llamo, Mastroianni se comunicó con Larenas.

—¿Así que la rata salió de su escondite? ¡Al fin! —Eso era algo importante para la Interpol. Después del caso de Avenati, Matteo desapareció de la faz de la tierra, se había vuelto uno de los más buscados por su implicancia en la red de trata de blancas y hasta ese momento no había dado señales de vida.

—Sí, al fin. Según las pruebas que tengo en mi escritorio, tiene pensado reanudar lo que dejó pendiente hace unos años —informó, tomando la carpeta en sus manos, mirándola de manera distraída.

—Seguramente, ese infeliz cree que después de cinco años no íbamos a acordarnos de él. Es un buen indicio, pero aparte de eso, ¿no hay nada concreto? —interrogó interesada.

—De momento, no hay más, pero ya sabe, Larenas es muy profesional —contestó con seguridad—. Si ese hombre se atrevió a contactarlo de nuevo, es porque algo trama.

—Así es, de eso no hay duda —concordó Contrari—. Bien, dele mis saludos de mi parte al señor Larenas. Manténgame al tanto cuando tenga más información aunque sea mínima —solicitó resuelta.

—No lo dude. Que tenga buen día, señorita Contrari.

—Igualmente.

El subprefecto cortó el llamado y resopló, ya estaba cansado, también quería retirarse.

—Espero que te apures, Larenas, yo también quiero jubilar.

Capítulo 25

—Rucio, de nuevo ese par de *giles* están asaltando a los vecinos —informó Yeison las noticias del territorio que Ángel y él «administraban».

—¿Te ha venido a comprar alguno de ellos? —interrogó interesado, exhalando el humo de su cigarrillo, todavía no podía dejar ese hábito, la única vez que pudo dejarlo unos días fue en Italia, pero apenas llegó a su país volvió al vicio, Rossana le decía que era por el tedio. De todos modos, durante esos cinco años ya había bajado la cantidad de nicotina que aspiraba, y solo se fumaba uno al día.

—Ya no, se aburrieron de venir a buscar aquí —afirmó indolente por el sufrimiento de ese par de drogadictos—, ya les dije que no les iba a vender por *domésticos*.

—¿Sabes a quién le están comprando?

—Tengo que averiguarlo, pero dicen que los vieron comprar donde la tía Patty y donde el Chuli.

—Mmmmm, vamos a hablar con ellos. Van a tener que comprar su basura en otra población.

—Pero tú *sabí* que por eso no van a dejar de robar *po'h*. Esos *giles* se las saben todas.

—Sí sé… Tienes razón, también hablemos con «Los Guarenes», ellos son los que siempre andan comprando lo que los demás roban. Vamos a hacer una pequeña negociación con ellos y dejaremos a ese par sin pan ni pedazo.

—*Eris* malo, Rucio, malo de adentro. —Y soltó una risotada que se escuchó en toda la cuadra, porque ahora reía más que nunca, ya que se había implantado los dientes que le faltaban, lo que le dio más confianza, e incluso se veía mucho más atractivo. Yeison poseía una belleza tosca y masculina y, sin duda, su mejor rasgo era ese par de ojos verdes y felinos. Físicamente era un poco más bajo que Ángel y su piel morena era producto del sol de los veranos que pasaba vagando en la calle a torso desnudo—. Esos *angustia'os* se van a morir de la pena cuando *cachen* que pueden tener la plata, pero que nadie les venda.

—Es la idea… —Sonrió—. ¿Hay alguna otra novedad?

Yeison se quedó un rato haciendo memoria, mirando el techo y tocando su mentón con el dedo índice, diciendo «mmm-mmmmmmmmm»…. hasta que recordó.

—Parece que tu hermano está saliendo con una *mina* —dijo como si no fuera la gran cosa. Bueno, para él no lo era, pero le habían encargado echarle un ojo a Sandro.

—¿Qué?, ¿con quién?, ¿es de aquí? —interrogó Ángel muy interesado.

—Creo que es esa *cabra* que siempre ganaba en los piques. Libertad, si no mal recuerdo. Vive al lado de la señora Silvia, la amiga de tu abuela.

—¿Y cómo te enteraste? —Le parecía increíble que Sandro se fijara en esa chiquilla que era, básicamente, la antítesis de su hermano.

—El «Camboyano» estaba despotricando contra ella el otro día cuando jugábamos pool.

—¿Qué dijo en específico? —preguntó, entrecerrando sus ojos. Le caía mal ese tipo, era un patán que siempre andaba vanagloriándose de sus conquistas sexuales, pero siempre terminaba hablando de su ex, y no precisamente cosas buenas.

—Dijo que la ex se lo estaba cagando con un *hueón* enorme, con cara de culo y que hablaba como si fuera superior a todos. —Para Yeison era obvio que hablaba de Sandro, era la única persona que conocía con esas características.

—Pero no dijo que era Sandro.

—Bueno, no… —aclaró—. Pero la señora Elba me contó que la señora Silvia le dijo que esa misma *cabra* andaba a la cola de tu hermano, y luego don Chapa me contó que una *mina* muy bonita —y graficó lo bonita, dibujando con las manos las formas femeninas y bien generosas que poseía la mujer en cuestión—, entró a la casa de tu hermano ayer en la mañana, y después cuando ella se fue, tu hermano estaba con la cara llena de risa… Tu hermano no ríe, Bueno, por lo menos, nunca lo he visto reír.

—Entonces, no es un hecho, es un rumor y tú solo juntaste piezas.

—Es obvio, tú *sabí* que en esta población «si el río suena…»

—«Es porque piedras trae…» —le dio la razón—. Dile a don Chapa que te avise apenas vea que Sandro saca su auto de la casa —instruyó.

—¿Y eso qué tiene que ver con la *mina*? —interpeló con curiosidad, no tenía nada que ver una cosa con otra.

—Sandro solo saca su auto por un solo motivo —respondió, esbozando una sonrisa con suficiencia.

—¿Y qué cosa es?

—Cuando sale con alguna mujer.

—Pero si nunca saca el auto… ni siquiera sabía que tenía uno.

—Y eso mismo indica que nunca sale con nadie —Miró la hora en su reloj de pulsera, eran las tres de la tarde y se le estaba haciendo tarde—. Avísame cualquier cosa, debo irme. Adiós, Yeison.

—Nos vemos, Rucio.

Ángel salió de la casa de su amigo y compañero, dio una última calada al cigarrillo y lo pisó, exhalando todo el humo azul. Sacó de su bolsillo un dulce de menta y caminó rumbo Providencia, lugar donde se encontraba el Instituto Chileno Italiano de Cultura, iba a darle una sorpresa a su hada.

—¡Señorita Rossana, espere un momento!

Rossana se dio media vuelta, extrañada para ver quien la llamaba, era Daniel Ríos que venía corriendo hacia ella, él era un alumno de su clase de italiano. Detuvo su caminata y lo esperó justo en la reja metálica que rodeaba el añoso edificio.

—Hola, Daniel. ¿Qué sucede? —preguntó intrigada.

—Quería hacerle una consulta —respondió agitado—. Mire, ¿se acuerda que le conté que iba a viajar a Italia en dos meses más? —interrogó, recuperando el aliento.

—Sí, lo recuerdo —respondió—… ¿pasó algo?

—Bueno, resulta que se adelantó y debo ir en dos semanas… y quisiera saber si puede darme clases particulares e intensivas —explicó Daniel dando una sonrisa seductora, estaba buscando una excusa para ver a la inaccesible profesora fuera de un terreno neutral. Le gustaba mucho y quería ver si pasaba algo más.

—Lo siento, pero no puedo. —Fue la negativa de ella.

—Le pagaré muy bien —replicó, intentando usar el recurso de demostrar que era un hombre con un buen fajo de billetes.

—No se trata de eso. —«Y mucho menos de dinero», pensó ella con una punzada de ira al recordar, de pronto, que esa frase la escuchó más veces de lo que hubiera deseado—. De verdad, no puedo —dijo ya con el semblante serio.

—¿Y si me da clases en su casa?, no tengo problemas para ir donde sea —insistió, pensando en que tal vez si ella aceptaba que él fuera a su territorio le sería más fácil seducirla—. De verdad, necesito esas clases.

—No, por favor, no insistas. Si necesitas clases particulares puedes pedirlas a otro profesor en este mismo instituto —contestó, perdiendo todo rastro de amabilidad y poniéndose mal genio, si ese hombre decía una cosa más no iba a ser capaz de contenerse y gritarle a la cara.

—Pero…

—La señora fue clara —intervino la voz de un hombre acompañada con una cara de muy, muy pocos amigos—. No da clases particulares. —Rossana sabía de quien era esa voz y en el fondo agradeció que apareciera en el momento justo, pero tampoco le gustó mucho el tono que usó para interrumpir a Daniel.

Daniel miró al viejo que los interrumpió. Bueno, para él era un viejo, pero en realidad ese hombre solo lo pasaba por seis años, pero las canas que tenía en las sienes se habían multiplicado en todo el pelo a lo largo de los últimos años.

—Necesito esas clases —declaró Daniel firme. Lógicamente el hombre no sabía cuándo rendirse.

—Lamentablemente, mi esposa —recalcó, tomando de la cintura a Rossana—, no está disponible para dar clases particulares a nadie. —El tenor de la «conversación» ya parecía el de un concurso de quien mea más lejos

—¿Eso no debería contestarlo tu señora? —lo provocó.

—¡Ya basta, los dos! —explotó Rossana con la incómoda situación—. Daniel, nunca he dado clases particulares y no las voy a dar nunca, y punto —sentenció con dureza—. Ve al instituto y busca a uno de los profesores que hay disponibles, por favor. —Y sin mediar más palabras instó a Ángel a que se retiraran del lugar, dejando a Daniel rumiando la molestia de sentirse derrotado.

Mirando cómo ellos se alejaban, él sonrió, burlándose de su propia mala suerte. De saber que esa mujer era casada ni siquiera lo habría intentado, estaba totalmente fuera de su liga, las mujeres con marido eran un fastidio, lo sabía por experiencia propia... Y después de todo, debía reconocer que ese viejo, en realidad, no era tan viejo.

—¿Y tú qué haces tan temprano? —interpeló Rossana todavía ofuscada.

—No te desquites conmigo por ese pelmazo —espetó Ángel, molesto.

—Ángel, no es la primera vez que me deshago de hombres insistentes —reveló.

—Bueno, a mí no me había tocado presenciarlo —contradijo celoso, porque a veces olvidaba que las demás personas tenían ojos y que su mujer tenía mucho carisma, y además era muy atractiva. Resopló agotado, no le gustaba discutir con su hada y menos por causa de terceros.

Siguieron caminando en silencio hacia el automóvil de ambos que estaba estacionado a unas cuantas calles del instituto.

—Lo siento —se disculpó Ángel ya más sereno—. No debí intervenir de esa manera.

—Ya pasó no te preocupes, amor —contestó Rossana, suspirando—, más rato voy a conversar con mi jefe para contarle sobre este incidente... —Miró a su esposo a los ojos. Por Dios, ¡cómo amaba a ese hombre con todo y esos arranques que no podía predecir!—. Ángel, te amo, recuérdalo.

—Yo también, mi bella pelirroja. —La abrazó posesivamente, colocando su mano abierta en la espalda baja, en el lugar exacto donde se encontraban esos hoyuelos que adoraba, y la besó con intensidad—. Todavía te amo, desde el primer día... —admitió.

—¿Desde el primer día? Pero si solo querías deshacerte de mí —replicó incrédula, levantando una ceja.

—Eso solo fueron los primeros treinta segundos... Me hechizaste cuando te quitaste el disfraz de Mariposa.

—Te tenías bien guardado tu secreto —lo reprendió Rossana con ternura y una sonrisa dibujada en su rostro—. Con cosas así, solo logras que me siga enamorando de ti.

—Es la idea. —Le guiñó un ojo y sus labios se curvaron de tal manera que a ella le hacía latir el corazón y otras partes de su cuerpo.

Rossana desactivó la alarma del Toyota Yaris de color negro y vidrios polarizados, y ambos se subieron. Ángel iba de copiloto, como siempre, a él le gustaba observar cómo manejaba ella, era prácticamente un fetiche sexual para él verla frente al volante.

—Bueno, y cuéntame ¿por qué has venido a buscarme? —preguntó Rossana con mucha curiosidad, mientras encendía el motor y emprendía camino a su hogar. Era inusual verlo a esa hora del día. De hecho, Ángel nunca la había ido a buscar al trabajo.

—Te quería secuestrar para darte tu regalo de cumpleaños —confesó con un brillo malicioso en sus ojos.

—¿Ah sí? Mira tú, qué interesante lo que me dices —dijo ella siguiendo el juego, le encantaba esa parte lúdica de Ángel que no le fue difícil descubrir con el paso de los años.

—Quería recordar viejos tiempos y aprovechar que la pequeña está en el jardín infantil.

—¿Y qué cosa en particular quieres recordar?

—Pues, escuchar todos tus gemidos cuando te hago el amor. —A Ángel le encantaba escuchar a su mujer cuando disfrutaba, oír todos esos sensuales sonidos que emitía ella eran como pequeños triunfos para él. Y ahora con su pequeña hija durmiendo en la habitación contigua, esos sonidos no eran frecuentes de escuchar, y aunque tenía su encanto hacer el amor en silencio, Ángel echaba de menos esos momentos cuando el placer de ella se desataba por completo.

—Eso es algo muy preciso. —Rio—. Debo reconocerte que Gloria nos hace bajar los decibeles a niveles inaudibles. Yo también echo de menos escucharte —confesó, porque cada segundo se entusiasmaba más e inconscientemente empezaba a acelerar un poco más de lo permitido por la ley.

—Amor, vas a setenta y cinco, baja un poco la velocidad que siempre hay carabineros por aquí —indicó Ángel—. Yo también quiero llegar luego, pero no es la idea que nos pasen una multa y retrasen nuestro objetivo.

—Perdón… me entusiasmé —contestó con una sonrisa malévola y reduciendo la velocidad a la que iban.

Serpentearon por las calles de la ciudad hasta llegar al edificio donde vivían, la expectativa ya estaba causando estragos en el sensible cuerpo de ella, ansiaba la posesión de Ángel y poder escuchar como él disfrutaba de ella.

Tomaron el ascensor hasta el décimo piso. De pronto, se les hizo eterno el recorrido, porque aquellos fueron los treinta segundos más largos de sus vidas. En cuanto salieron, caminaron de la mano y con urgencia hacia el departamento número 1005.

Abrir la puerta significó un acto de alta concentración para Ángel, porque Rossana no dejaba de tocarlo en todas partes, sobre todo en aquella zona donde se manifestaba su tensa y evidente erección.

Finalmente, cruzaron el umbral, cerrando la puerta con premura y caminando directamente hacia el dormitorio. No hubo el habitual juego previo que se le daba tan bien a él, esta vez no lo necesitaban, porque cayeron sobre la cama, devorándose y quitándose la ropa a tirones como si no hubieran hecho el amor hace meses.

—*Ti amo* —dijo Ángel siseando en italiano, Rossana iba demasiado rápido tocándolo, besándole el cuerpo con desesperación y descendiendo peligrosamente—. *Mi stai uccidendo…* —Claramente quien estaba tomando la iniciativa era ella, a él se le había dado vuelta la tortilla estrepitosamente, y Rossana ya se encontraba desnuda, mientras que a él le faltaba quitarse lo más importante.

—Claro que te estoy matando, me encanta hacerlo —respondió ella en español, adoraba cuando él le hablaba en italiano, y mordiéndose el labio inferior se deshizo con pericia del cinturón para luego continuar con el botón y el cierre del pantalón que no supusieron dificultad alguna para encontrar el objeto de su deseo que estaba cubierto solo por el algodón del bóxer y que ya emergía por sobre la banda elástica—. Aquí estás… *Ciao, campione.* —saludó divertida al miembro rígido y listo para ella cuando bajó la ropa interior de él.

Rossana apresó las piernas de Ángel entre las de ella y se inclinó para lamer con suavidad el epicentro del placer de él, quien no se guardaba nada para sí mismo, siseaba y gemía regalándole a su mujer esos sonidos eróticos que tanto le gustaban a ella. Poco a poco, ella fue profundizando el contacto con delicadeza, quería estimularlo, tentarlo, pero no apresurarlo demasiado. Ella lo hacía por placer, él nunca la presionó para que lo amara con la boca, simplemente a ella le fascinaba ser la única persona en la tierra capaz de quitarle el control y el aliento a su Ángel.

—*Bella, smettila, per favore* —Ángel rogó que se detuviera, ya no soportaba más ese goce tortuoso, deseaba probarla, así como ella lo hacía con él… pero no todavía. Rossana obedeció, no sin antes engullirlo una vez más y retirarse lentamente—. *Sei malvagia, piccola fata adorabile* —reprendió con cariño a su pequeña hada malvada que sonreía lasciva por su atrevimiento—. *Precioza, invitami a entrare* —pidió con la voz grave y llena de deseo.

Lentamente, ella guió la longitud de Ángel en su húmedo centro, sintiendo la placentera invasión de él, llenándola por completo. Rossana jadeó y gimió con el íntimo contacto e inmediatamente comenzó a cabalgarlo suave y lúbricamente para ascender a ese punto donde todo era perfección. La dulce voz de ella susurrando cuanto lo deseaba y lo amaba era como un coro celestial para él que lo llevaba directamente al edén.

Ángel amaba ese vaivén en el que se perdía, rodeado de esa cálida y ondulante sedosidad que lo recibía por completo. Ella lo conocía, sabía perfectamente cómo volverlo loco y hacerle perder el sentido de la realidad, del tiempo y del espacio. Cada movimiento que Rossana daba los acercaba inevitablemente a caer a ese abismo de placer, por lo que Ángel esperó a que ella estuviera a punto de romperse y la sujetó de las caderas para que dejara de moverse. Rossana no cuestionó esa sorpresiva y muda petición, y se dejó hacer. Él rápidamente se separó de ella y la puso de espaldas contra el colchón, le abrió las piernas, las colocó sobre sus fuertes hombros y empezó a devorarla y a beber de ella, haciéndole retomar el camino hacia el paraíso que fue brevemente interrumpido por él, provocando suspiros entrecortados que solo indicaban que ella recibía gustosa ese deleite que en él era tan hábil.

Rossana se aferraba a las sábanas, desbordada de sensaciones, y sucumbió voluptuosa cuando los dedos de él la penetraron siguiendo ese compás desbocado. Sus caderas cobraron vida y su interior febril intentaba capturar esas escurridizas falanges que solo le hacían gozar y gritar descaradamente.

—*Dammelo ora!* —exigió Ángel ebrio de pasión, lo podía sentir en sus dedos. Ella estaba al borde, muy cerca de estallar.

Y así fue, ella encontró ese instante de gloria y se dejó llevar por ese milagro que solo él era capaz de obrar en ella. El poderoso clímax recorrió e inundó cada terminal nerviosa de su cuerpo con furiosas olas de impúdico placer que no tenía fin. Ángel seguía bebiendo de ella hasta que se volvió insoportable seguir sintiendo ese éxtasis.

—*Per favore, basta, diavolo!* —suplicó ella en italiano, no podía aguantar más, era demasiado, juntó sus muslos para detener el contacto de los labios y la lengua de Ángel en aquel botón hipersensibilizado donde confluía toda esa cascada de sensaciones.

Ángel acató la orden de ella y se irguió, observándola, orgulloso de su logro, porque nuevamente Rossana había alcanzado el cielo.

La dejó descansar, ella necesitaba bajar la intensidad del momento. Por lo que se recostó al lado de ella, acariciando con sus dedos el valle y los montes de su geografía femenina que subían y bajaban agitados.

—Eso… eso… fue maravilloso —susurró Rossana recuperando el resuello—… Pero faltas tú, cariño… no puedo dejarte así —dijo con una sonrisa diabólicamente sensual.

—Pues, aquí me tienes —desafió, sentándose y apoyando su peso en sus brazos—. Soy todo tuyo.

Rossana como una leona gateó hasta llegar a él y se sentó a horcajadas, en esa posición que le encantaba. Sus cuerpos se fusionaron nuevamente y sin más preámbulo se embistieron mutuamente, con fervor, con ímpetu, quemando la última reserva de energía que les quedaba. Se miraban a los ojos, sus gemidos, el sonido y el aroma del roce de sus cuerpos se mezclaban conformando una lasciva sinfonía en la que ellos eran los únicos intérpretes que ejecutaban a la perfección esa melodía erótica y que en solo segundos los llevó a alcanzar la cumbre al mismo tiempo.

Se quedaron abrazados en silencio, siempre los abrumaba la fuerza de ese amor que se profesaban cuando lograban esa perfección que solo duraba un instante, pero que les llenaba el espíritu y el corazón, confirmándoles que eran el uno para el otro.

—Feliz cumpleaños, mi preciosa Rossana —dijo Ángel—. Te amo… irremediablemente.

—Yo también, mi Ángel… —respondió ella sonriendo y con la respiración agitada—. Me ha encantado tu regalo…

Capítulo 26

Una llamada de *Skype* desde el *smartphone* de Ángel interrumpió violentamente el suave sopor sexual en el que estaba sumergido. Rápidamente, se incorporó y tomó el aparato para ver quien interrumpía…

Matteo Mastroianni.

Cada vez que veía el nombre de ese malnacido se le retorcían las entrañas. Miró a Rossana que dormía plácidamente, no deseaba perturbarla, mejor contestaba en otro lugar. Se levantó sin preocuparse de vestirse, se dirigió a la sala de estar, y tomó el llamado con el cuerpo tenso.

—Buenas tardes, señor Larenas —saludó Matteo desde el otro lado del Atlántico.

—Buenas noches, Matteo —respondió Ángel con un tono de voz neutral—. ¿Qué es lo que te ha hecho llamarme?, ¿finalmente decidiste comprar?

—Así es, estoy adentro —afirmó convencido—. ¿En cuánto tiempo me tendrás listo el cargamento que ofreciste?

—Según mis cálculos nos tomará unos tres meses… cuatro como máximo. La idea es hacer un solo embarque y no varios para no levantar sospechas innecesarias —explicó.

—Perfecto, me parece razonable —concordó—. Un golpe bien dado es mejor que varios débiles.

—Entonces, ¿tenemos un trato, Matteo? —interrogó para asegurarse.

—Por supuesto. Tienes mi palabra —respondió totalmente seguro.

—Estaremos en contacto.

—No lo dudes, amigo. Iré a inspeccionar todo cuando sea el momento. Adiós.

Fin del llamado.

Ángel resopló y apretó con fuerza el móvil hasta que empezó a crujir el aparato por la presión. Inspiraba profundo intentando reprimir las ganas de lanzar esa maldita cosa al suelo y hacerla añicos, ese infeliz lo descomponía con tan solo pensar que le puso un asqueroso dedo encima a su amada hada… que la usó… y la…

Mejor no seguía por esos derroteros, era más sano no pensar en ello, su Rossana no merecía que él removiera el pasado.

—Ángel, ¿qué pasa? —preguntó ella, acercándose a él con cautela, lo estuvo observando un rato, no quería interrumpir su trabajo. Esa cara la conocía, Ángel con el tiempo se había vuelto más transparente con ella y tampoco podía ocultarle nada. No había escuchado del todo la conversación, pero sabía que solo una persona era capaz de arrebatarle la calma a su Ángel. No lo culpaba, ninguno de los dos tenía la culpa en realidad.

—Estoy cansado —respondió—, este trabajo me tiene harto.

—Lo sé, vida mía, lo sé. —Lo abrazó, sintiendo la tibieza de la piel de él—. Pronto acabará todo esto. —Rossana siempre le decía lo mismo y cinco años habían pasado, pero ella nunca perdía la fe, sobre todo cuando él parecía flaquear.

—Creo que esta vez será así, si todo sale bien, en tres o cuatro meses… —reveló, besando la cabeza de ella; aspirar su aroma le traía paz y le recordaba las cosas buenas de la vida—. ¿Te acuerdas del anuncio de la parcela que tenían a la venta en Codegua?

—Sí, lo recuerdo… De hecho, esa vez anoté los datos de la corredora de propiedades.

—Vamos a comprar esa parcela —decidió—. No me importa nada, dejaré esto. Pase lo que pase con esta misión, me retiraré —decretó determinado, esta vez nada ni nadie se lo iba a impedir. Quería vivir tranquilo, en paz, cuidar de su familia, recuperar a su hermano y hacer lo que realmente quería con su vida.

Rossana acarició el rostro de Ángel y lo instó a que la mirara, sus ojos se encontraron, y sin palabras se decían todo lo que sentían. Ella y la hija de ambos lo iban a seguir hasta el fin del mundo, eran una familia, y eran lo único que tenían en ese momento.

—Entonces, hagámoslo, es el momento para preparar todo.

—Así será… ¿Vamos a buscar a Gloria? —propuso más sereno—, y luego nos tomamos unos helados.

—¿De pistacho?

—Siempre.

—Vamos, entonces.

Don Chapa era el hombre que estaba todo el día atendiendo un almacén de abarrotes frente a la casa de Sandro, su negocio era uno de los centros neurálgicos en los que se concentraba la mayor parte de la información, junto con el salón de pool, la señora Silvia y el local de juegos de azar. Si se requería de alguna novedad se recurría a cualquiera de esas cuatro opciones. Por eso mismo, cuando Yeison recibió el llamado de don Chapa informándole que Sandro estaba sacando su automóvil, se dirigió directamente a la casa de Libertad Ávalos, la mujer con la cual los rumores indicaban que estaba involucrado el hermano del Rucio en algún tipo de relación.

Y no se equivocó, llegó antes que Sandro y fue testigo de cómo el sujeto arribaba a la casa de Libertad y tocaba la puerta. Yeison se quedó en un rincón oscuro, observando, y llamó a Ángel, tal como acordaron durante la semana.

—Toma un taxi y síguelos, Yeison —instruyó Ángel del otro lado de la línea telefónica—. Me llamas cuando lleguen a alguna parte.

—Si la lleva a un motel, yo no me voy a meter —bromeó socarrón—. No me gustan los tríos con otro tipo. Imagino verle la corneta a tu hermano y me da guácala.

—Idiota, no la llevará a un motel —aseguró—. Vigílalos, por favor.

—Vale —aceptó, saliendo de su escondite para ir en busca de un taxi—. Lo hago solo porque me hace sentir que estoy en una película gringa «¡chofer! ¡Siga a ese auto!» —se burló, mirando en ambas direcciones de la calle, y por suerte divisó un taxi que circulaba por el lugar—. ¿Por qué tienes tanto interés en tu hermano, si te detesta tanto? Esa *huevada* nunca la he entendido —preguntó mientras hacía parar el vehículo, haciéndole señas.

—Mi hermano no sabe la verdad, Yeison, tiene una versión de los hechos muy distinta a la tuya... Solo me preocupo por él, esa muchacha no tiene buena reputación.

—¿No me digas que le *estai* cuidando la *pirula* a tu hermano? Ya está bien hediondo para que lo andes persiguiendo —manifestó sincero, entrando al taxi y saludando al chofer con un gesto—. Buenas noches, amigo. Quédese aquí y esperemos un rato. —El taxista lo miró raro, se encogió de hombros y activó el taxímetro.

—Solo hazlo —ordenó Ángel—... Tú sabes que esa muchacha es la ex del «Camboyano Silva», y también sabes muy bien lo chiflado que está ese tipo. No me da buena espina todo esto.

—Bueno, eso es verdad, le entra agua a la azotea a ese *hueón*... —concordó Yeison, porque el pobre imbécil siempre terminaba hablando de su ex. Era extraño escucharlo, daba la impresión de como si la amara y odiara a la vez.

En ese instante, Sandro salió de la casa de la muchacha, acompañado por la misma. Yeison no podía creer dos cosas: una, ver al hermano de Ángel sonriendo, y dos, lo bonita que se veía esa mujer con vestido. Yeison cerró la boca y se espabiló

—El águila acaba de salir del nido, cambio y fuera. —Informó a Ángel y cortó el llamado, riendo. Definitivamente, era divertido sentirse dentro de una película—. Amigo, siga a ese auto azul, por favor.

Cuatro horas después, Ángel recibía un extenso e hilarante mensaje por *Skype* de parte de Yeison, el cual decía:

«Reporte oficial de los movimientos del objetivo: tu hermano sonríe (no sabía que él era capaz de hacer eso), la mujer se veía muy buena con vestido (ok, no se veía buena, se veía rica, rica, rica).

»Luego, él la llevó a Bellavista y visitaron el local "Maestra Vida" (y casi me pilla tu hermano, parece que sintió mi ki por un instante, porque miraba perseguido para todas partes).

»Después bailaron boleros… ¡boleros! (esa fue la cosa más rara y sorprendente después de ver a tu hermano sonreír y debo decir que lo hace muy bien el desgraciado).

»Posteriormente, besó a la mujer… varias veces (pensé que se la llevaría a un motel, pero no. Yo me la hubiera llevado a uno sin remordimientos. Rucio, de verdad que no sé de dónde sacó tanta fuerza de voluntad tu hermano porque la mina está muy rica).

»Finalmente, la dejó en la puerta de la casa de sus padres (uy sí, todo un gentleman. Insisto, me la hubiera llevado a un motel)… y por lo que pude escuchar, ya son pareja oficial… La mujer lo tiene totalmente a sus pies. Está fregado (y con razón, si la mina está muy rica).

»Después de la cita, tu hermano se fue, pero parece que yo no era el único que estaba espiando, el Camboyano andaba rondando la casa de la mina, eso no me gustó para nada. Ese tipo, definitivamente, está chiflado. Eso es todo. Cambio y fuera.»

Al rato después, Ángel contestó el mensaje…

«Muy completo y divertido tu reporte, me quedó claro que la "mina está muy rica". Muchas gracias, mi estimado Yeison. Hay que estar atentos. Ojo ante cualquier cosa que involucre a mi hermano, a esa muchacha o al Camboyano…

»Tengo solo una duda, ¿qué mierda es eso de "sintió mi ki"? Fue lo único que no entendí.»

Toda la cuadra sintió la risa de Yeison cuando leyó la respuesta de Ángel y contestó:

«"El ki" es la presencia o la energía vital de las personas… pero creo que aunque intente explicártelo nunca lo vai a entender. Tú no tuviste infancia y dudo que en tu vida hayas visto "Dragon Ball Z".»

La respuesta de Ángel fue…

«No. Nunca vi esos dibujos animados, pero gracias a Gloria ya tengo sobredosis de "Doki y sus amigos". Buenas noches, Yeison.»

En la población era *vox populi* que el Rucio era el amo y señor del lugar, y que si alguien osaba molestarlo por alguna

estupidez podía pagar caro su osadía. Los rumores decían que una vez Ángel le botó todos los dientes al vecino de la casa contigua, porque tuvo el atrevimiento de poner su equipo de audio con música que no era del agrado de él. Así que si alguien tenía el valor de plantarse frente a la puerta de la casa del Rucio era porque se trataba de algo realmente importante.

O sencillamente no apreciaba su vida.

Marcos Silva, alias el Camboyano, era esa clase especial de hombres que son muy inteligentes para algunas cosas y totalmente estúpidos para otras, como para darse cuenta de que tienen la mierda hasta el cuello.

Y ahí estaba, con su dedo presionando insistentemente el timbre de la reja que cercaba la propiedad del Rucio.

Era mediodía, Yeison salió con cara de muy pocos amigos a ver quién era el «*ahueonao*» que no sabía tocar el «puto timbre» y ocultó muy bien su sorpresa al ver que era el mismísimo Camboyano Silva, quien no dejaba de apretar el botón. Los labios de ese idiota estaban curvados con una sonrisa de suficiencia que a él no le gustó para nada.

—¿Qué *querí*? —interrogó Yeison serio y en el ceño se le dibujaba una línea vertical que dividía los músculos de sus cejas—. Deja de tocar el puto timbre, ya lo escuché, *agilao*.

—¿Está el Rucio? —interrogó Marcos, dejando de apretar el botón y sin que se le borrara esa sonrisa burlona de mierda.

—No respondiste mi pregunta, *hueón*, ¿qué *querí*? —replicó Yeison sin un rastro de diplomacia. Realmente, ese no era su fuerte.

—No es contigo con quien quiero hablar —respondió Marcos, altanero. La sonrisa se le había borrado rápidamente y su estado de ánimo se había reemplazado por el enojo—. ¿Está o no está? —demandó—. Le conviene atenderme.

—Voy a preguntarle si está para ti o no —contestó, entrando a la casa y cerrando la puerta. Lógicamente, Ángel no estaba en el lugar, así que Yeison lo llamó por teléfono de inmediato, contándole lo que acababa de suceder. Era poco usual que un hombre como el Camboyano tuviera los cojones para exigir hablar con el Rucio, y más, ese movimiento era inesperado. Ángel le indicó a Yeison que estaría en una hora ahí y que le dijera a Silva que volviera más tarde.

Marcos, quien estaba esperando del otro lado de la reja, ya estaba perdiendo la poca paciencia que tenía, si no lo atendían en un minuto iría a buscar un pez más gordo para entregar la información que poseía. Sea como sea, la puta que alguna vez fue su mujer se iba arrepentir por haber elegido al hermano del Rucio en vez de a él… Todos iban a pagar caro por intentar verle la cara de estúpido…

Yeison salió con el semblante serio y que daba a entender que si lo buscaban lo encontraban. No le agradaba ese tarado que estaba esperando entrevistarse con Ángel, algo se traía entre manos, sus entrañas se lo decían, en el rostro de ese hombre se reflejaba un sentimiento que él conocía bien, porque muchas veces lo vivió en carne propia: la sed de venganza.

—El Rucio dijo que volvieras en dos horas, ahora está muy ocupado atendiendo gente más importante que tú —informó—. Si no estás aquí a las dos en punto, no te atenderá después. Aquí la cosa no es cuando se te «pare la raja», ni a tu antojo, es cuando el Rucio decide si habla contigo o no.

A Marcos Silva no le agradó para nada la respuesta del esbirro de Ángel Larenas, pero podía esperar un rato, no iba a perder su oportunidad así como así. Sin despedirse, se dio media vuelta y se fue en dirección al salón de pool a echarse unas partidas con su cuñado. Yeison esperó unos segundos y fue tras de él.

Ese idiota no sabía en lo que se había metido.

Capítulo 27

Ángel cortó el llamado telefónico, mientras observaba a la distancia a su hermano. Por algún extraño motivo sabía que lo encontraría ahí, tal vez era porque él también necesitaba hablar con su familia. Agradeció al cielo que la ubicación de la bóveda donde descansaban los restos de sus padres y su Noni se encontrara cerca de un árbol añoso y enorme que ocultaba con facilidad su presencia, y a la vez, podía oír a su hermano que conversaba solo ante las lápidas, intentando buscar respuestas a lo que él sentía.

Sandro estaba enamorado, real y perdidamente por primera vez en su vida, los sentimientos que le despertaba Libertad eran tan profundos y verdaderos que le hacían sentir una felicidad inefable y, simultáneamente, esos mismos sentimientos le abrumaban terriblemente, porque nunca antes había pasado por una situación similar. Ángel lo comprendía, ¡cómo lo comprendía!, si él mismo se sentía así hace cinco años y… no había dejado de amar a su hada ni un poco, es más, ese amor aumentaba día a día. Deseaba hablar con su hermano, abrazarlo, apoyarlo, decirle tantas cosas, pero todavía no era el momento. Sin lugar a dudas, el llamado de su compañero lo inquietó. Algo se traía entre manos Marcos Silva y, definitivamente, no era nada bueno para nadie.

Siguió observando en secreto la catarsis de Sandro, lloraba como un niño buscando consuelo, y eso le partió el alma a Ángel, porque su hermano no lloraba desde hacía muchos años, tantos que había olvidado de la última vez que lo vio derramar lágrimas. Sandro se las tragaba junto con todos sus sentimientos, pero tal parecía que él había llegado a un punto donde su corazón no daba más.

Solo esperaba que Libertad fuera digna del amor de su hermano y que el sentimiento fuera recíproco y verdadero, Sandro solo merecía ser feliz, al igual que él lo era con su hada.

Pasaron largos minutos hasta que el hermano de Ángel se sosegó, se despidió de su familia y se retiró, aparentemente, de mucho mejor ánimo que cuando llegó. Eso alivió en parte la angustia de Ángel, ahora que sus días como encubierto estaban contados, sentía la necesidad de reconstruir el vínculo que lo unía a Sandro. La familia para él era lo más valioso que podía poseer un hombre y quería a su hermano de vuelta.

Encendió un cigarrillo e inhaló la primera bocanada, necesitaba algo de nicotina ese día. Recordó el llamado de Yeison y la inquietud se instaló nuevamente en su cuerpo, expulsó el humo azul y se dirigió en dirección a la lápida de sus seres queridos, observó las flores que le había dejado Sandro, dos lirios para su mamá y Noni y una rosa roja para su papá. Instintivamente se tocó el tatuaje que recordaba a sus padres, se sentó en el pasto en una postura relajada e imaginó a su Noni reprendiéndolo por fumar…

—A Alessandro lo golpeó fuerte esta vez, ¿cierto? —Le dio otra calada al cigarrillo y luego de unos segundos exhaló el humo lentamente, disfrutando del efecto relajante de la nicotina—. Ya era hora, pero ahora tendré que vigilar a un par de personas más o todo se irá al carajo… No se preocupen, en muy poco tiempo todo esto acabará. Lo prometo.

Se quedó mirando al cielo, estaba despejado y cada vez hacía más calor, fumó un poco más, su mente vagaba en recuerdos de infancia, cuando la familia estaba completa. A diferencia de Sandro, él sí tenía conciencia de lo mucho que se quisieron sus padres. A su corta edad, Ángel podía notar esa fuerte característica que tenían los hombres de su familia. Los Larenas eran hombres que amaban con ardor desde el fondo de su ser. Ese amor profundo que sentían los Larenas por sus mujeres pasaba de generación en generación. Su abuela le inculcó a sus nietos el cómo debían ser ellos cuando se trataba de amor. Les relataba siempre la historia de cómo fue su romance con su abuelo y lo felices que fueron, y a pesar de que Ángel no lo conoció, él sentía que sí lo hacía por las muchas historias que su Noni narraba de él.

Los Larenas eran hombres de una sola mujer, y cuando la encontraban, luchaban con dientes y uñas para mantenerlas a su lado. Amaban con devoción, con pasión y eran capaces de todo, y bien lo sabía Ángel con su propia historia y la de los hombres que lo antecedieron.

—No traje a Rossana ni a Gloria hoy. Por algún motivo extraño sentía que debía venir solo esta vez. —«Menos mal, porque habría sido complicado explicar muchas cosas a Sandro», pensó divertido—. Les prometo que para la próxima vendremos todos. Decidí que ya es tiempo, las cosas en el trabajo se dieron para que yo pueda terminar esta misión. Pero ese tipo me tiene intranquilo, a él debo vigilar y también a la mujer que mi hermano ha elegido… solo es por precaución, a ella no la conozco. —Dio una última calada a su cigarrillo y lo aplastó contra el pasto para apagarlo. Expulsó el humo de sus pulmones y miró de reojo la lápida—. Dejaré de fumar cuando termine todo, ¿vale, Noni? Ya puedo escucharte retándome. Lo voy a hacer… No te preocupes. —Se levantó, limpió la tierra y el pasto de sus pantalones y luego se metió las manos a los bolsillos—. Espero verlos pronto. Los amo.

Eran diez minutos pasados de las dos de la tarde y Marcos Silva se plantó nuevamente frente a la casa del Rucio. Tocó el timbre de la misma e insoportable manera que dos horas antes.

Nadie abrió.

Dejó de tocar el timbre, tosió y escupió al suelo con fuerza, estaba molesto, ¿cómo era posible que fueran tan exagerados y no lo atendieran por llegar unos minutos tarde? Iba a dar la media vuelta y sintió el chasquido de la puerta de la casa al abrirse.

Yeison, con una sonrisa de suficiencia salió a su encuentro y le abrió la puerta de la reja.

—Si hubieras dejado de tocar el timbre antes, te habría abierto antes… *agilao*. El Rucio te está esperando, y odia esperar.

Marcos entró con propiedad a la casa y se encontró con Ángel que estaba sentado en un sofá de la sala de estar, se mostraba concentrado viendo una serie en la televisión. Desvió sus ojos hacia la visita y lo invitó con un gesto a sentarse en otro de los sofás. Yeison se quedó de pie al lado de Ángel y se cruzó de brazos.

—Habla —ordenó Ángel con severidad, al mismo tiempo que apagaba el televisor con el control remoto y todo el ambiente se envolvía en mutismo.

—Tengo una información que puede servirte —respondió Marcos con la voz destemplada, ya no estaba tan seguro de sí mismo, ese hombre lo ponía nervioso—. Es sobre tu hermano.

—¿Qué pasa con él?

—Es un «*tira*» —reveló lacónico.

—¿Es un qué? —interrogó para que fuera más claro, aunque Ángel conocía a qué se refería el término «*tira*».

—Es detective... de la BRICO.

—¿Esa es tu información? —interpeló Ángel, levantando una ceja e inclinándose levemente hacia adelante—. ¿De verdad? —preguntó con sarcasmo. Los labios de Marcos eran una fina línea tensa, la situación se había tornado incómoda—. Lamento decirte que no es ninguna novedad para mí tu «información» —dijo, haciendo el gesto de comillas con los dedos, pero sin demostrar que era gracioso lo que el Camboyano decía—. Aquí no se mueve una piedra sin que yo lo sepa. ¿Por qué crees que nadie ha puesto un dedo sobre mi hermano? Solo ha sido así porque él no se ha metido en mis asuntos y porque yo tampoco me he metido en los de él.

Marcos no se esperaba eso, no estaba dentro de sus cálculos, su objetivo era provocar una guerra entre hermanos y que, de posible, terminara con Sandro herido o muerto. No, nada estaba saliendo como lo había planeado, pero para mala suerte de Ángel, Marcos era de mente rápida y muy inteligente.

—Iré a la prensa —amenazó Silva, maquinando su plan sobre la marcha, la desesperación le hacía tener muy buenas ideas—... Es fácil obtener pruebas e implicar a tu hermano como un *tira* corrupto que hace tu trabajo sucio... Y aunque fuera mentira, se demorarían en descubrirlo, pero lograré mi objetivo.

Ahora Ángel no esperaba ese movimiento, y la jugada estaba a favor de Marcos si ese tarado iba a la prensa para revelar que Sandro, un detective de Investigaciones, era hermano del Rucio, uno de los mayores narcotraficantes de la capital. Y no solo eso, si alguien indagaba un poco más, descubriría que él tenía múltiples conexiones con carteles y la mafia italiana… El paisaje se veía más bien complicado. Muy complicado, de hecho. No podía permitir que la prensa se metiera y averiguara que él era parte de un programa especial de la PDI, eso podría tener consecuencias nefastas, como por ejemplo, que la información cayera en malas manos y que Matteo Mastroianni se enterara y se cobrara su *vendetta* por lo sucedido hace cinco años atrás y por la trampa que le estaba tendiendo en la actualidad. No solo él estaba en peligro, la mafia se tomaba muy en serio la venganza y no se la cobraría solo con él, sino con todo su árbol genealógico, tal como sucedió con la familia de su abuela. Mastroianni pertenecía a la facción calabresa de la Sacra Corona y ellos se caracterizaban por ser violentos y sanguinarios.

No era nefasto, era negro el panorama… y eso que no contaba a los carteles de droga con los que tenía contacto, en todas partes le pondrían precio a su cabeza y a los suyos también.

—¿Cuánto quieres? —ofreció Ángel sin delatar sus emociones.

—Cinco palos —pidió Marcos la primera cifra que se le vino a la cabeza—. En efectivo.

—¿Por qué haces esto? —preguntó para saber los motivos de Marcos, quería saber si él tenía idea en lo que se estaba metiendo. Encendió un cigarrillo de manera casual, era el segundo del día y ameritaba calmar su temple de alguna forma, aunque fuera artificial.

—Es personal —contestó escueto. Pero Ángel pudo hacerse una idea de qué tan personal era el asunto. Era cosa de sumar dos más dos, porque Sandro tenía una relación con Libertad, la ex mujer del Camboyano, un hombre que siempre se jactaba ante todo el mundo de que ella nunca lo dejaría, a pesar de ya no estar juntos desde hace ya más de un año. Silva consideraba a la mujer como su propiedad y ese tipo de actitudes posesivas y enfermizas solo la tienen las personas que poseen un tornillo zafado… o unos cuantos.

—Hecho… Yeison, ve a buscar la plata —Su compañero lo miró como si le estuviera preguntando «¿estás seguro de esta *huevada*?» y Ángel respondió con un leve gesto afirmativo. Yeison salió de la sala de estar, dejándolos a solas—. No sabes en qué te estás metiendo, Silva. Te lo advierto.

—Lo sé bien —replicó resuelto e ignorante de verdad de lo peligroso que era ir a la prensa con semejante información. Marcos no tenía idea lo poco éticos que eran algunos periodistas, que por dar un buen golpe eran capaces de pasar por sobre cualquier cosa, incluyendo operaciones encubiertas que llevaban casi quince años funcionando, siempre escudándose en la libertad de expresión.

Las posibilidades de que acabara todo de la peor manera eran innumerables.

Yeison volvió a la sala de estar con cinco fajos de billetes de veinte mil pesos, en total estaban pagando cinco millones por el silencio de Marcos Silva.

—Ahí *tenís*, Camboyano… —dijo Yeison, arrojando el dinero sobre el regazo de Marcos—. Agradece que no te lo di en monedas de a peso, *ahueonao* —aseguró, estaba molesto con Silva y la situación en general, a él le costaba un poco manejar la rabia cuando estaba en presencia de una injusticia… y de la estupidez humana que era infinita.

—Retírate, se acabó nuestra conversación —decretó Ángel levantándose de su asiento y apagando la colilla de cigarro en el cenicero que estaba sobre la mesa de centro. Marcos también lo hizo, estaba nervioso y eufórico al mismo tiempo, las manos le temblaban intentando agarrar los fajos de billetes que se le resbalaban. Nunca había tenido tanto dinero en sus manos… y nunca había sido tan fácil—. No quiero verte más por aquí —sentenció Ángel. Se dirigió a la puerta y se la abrió para que se fuera.

—Eso no lo puedo asegurar —advirtió Marcos y se encogió de hombros. En realidad, había encontrado una mina de oro—. Adiosito, Rucio. Nos vemos pronto —se despidió, chorreando ironía, y abandonó el lugar para celebrar y gastarse el dinero en quizás qué cosas.

Ángel se quedó en silencio mirando a Marcos que caminaba relajado y arrogante, Yeison también observaba lo mismo, pero estaba mucho más inquieto que su compañero.

—Síguelo —ordenó Ángel a Yeison sin dejar de observar cómo Marcos doblaba en la esquina.

—Estaba esperando a que me lo dijeras —respondió—. ¿Levanto una red?

—Hazlo. Necesitamos todos los ojos y oídos que podamos. Es obvio que este *hueón* va a volver a pedir plata.

—Hay que silenciarlo lo más pronto posible —puntualizó Yeison—. Va a dejar la tremenda cagada si de todas formas va a la prensa.

—Buscaremos un modo… Vigilemos unos días a este imbécil para averiguar qué pruebas tiene y dónde las guarda para poder armar un plan… —«Creo que también será inevitable darle una visita a quien provocó esto», pensó Ángel. Esto no lo iba a poder resolver solo con Yeison, también iba a necesitar a su hermano.

Capítulo 28

—¡Dios mío, Ángel, no te puedo creer! —exclamó Rossana cuando su marido le contó sobre los sucesos ocurridos un par de días antes. Ángel pretendía guardar el secreto para no perturbar a su mujer innecesariamente, pero las cosas se complicaron cuando descubrieron que Marcos Silva pretendía seguir sacándole dinero al Rucio e iría de todas formas a la prensa. Se había vuelto ambicioso en su afán de destruir a Sandro Larenas y no iba a escatimar esfuerzos o medir consecuencias.

Un defecto que poseía el Camboyano era que no podía mantener la boca cerrada, sobre todo si estaba con un par de cervezas en el cuerpo y jugando pool. De esta manera, la red de observación que levantó Yeison para seguir sus pasos rindió frutos, pero no era lo que esperaban. Debían actuar rápido, porque según el propio Marcos Silva ya había contactado a un periodista de nombre Adrián Pascuzzo que trabajaba para el CIPER, que eran las siglas del Centro de Investigación e Información Periodística. Entidad que se caracterizaba por llegar siempre al fondo y descubrir secretos. Eran muy profesionales… pero nunca se sabía y no se iban a arriesgar en vano.

A Rossana le invadieron miles de emociones que no sentía hacía mucho tiempo, miedo, incertidumbre, el terror de perder a su familia y su propia vida, y todo por culpa de un imbécil despechado. Miró a su hija que jugaba con un autito de carreras en el suelo, pura e inocente y totalmente ajena a todo… No podían permitir que la desgracia cayera sobre su familia.

—Debes hablar con Sandro ahora mismo —demandó Rossana—. Esto lo deben resolver los dos, no me importa cómo, pero hay que hacerlo ya.

—Lo sé, pequeña. Eso está decidido, le guste o no a Sandro va a tener que ayudarme con esto... solo confío en él. Yeison va a apoyarme, lógicamente, pero no podemos solos. No quiero matar a ese malnacido pero si no podemos detenerlo lo haré desaparecer. No me importa mancharme las manos de sangre si eso significa protegerlas. —Sintió un nudo enorme en la garganta, imaginando lo peor—. No lo soportaría, si las pierdo... no podría vivir... —susurró, abrazándola fuerte.

—Pero eso no va a suceder... Haremos todo lo posible... Ángel, tú sabes que puedes contar conmigo, Noni me lo hizo prometer, tú y yo somos la cabeza de esta familia, no podemos permitir que nada le suceda... Alessandro va a tener que dejar de lado su estupidez y terquedad —declaró determinada.

—Tienes razón... Voy a ir ahora mismo. —Besó a Rossana con pasión, porque estaba feliz de tenerla a su lado y a la vez estaba con un gran temor por toda la situación—. Lo haré en silencio para que Gloria no se dé cuenta o armará un escándalo.

—Vete —susurró Rossana—. Te esperaré despierta.

—Te amo... con todo mi corazón, *piccola fata* —murmuró, dándole otro beso, separándose de su pequeña hada.

—Yo también, *mio diavolo* —respondió en voz baja y luego fue a distraer a Gloria para que no se diera cuenta de que su papá salía de la casa sin ella.

Ángel dio una última mirada a sus adoradas mujeres y suspiró. Salió de su hogar sin hacer ruido y partió decidido rumbo a la casa de su hermano.

No había nadie, era extraño. Eran las diez de la noche y se suponía que Sandro ya debía estar en casa.

La puerta de la reja estaba cerrada con llave. Ángel no lo pensó dos veces, miró en todas direcciones y se subió por encima de ella para traspasarla. No hacía eso desde que era muy rebelde y estúpido, cuando se fugaba a medianoche o entraba de madrugada a su casa cuando era adolescente. Ahora que era adulto le pareció que le fue más fácil, probablemente habría crecido bastante desde la última vez que entró a la propiedad de esa manera.

Volvió a mirar en todas direcciones y tentó a su suerte, si Sandro seguía la misma costumbre la llave de emergencia debía estar bajo una enorme piedra en donde estaba escrita la numeración de la casa.

Levantó la piedra y le pareció más liviana que la última vez que buscó aquella llave… Sí, había pasado demasiado tiempo, también era más fuerte… Tanteó el suelo y ahí estaba lo que buscaba, por lo que la retiró de su pesado confinamiento y la observó, tenía mucha tierra y un poco de óxido, pero aún servía. Metió la llave en la cerradura, la giró con algo de dificultad y finalmente logró abrir la puerta.

Quince años habían pasado desde que no ponía un pie en esa casa… Encendió la luz... Al iluminarse la habitación, se dio cuenta de que nada había cambiado a simple vista; los muebles, la disposición de ellos, el aroma familiar, todo limpio y ordenado. Lentamente, recorrió las habitaciones volviendo al pasado. Entró al comedor acariciando el respaldo de las sillas de madera, recordando los desayunos familiares y almuerzos dominicales, antes y después de que sus padres fallecieran. Observó las fotografías de la época escolar de su hermano, él siempre actuaba en los números de bailes folclóricos del colegio. Sonrió. Alessandro siempre rezongaba por tener que ser parte de esos números, pero cuando estaba en el escenario realmente lo disfrutaba. Ángel también sabía bailar, pero no era tan experto como Sandro, y tampoco le gustaba hacerlo en público, solo lo hacía con su hada en la privacidad de su hogar.

Entró a la cocina, todo igual, a excepción de una cafetera nueva y el delicioso aroma del café de grano que impregnaba el aire. Su mente vagó a aquellos años en que su Noni le enseñó a cocinar y a valerse por sí mismo. Continuó su recorrido a la habitación de su abuela… Estaba completamente vacía. Sandro había cumplido con lo que ella siempre decía.

«No guarden nada mío, regalen, quemen, boten todo lo que no puedan usar… ¿de qué sirve todo eso? Los recuerdos siempre estarán en sus corazones»… Cuánta razón tenía ella… sin embargo, sintió mucha pena, porque no pudo estar con su Noni en sus últimos días… Si no fuera por Rossana…

La habitación de Sandro había cambiado, ya no era el lugar de un niño, era la de un hombre, uno muy sobrio, austero y ordenado. Miró en todas partes y le sorprendió que detrás de muchas fotografías familiares todavía conservara una de ambos cuando eran niños, incluso el portarretratos era nuevo. Eso le dio algo de esperanza, tal vez no lo odiaba del todo.

El recorrido terminó cuando entró a la habitación que le perteneció hasta hace quince años atrás, tal parecía que nadie había entrado en ella desde que él se fue, todo estaba en su lugar, e incluso la cama estaba deshecha. Era una escena fantasmal, el tiempo había hecho su trabajo, porque había capas de polvo por doquier. Como si sus pertenencias se hubieran quedado ahí, esperándolo a que retornara a su hogar... Cosa que nunca hizo. Su abuela nunca perdió la esperanza... nunca. Ángel no quiso tocar nada, solo osó tomar un pequeño auto de juguete que le llevaría a su hija y una foto familiar antigua, porque no tenía ninguna.

Volvió sobre sus pasos, apagando todas las luces que había encendido hasta llegar a la sala de estar, se sentó en uno de los sofás y esperó envuelto en las sombras.

Cinco minutos después, sintió que abrían la puerta de la reja para luego escuchar el clic de la cerradura de la puerta principal. Murmullos apagados, femeninos... Sandro no estaba solo.

La puerta se abrió, Ángel encendió la luz de la lámpara de pie que estaba junto al sofá donde estaba sentado él e iluminó el lugar, sorprendiendo a la pareja que había entrado sonriente y llena de felicidad. Sandro llevaba en brazos a Libertad como si fuera una novia, y durante breves segundos Ángel pudo notar lo bien que estaba su hermano. La pareja quedó paralizada ante su presencia. Sandro frunció el ceño, bajó suavemente a su pareja, dejándola detrás de él como si la estuviera protegiendo y se plantó en una postura rígida y a la defensiva. No le hacía ninguna gracia encontrar a su hermano en su casa.

La situación se había tornado mucho más difícil.

—¿Me puedes explicar qué haces aquí, Ángel? —exigió Sandro.

—Hola, Alessandro, ha pasado mucho tiempo. ¿Cómo estás?... —respondió sin poder evitar decir su nombre completo, provocarlo de esa manera le hacía recordar sus peleas infantiles—. Puedo ver que te está yendo muy bien —comentó con una cuota de sarcasmo, pero en el fondo estaba contento por ver con sus propios ojos lo bien que estaba su hermano. Libertad, la pareja de Sandro, lo escrutaba con la mirada, se veía sorprendida y con mucha curiosidad. Los ojos verdes de ella eran transparentes y cautos, pero no ocultaban sus sentimientos.

—Eso no te incumbe, no has contestado. ¿Qué haces aquí? —interrogó nuevamente Sandro al no obtener una respuesta satisfactoria.

—Necesito hablar contigo un tema serio —contestó Ángel con la misma severidad de su hermano.

—No hay nada que hablar. Lo único que nos unía era la Noni, ahora que ella no está, nosotros no somos nada —replicó terco y totalmente cerrado a hablar con él… Iba a ser más difícil de lo que esperaba Ángel, se suponía que poniendo un pie en esa casa era un indicio suficiente para demostrar que tan grave era el asunto.

—Alessandro, escúchame…

—No me digas Alessandro, ¡sabes que lo odio! —interrumpió furibundo—, ¿cuántas veces hay que repetírtelo?

—No comprendes lo delicado de la situación, ¡hazme caso de una maldita vez! —exigió, levantando la voz y perdiendo los estribos.

—Vete, Ángel, no tengo nada más que hablar contigo —ordenó Sandro, dando el tema por cerrado.

Libertad observaba todo en silencio, a Ángel no le pasó desapercibida la preocupación de la mujer por su hermano, ella no podía ocultarlo, era fácil ver lo mucho que amaba a Sandro.

—Me vas a tener que escuchar tarde o temprano… No será la última vez que nos veamos —advirtió Ángel resignado por no poder lograr su objetivo. Se levantó del sofá y caminó hacia la salida, miró a la pareja y sonrió, ya sabía cómo llegar a su hermano—. Cambia de lado la llave de emergencia, la dejaré donde la encontré. Buenas noches a ambos.

Cerró la puerta tras de sí, suspirando profundo, dejó la llave de emergencia bajo la piedra y volvió a su hogar. Ya que su hermano no quería hablar con él, tal vez su mujer sí lo haría…

Según la red de informaciones, Libertad había salido de la casa de Sandro a la mañana siguiente y luego se dirigió a su casa donde estuvo hasta la una de la tarde, a esa hora fue cuando la mujer salió en dirección a su trabajo. Yeison la siguió todo el día y le dio las coordenadas a Ángel para poder interceptarla. Después de ello, fue a relevar a Rossana para el cuidado de la pequeña Gloria, pues tras el fracaso del día anterior la esposa de Ángel se empecinó en involucrarse en todo. Quería asegurarse y ver personalmente si la mujer de su cuñado era de fiar, porque no iba a dejar que Ángel se arriesgara en vano a contarle toda la verdad —o parte de ella—. Si esa chica era cobarde, no les servía por mucho que amara a Sandro. «Los Larenas necesitan mujeres valientes», decía ella. Con esos argumentos a Ángel no le quedó otra alternativa más que claudicar, porque en realidad solo podían ayudar las personas de su círculo íntimo.

Ángel estaba en la calle principal, a la entrada de la villa, apoyado en su automóvil y esperando paciente. Para matar el tiempo y los nervios encendió un cigarrillo. Solo alcanzó a darle dos caladas y la vio, Libertad se dirigía justo en su dirección y Ángel empezó a caminar hacia su encuentro. Ella se comportó de manera extraña, primero aceleró el paso… pero bruscamente lo ralentizó. Sin embargo, siguió con su camino hasta pasar por el lado de Ángel, ignorándolo por completo, ella sabía quién era él, pero no consideraba que tuviera algo que ver con el Rucio, por lo que no se detuvo ni le habló.

Error. Libertad tenía mucho, mucho que ver con el Rucio.

Ángel la sujetó firme de la muñeca, pero sin hacerle daño para detener su paso y llamar su atención.

—¿Pero qué haces? —interpeló Libertad, asustada. Tenía miedo, era lógico, la fama de Ángel lo precedía.

—No temas, no te haré daño… debo hablar contigo. —pidió él, soltándole la muñeca con suavidad.

—¿Conmigo? Yo no tengo vela en este entierro, no tengo nada que ver contigo, y tú no me conoces de nada —respondió nerviosa y desconcertada, pero a pesar de ello lo miraba fijo. Eso era una buena señal.

—Sí que te conozco, en esta villa no se mueve una piedra sin que yo lo sepa… te juro que vengo en son de paz —aseguró, intentando transmitirle confianza, para que viera más allá de las habladurías y de lo que pensaba su hermano. Pero si ella no accedía, la iban a tomar por la fuerza. Él no estaba solo, Rossana estaba disfrazada de chofer en el auto con vidrios polarizados, esperando a actuar en cualquier momento. Era capaz de encañonar con un revólver a Libertad si se ponía terca.

Para fortuna de todos, la muchacha accedió a escuchar lo que Ángel tenía que decir. Debían ser precavidos, así que la entrevista la iban a sostener en otro lugar, las paredes tenían oídos y ojos atentos, por lo que se dirigieron en automóvil a un sitio eriazo, un peladero sucio y maloliente donde nunca va nadie por lo mismo. De esa manera, Ángel y Rossana se aseguraban de no tener testigos para revelarle a Libertad el motivo del por qué Ángel necesitaba hablar con Sandro a través de ella.

Libertad estaba impaciente y descolocada por el lugar elegido para conversar, era espeluznante y tétrico. Ángel le indicó a Rossana que se alejara con el automóvil y los dejara a solas para convencer a la joven de que no confiaba en nadie, solo en ella.

—¿Y bien? ¿Por qué me trajiste aquí? ¿Por qué yo y no tu hermano? —inquirió, tapándose la nariz por el nauseabundo olor.

—Cómo pudiste ver anoche, Sandro no me quiere ver ni en pintura, y no lo culpo… desde que murió la Noni lo poco y nada que hablaba conmigo se redujo a cero —explicó como introducción al problema—. Tú eres su *kryptonita* y solo a ti te escuchará… El asunto es que estoy en una situación, digamos complicada, y todo es por culpa de tu ex.

—¿Qué tiene que ver el idiota de Marcos en todo esto? Sé más claro —demandó seria. Ella había tenido su historia con él, pero eso era, historia. Sandro le había hecho olvidar y conocer el amor, del bueno, ese que no exige, no presiona, el que da sin esperar recompensa.

—Resumiendo, ese retrasado mental está a punto de arruinar mis planes de jubilación y como *bonus track*, va a provocar una verdadera catástrofe de proporciones apocalípticas sobre mucha gente inocente.

—Explícame mejor porque no entiendo nada de lo que me has dicho —pidió, poniendo sus manos en jarra. Ángel, en un gesto de nerviosismo, se pellizcó el puente de la nariz, lo que debía relatar era complejo y no sabía por dónde empezar. Demasiados eventos, demasiadas ramificaciones… Finalmente, optó por comenzar desde lo más obvio.

—Marcos como cualquier vecino con memoria sabe que Sandro y yo somos hermanos.

—Pero si él no reconoció a Sandro la otra vez —comentó la mujer, haciendo alusión a un evento que Ángel desconocía.

—Era cuestión de tiempo que recordara —conjeturó—. Sandro antes frecuentaba un salón de pool y ahí conoció a Marcos, alias «El Camboyano Silva», hace unos años... —Se interrumpió, todavía era difícil comprender las acciones de Marcos—. No sé qué le hicieron ustedes a ese imbécil, pero quiere su pequeña *vendetta*. Descubrió que Sandro es de la BRICO y se lo quiere cagar a cualquier precio.

—¿Tú sabías que Sandro está en la PDI? —preguntó Libertad con los ojos desorbitados, como si Ángel hubiera revelado un secreto de estado.

—Siempre lo he sabido, ya te lo dije, en esta villa no se mueve una piedra sin que yo lo sepa —recalcó serio.

—Imposible... —susurró, quedándose unos segundos en silencio—. ¿Cómo se habrá enterado Marcos de que Sandro es detective? Él es muy cauto y cuida mucho su vida privada. No quería que nadie se enterara de su trabajo, y mucho menos tú —acusó con el ceño fruncido, ella no confiaba aún en Ángel.

—Probablemente, Marcos se tomó la molestia de seguirlo y luego ató cabos. No es tan difícil si uno se lo propone. Así lo descubrí yo... Sandro es mi hermano, pero no voy a perjudicarlo por la profesión que ha escogido —explicó, mirándola a los ojos, era difícil convencerla, ella solo tenía una versión de los hechos—... Bien, volviendo al asunto que nos convoca, lo que te voy a contar es literalmente una bomba de tiempo. Esto debe ser un absoluto secreto, nadie, pero nadie debe enterarse. —Ángel tomó una bocanada de aire, iba a dar su salto de fe ante esa mujer y contarle su verdad. Bueno, una parte de ella—. Hace unos cinco años comencé a hacer unos negocios importantes, unos bien grandes. Hice conexión con Europa... Italia para ser más específico.

—¿Italia?, ¿tu abuela no era de allá?

—Sí. Ella llegó a este país de polizón en un buque de carga cuando tenía quince años, escapando de la mafia calabresa. Ellos masacraron a todo su árbol genealógico en unas horas, y cuando digo que los mataron a todos, quiero decir a todos. A la Noni solo la salvó el entretecho de su casa...

—¡Qué horror! ¡Pobrecita! —Ángel se dio cuenta de que ella no conocía esa parte de la historia familiar, Sandro seguía siendo muy reservado con los temas que le provocaban tristeza. Esa era una parte de la historia familiar que Noni nunca les hizo olvidar. Eran sus raíces, por muy dolorosas que fueran

—Volviendo a nuestro relato —continuó—. El negocio iba viento en popa hasta que me di cuenta demasiado tarde de que estaba tratando con la misma gente que mató a la familia de la Noni. —Y así era, cuando empezaron a investigar a Mastroianni, Ángel supo que toda su familia pertenecía a esa misma mafia, pero no le quedó otra que continuar—. La nueva generación de calabreses es peor que la de hace más de medio siglo y tiene sus conexiones por todas partes… —Ése era su principal temor, si bien trabajaban en Italia y Europa, sus reales alcances eran desconocidos, él no quería tentar a su suerte—. Tengo una hija, ¿sabes?, se llama Gloria y no quiero repetir la historia. He estado colaborando con la PDI durante los últimos cuatro años para desarticular todo esto y largarme lejos de aquí con mi mujer y mi hija. Quiero desaparecer, tener otro nombre y otra vida, hacer lo que sea para salir de esto —confesó a medias, para que ella le creyera que no era lo que todos, incluyendo a su hermano, creían.

—Todavía no entiendo qué tiene que ver Marcos en todo esto —acotó Libertad, porque si bien estaba impresionada con todo lo que le había revelado Ángel, todavía no comprendía el papel del imbécil de su ex.

—Ya llegaré a eso, te pido un poco paciencia, por favor…—solicitó, la historia era larga—. Esta operación de la PDI la conocen solo unos cuantos. Marcos está tan enojado con ustedes que no se le ocurrió nada mejor que «informarme» la profesión de Sandro. Tal vez pretendía que me lo cargara. Pero no tuvo los resultados que esperaba, así que descubrió que era más provechoso extorsionarme. Me amenazó con enviar esta información a la prensa si yo no le pagaba cinco millones de pesos —resumió su entrevista con Marcos.

—¿Y le pagaste esa cantidad de dinero? —Para ella y cualquier persona que gana un poco más que el mínimo era demasiado dinero, incluso para el mismo Marcos. Pero para Ángel y el mundo en el que se movía esa cantidad de plata era una bicoca.

—Por supuesto, el problema es que Marcos se volvió ambicioso. Ahora quiere más y no va a dejar de pedir dinero cada vez que se le antoje, él cree que soy su maldita gallina de los huevos de oro. Si la historia de que «El Rucio», rey de la pasta base, es hermano de un detective de la BRICO, llega a oídos de la prensa o a los de un detective corrupto, solo será cuestión de tiempo que me descubran los de la mafia, y tú, tu familia, Sandro, mi familia y mucha gente más saldrán perjudicados. Ellos no dejan cabos sueltos, ellos limpian todo. Si ellos se dan cuenta de que los he traicionado se lo cobraran de la peor manera que puedas imaginar.

—¡Por Dios, esto no puede estar sucediendo!, ¡es una pesadilla todo esto!… ¿Qué haremos? —Esa fue la clave para Ángel. Definitivamente, eso era lo que deseaba escuchar, ella estaba involucrada en buscar una solución, hablaba en plural. Si fuera cobarde, si ella no quisiera a su hermano diría «¿Qué harán?».

—Hay que eliminar sus pruebas, porque las tiene, y silenciarlo.

—No pensarás en matarlo.

—Soy mucho mejor que eso, por eso te traje hasta aquí para hablar. Cuéntale todo a Sandro, a ti te escuchará. Necesito su ayuda, no es una situación fácil para manejarla yo solo, y solo confío en él.

—Yo no sé qué decir, esto es una locura.

—Una locura sería dejar que el imbécil de Marcos nos hunda —afirmó con seguridad.

La suerte estaba echada, si todo salía como Ángel y Rossana esperaban Sandro se contactaría con ellos en cuanto razonara que era lo mejor.

Ángel llevó a Libertad a la casa de su hermano y le entregó una tarjeta en blanco, ahí estaba escrito su número de teléfono con jugo de limón, era un truco que ellos usaban de niños cuando jugaban a los espías. Qué irónico era todo eso, ahora eso era parte de su realidad, pero ahora era inestimable lo que había en juego.

Rossana observó cómo la mujer entraba a aquella casa que ella misma visitó innumerables veces cuando la Noni todavía vivía, y una tremenda nostalgia la invadió. Echaba de menos a la augusta mujer, se había convertido en parte importante de su vida también. Solo deseaba que todo saliera bien y Sandro cediera.

Ya de vuelta a su hogar, Ángel y Rossana iban en silencio, solo se escuchaba en la radio del automóvil una pieza clásica de Chopin. De hecho, por algún extraño motivo a ambos les gustaba más que la música popular.

—Espero que Yeison no haya tenido problemas con Gloria —comentó Rossana, interrumpiendo el silencio.

—La dejamos durmiendo, no creo que haya despertado en este rato —tranquilizó Ángel. La niña solía dormir de corrido, pero nunca se sabía con la pequeña.

—Tienes razón… Me cae bien Libertad —cambió de tema de pronto Rossana, mirando de reojo a Ángel sin perder la vista de la calle mientras conducía—. Ella quiere de verdad a Sandro, ¿no crees?

—Así es, es perfecta para mi hermano… Ahora solo hay que esperar a que él me llame. Espero que sea pronto.

Y como si hubiesen sido palabra mágicas el móvil de Ángel sonó.

Era Sandro.

Capítulo 29

Ángel estaba esperando a Sandro en el sector de nichos del Cementerio General, a esa hora de la mañana no había un alma viva… literalmente. Presidía el área una estatua de un ángel que él observaba atentamente. Le pareció muy satírica la situación y sonrió.

—¿Por qué estamos aquí, Ángel? —preguntó la voz de Sandro a modo de saludo, Ángel lo miró de soslayo, su hermano observaba la misma estatua.

—Es un lugar discreto, silencioso y me pareció irónicamente ideal —respondió, esbozando una sonrisa, su hermano era un maniático de la puntualidad, al igual que él. Estaba feliz de volver a hablar con Sandro de una manera civilizada

—El Cementerio General no es un lugar muy alentador —comentó, arqueando una ceja—. Tu sentido del humor no ha cambiado en nada, sigue siendo tenebroso. —Miró a su hermano, él todavía miraba la estatua.

—Es un lugar con mucha historia y arte, es un museo en honor a la muerte y a la vida —explicó con soltura, volviéndose hacia él.

—No te pongas filósofo-poeta que no te pega para nada y vamos al grano. Cuéntame qué tienes en mente —demandó impaciente.

—Anoche estaba hablando con mi esposa sobre eso. —Sandro al oír «mi esposa» de parte de su hermano se sorprendió muchísimo y sintió una punzada de pesar, habían pasado demasiado agua bajo el puente en todo ese tiempo, su hermano había vivido muchas cosas que él ignoraba—. Se nos ocurrió una muy buena idea, vamos a mi departamento. Estamos cerca, te lo explicaremos todo allá.

Sandro asintió con la cabeza y empezaron a caminar en silencio. Los dos hermanos eran físicamente parecidos, tanto en los rasgos faciales como en su constitución, ambos eran altos como su padre y su abuelo, con cuerpos fuertes hechos para luchar y amar. La única diferencia visible era que Ángel se veía más viejo de lo que era, el peso de sus secretos y la doble vida que llevaba le había pasado la cuenta.

—¿Hace cuánto te casaste? —preguntó Sandro con curiosidad.

—Cinco años —respondió—. Ella es italiana —acotó.

—Espera… ¿La conociste en ese viaje que hiciste en esa época? —interrogando y a la vez recordando aquella tensa conversación que tuvieron antes de que Ángel partiera, ¡qué lejano era todo!—. Entonces, fuiste a Italia esa vez…

—Así es.

—¡Pero si solo estuviste un par de semanas! —exclamó asombrado. Sandro a pesar de fingir que no le interesaba la vida de su hermano en esa época, cuando Ángel viajó, sí estaba preocupado por él y sintió un gran alivio cuando supo que volvió antes de lo esperado. Claro que nunca imaginó que hubiera vuelto casado.

—Ya sabes cómo funciona para los hombres de nuestra familia. Encuentras a la mujer de tu vida y la mantienes a tu lado.

—No sabía que eras un romántico —ironizó Sandro un tanto molesto.

—No sabía que eras un escéptico —replicó Ángel, arqueando una ceja—. ¿Qué significa Libertad para ti?

—No lo soy… Eso no te incumbe —rebatió terco la afirmación de Ángel y contestó la pregunta que le hizo.

—Sí me incumbe, soy tu hermano, tu única familia… —reprendió firme. Se quedaron unos segundos en silencio hasta que Ángel suspiró—. Las cosas no son lo que parecen —confesó en un tono conciliador—. Todo tiene una explicación, cuando acabe la situación en que me he visto envuelto podré decirte la verdad. Te lo prometo.

Sandro miró a su hermano, sorprendido, ¿cuántas cosas más ocultaba Ángel? Sin embargo, al escucharlo pudo ver más allá de lo que creía que era la verdad. Tal vez, estuvo equivocado, tal vez Ángel estaba obligado a callar…

Tal vez, debía darle una oportunidad…

Después de todo, como él dijo, era su única familia.

—La amo… —admitió—. Como nunca antes…

—Ella también te ama —aseguró—. Aunque no entiendo cómo ustedes…

—Es diferente —interrumpió—. No podría explicarlo de mejor manera, solo sé que simplemente encajamos.

—Entiendo… es cómo debe ser.

Siguieron caminando en un cómodo silencio hasta llegar al estacionamiento y Ángel desactivó la alarma de su automóvil. Se subieron al mismo tiempo, casi sincronizados, y emprendieron rumbo al departamento de Ángel que se ubicaba en la calle Santos Dumont a tan solo unos metros de Recoleta. A Sandro le llamó la atención de que su hermano no viviera en la población como él creía, el hogar de Ángel estaba prácticamente del otro lado de la ciudad.

Cuando estuvieron al frente de la puerta de entrada del departamento, Ángel sacó sus llaves, y como si fuera una especie de señal, una vocecita infantil se escuchó del otro lado, gritando emocionada «¡papá llegó, papá llegó!». A Sandro le empezó a latir el corazón con fuerza... Era Gloria, su sobrina. Era increíble el poder de la sangre, con tan solo oír esa cristalina e inocente voz se enamoró de su sobrina. Desde el fondo de su ser lo supo, por esa pequeña, él era capaz de todo.

Ángel sonrió, agradecido de la vida y de su hada por haberle regalado a su hija, la adoraba, por ella también era capaz de cualquier cosa. Abrió la puerta y ahí estaba la niña en los brazos de su mujer, esperándolo, como siempre.

Sandro observó sin habla la cálida bienvenida que le dieron a su hermano, pero al ver a la esposa de Ángel quedó total y absolutamente anonadado.

A esa mujer… ¡la conocía!

—¿Rossana, qué haces aquí? ¿Eres la esposa de Ángel? —preguntó lo obvio y sin salir de su sorpresa.

—Saluda primero, maleducado —reprendió ella, entregándole la niña a su esposo y abrazando a su cuñado con fuerza—. Al fin sabes quién soy, bienvenido a casa. —Le besó la mejilla sonoramente y sonrió, mirando a su esposo y a su hija con infinito amor—. Te presento a Gloria Alessandra Larenas Spada, tu sobrina.

Otra sorpresa más, la niña tenía su nombre, Sandro no podía más de las emociones, miró a la pequeña que se parecía tanto a Rossana, pero que también tenía rasgos de su mamá, y sus ojos se volvieron acuosos.

—¿Puedo...? —preguntó con cautela.

—Claro, es tu sobrina —aceptó Ángel emocionado—. Hey, *piccola*. Es tu tío Sandro, salúdalo, dale un abrazo —dijo con un cálido tono de voz paternal que Sandro nunca había escuchado antes en su hermano.

La niña lo miró y luego a su papá, y repitió la acción dos veces más, para ella, los dos hombres eran iguales. Sandro le sonrió con ternura y la invitó a sus brazos, a lo que la niña respondió con un súbito entusiasmo.

—Eres preciosa, Gloria —halagó Sandro con la voz quebrada—. Hola, soy tu tío Sandro.

—Alessandro —respondió la pequeña, Ángel le enseñó el nombre completo de su tío a propósito.

—Solo tú puedes decirme como quieras, mi niña... —aceptó, mirando de reojo a Ángel y a Rossana que sonreían emocionados y divertidos a la vez—. Están contentos, ¿cierto?, ¿quién de ustedes dos es culpable? —interrogó con el ceño fruncido, pero sin estar realmente enojado.

Ambos se encogieron de hombros como respuesta.

—Rossana, tienes mucho que explicar —exigió Sandro sin dejar de mirar a su sobrina, quien le tomaba el rostro entre sus manitas, intrigada por ese hombre que era tan parecido a su papá.

Sandro nunca imaginó, ni siquiera en sus sueños más inverosímiles, que Rossana era la esposa de su hermano mayor.

Rossana sonrió con suficiencia, y su mente vagó directamente al pasado, cinco años atrás cuando se presentó por primera vez en casa de la Noni. Desde ese momento en adelante la visitaba varias veces a la semana y con el tiempo ambas mujeres forjaron un lazo que era tan fuerte e indestructible como la sangre. Durante unos tres años Sandro no supo de la existencia de Rossana hasta que un día él llegó más temprano a casa y se la encontró. Su abuela le dijo que era una amiga que conoció en su terapia de diálisis y a Sandro le bastó con esa explicación, ya que Rossana no tenía acento italiano y solo se encontraban de manera ocasional. De esa manera, Ángel mantenía al día a Noni a través de su esposa, y a la vez la hacía partícipe de su vida. Gloria pudo conocer a su bisnieta y la disfrutó todo lo que pudo. Los últimos años de la matriarca de la familia fueron felices, y esa alegría solo se empañaba por los secretos que mantenían a los hermanos alejados. Noni nunca perdió la esperanza de que algún día sus nietos volvieran a unirse como la familia que eran.

—Es obvia la explicación, cuñadito mío —respondió socarrona—, lo único importante era que Noni sabía perfectamente quien era yo y también conoció a su bisnieta, así que no hay más razones que dar. —Y dio por terminado el asunto sin dar derecho a réplica a Sandro.

Ángel observaba la escena en silencio e intentaba pobremente disimular una sonrisa feliz. Si había alguien en este mundo que podía hacer callar a su hermano, esa era su mujer.

Sandro miró a fijo a Rossana, y luego a Ángel, y negó con la cabeza.

—Me rindo con ustedes dos, mejor veamos cómo vamos a silenciar a ese hijo de puta…

—¡Alessandro, no digas palabrotas frente a la niña! —reprendió Rossana igual como si lo hubiera dicho Noni—. Más te vale controlar esa lengua.

—Perdón —respondió de mala gana—. Y no me digas Alessandro.

—Entonces, gobiérnate en frente de tu sobrina que repite todo lo que su padre dice, y probablemente hará lo mismo contigo.

—Ya basta, Rossana, Sandro —intervino Ángel—. Tenemos que resolver esto y no lo vamos a hacer nunca si siguen peleando como niños.

—Bien —acordaron su mujer y su hermano al unísono.

—Vayamos a la sala de estar —propuso Ángel—, ahí podremos conversar mejor y te explicaremos lo que Rossana y yo hemos planeado…

Adrián Pascuzzo era un hombre ambicioso, llevaba años intentando dar un buen golpe noticioso para abrirse paso definitivamente en esa jungla que era el periodismo de investigación y ganar el preciado prestigio que siempre le había sido esquivo. Así que apenas Marcos Silva apareció en su camino, supo que él era el hombre que le iba a brindar la información que le permitiría dar el golpe que había esperado por tanto tiempo.

El periodista prefería encontrarse con sus fuentes en lugares públicos y accesibles, nunca se sabía con qué clase de personas trataba hasta que las conocía. Citó a Marcos a que se encontraran a las siete de la tarde en el jardín japonés del cerro San Cristóbal, quería corroborar esos rumores que había escuchado, pero que nunca pudo comprobar, él sabía que no eran solo habladurías, debía haber algo verdadero en aquello que decían, que en la PDI había un programa de agentes encubiertos de dudosa procedencia y reputación. Necesitaba un hilo del cual tirar para desenredar la madeja y darle coherencia a aquellas historias inconexas.

Necesitaba a alguien dispuesto a hablar

Estaba sentado en uno de los tantos asientos de madera que había en el jardín, miró la hora en su reloj de pulsera, faltaban cinco minutos para las siete de la tarde. Observó a su alrededor y notó a un sujeto con cara de estar buscando a alguien. Como si lo hubiera llamado mentalmente, el hombre le hizo un gesto de saludo con la mano, a lo que él dudoso respondió.

—¿Es usted Adrián Pascuzzo? —preguntó el hombre al acercarse con un acento que delataba su estrato social bajo.

—Sí —afirmó, sintiendo un cierto recelo, el hombre era enorme, ojos castaños, muy serio—, ¿Marcos Silva? —interrogó para asegurarse.

—El mismo —aseguró con una repentina risotada, sentándose en el espacio vacío del asiento donde estaba Adrián.

—Bien… —Se quedó unos segundos en silencio meditando si continuar o no, pero mejor iba a intentarlo—. Según me comentó por correo electrónico usted tiene información que prueba una red de corrupción y drogas en la PDI…

—Sip.

—¿Me podría mostrar esas pruebas?

—Ehhhhh… —Se rascó la cabeza, algo nervioso—. Claro que puedo, pero deme la plata primero.

—Nunca dije que iba a comprar la información —aseveró el periodista totalmente desconcertado.

—Nunca dije que era gratis —replicó sin rastro de vergüenza.

—¿Y cuánto vale esa información?

—Veinte palos.

—¿Veinte millones de pesos? ¡¿Usted está loco?! ¡Ni siquiera me ha comprobado que su información realmente vale esa cantidad estratosférica de dinero!

—Lo vale, tengo videos, audios, certificados, boletas… He hecho todo el trabajo de investigación que se supone que ustedes deberían hacer —aseguró Silva, resuelto.

—Tengo que ver primero lo que tienes. No puedo darte semejante cantidad de dinero si no he visto la veracidad de las pruebas.

—Créame, caballero, tengo la información —insistió perdiendo de a poco el control.

—Muéstremela, sino no hay trato —sentenció serio y molesto.

Marcos Silva se quedó en silencio, Adrián se levantó furioso, el tipo no tenía nada concreto y más encima exigía dinero a cambio. Todo había sido una absoluta pérdida de tiempo.

—Lo tengo, pero no aquí.

—Me voy, y no vuelva a contactarme —advirtió sin mirarlo siquiera y se fue del lugar hecho una furia. Adrián detestaba perder su tiempo, y ese hombre le había hecho una broma de muy mal gusto. Para la próxima iba a ser más precavido con los mitómanos y aprovechadores.

Marcos quedó atónito observando cómo Adrián se perdía de vista, sonrió de medio lado… No importaba, todo estaba saliendo como quería. Sacó su móvil, buscó el último contacto al que había llamado. Solo sonó un tono.

—Rucio, a que no sabes con quien acabo de hablar...

Eran las once de la noche, Libertad estaba esperando un microbús para volver a su casa, se sentía cansada y agobiada por toda la situación a la que los había orillado Marcos. Estaba mirando la nada, sumida en sus pensamientos y escuchando música con sus audífonos…

Todo fue muy rápido, una camioneta negra, dos hombres vestidos de igual color y en menos de cinco segundos ella estaba al interior de la parte trasera del vehículo, forcejando, pateando, luchando y gritando por su vida, pero era inútil, ellos eran mucho más grandes y fuertes que ella.

Era imposible, pero al parecer Marcos se les había adelantado.

Un trapo en su cara, le obligaron a inhalar algo con un terrible olor durante interminables y horribles minutos… Iba a morir…

Todo se fue a negro…

—*Sveglia a quell'infelice* —ordenó la mujer, el tipo llevaba demasiado tiempo durmiendo.

Uno de los hombres que la acompañaba obedeció sin mediar palabras, tomó un cubo de agua de diez litros y empapó de pies a cabeza a su prisionero para despertarlo.

No hubo reacción.

—*Questo idiota è duro di svegliare* —comentó con tono burlón el otro sujeto que observaba con una sonrisa maliciosa. Tenía razón, el idiota era duro de despertar.

—*Non può dormire per sempre… Di nuovo* —decretó la mujer—. *Più acqua.*

Nuevamente el hombre tomó otro cubo de agua y lo vació directamente sobre la cara del pobre infeliz. La mujer al notar que ya estaba reaccionando el hombre, chasqueó sus dedos, ordenando para que su sirviente se detuviera.

—¡*Sveglia*! —gritó, dándole una violenta bofetada que hizo eco en el lugar—. ¡*Sveglia*! —Golpeó la otra mejilla con la misma potencia.

Marcos Silva no entendía nada, apenas recordaba, primero estaba en el jardín japonés y ahora estaba atado a una silla y completamente empapado. Le dolía la cara, le sangraba la boca…

Terror, el lugar estaba oscuro y solo era iluminado pobremente por una ampolleta, el hedor era nauseabundo. Enfocó la vista y miró en dirección de dónde provenía esa voz de mujer.

—*Bene, sei Marcos Silva*, ¿*certo*? —interrogó su interlocutora.

—Marcos… s-sí —afirmó al escuchar su nombre, no comprendía por qué se encontraba en ese lugar… ¿Por qué hablaban en italiano?

—*Signore* Marcos, perdone mi *spagnolo*… usted tiene algo importante, una información valiosa de uno de nuestros… ¿cómo se dice?... ahhh socios —explicó la mujer con sorna, ese hombre que tenía en frente solo le provocaba ganas de asesinarlo, y así se ahorraría todo el trabajo, pero no podía.

—¿No sé de qué me *hablai*? —Mal momento para responder de manera altanera. Marcos, tan inteligente y tan estúpido a la vez.

—*Io* le haré recordar… *Silvio, dare un promemoria* —ordenó la mujer con dureza, esbozando una sonrisa maliciosa.

El hombre que respondía a ese nombre sin dudar, y con mucho placer, le propinó un certero y durísimo golpe en el tórax a Marcos, haciéndole perder todo el aire de sus pulmones y provocándole un dolor agudo como nunca había sentido en su vida.

Una costilla rota… dos, ¡Dios, cómo dolía! Apenas podía respirar, quería llorar. No sabía qué hacer, no sabía qué querían ellos.

—P-p-por favor… no me mate… Les daré lo que sea —suplicó clemencia, si estaba ahí era por algo… Simplemente, no quería morir.

—Ahhhhh está recordando… *bene*. —El tono de voz de la mujer era de desprecio, disfrutaba del dolor y miedo de ese imbécil.

—Señora, no sé lo que quiere usted de mí…

—Respuesta equivocada —dijo la mujer con voz de hielo e hizo un gesto con su mano.

—¡Noooo, no, no, no, no, no!… —imploró, no quería recibir otro golpe—. Espere, dígame ¿quiere la información de los Larenas?, ¿eso es? —ofreció. Era lo único que se le ocurría, ¿de verdad todo era por eso?, ¿en qué mierda estaba metido?

—¡Bingo, Marcos! —celebró la mujer con ironía—. Verá, *signore*, tenemos un negocio enorme con Ángelo Larenas y su intrusión nos ha provocado un gran, gran problema… —explicó amenazante, la mujer escupía fuego por los ojos—. Fue un gran error de su parte ir a la prensa… Eso no se hace, ahora sabemos que Ángelo ha traicionado la confianza de la *mia famiglia*, pero no quiero que mi amado padre se entere. Quiero hacerle pagar a ese perro con mis propias manos... Marcos, si quiere salvar su *vita* entréguenos *tutto* el material —propuso—. Este asunto lo arreglaré yo misma.

—Está todo en mi celular. Lo juro —confesó desesperado.

—¿Seguro? —preguntó inquisidora, ella no confiaba en cerdos como Marcos Silva.

—S-sí, todo está ahí —aseguró con la voz temblorosa.

—*Bene. Silvio, il telefono cellulare* —ordenó sin quitarle los ojos de encima a Marcos

—*Sì*, signora.

—*Formattare i dati... tutto* —decretó la mujer. Marcos no entendía nada, era una situación que no comprendía, en su pequeño mundo todo lo que sucedía no tenía ni pies ni cabeza.

Silvio destruyó el móvil de manera eficaz y definitiva. Marcos no podía verle la cara, la tenía cubierta por un pasamontañas negro... Era como estar dentro de una pesadilla, solo deseaba huir y esconderse durante el resto su vida... si es que lograba salir vivo de ésta.

—Ahora, dígame, Marcos, ¿esta es *tutta* la información? —interrogó la mujer, debía asegurarse de que era todo lo que ese malnacido poseía, pero no confiaba en él. Sabía que le ocultaba algo más.

—S-s-sí...

—No me gustan los mentirosos, los de su clase *sempre* tienen un respaldo. ¿Dónde está?

—No tengo nada... —aseguró, pero sus ojos lo delataron al desviarse.

—Voy a tener que darle otro recordatorio... Leonardo, *porta la donna* —demandó chasqueando los dedos.

Marcos no comprendía, ¿a qué se refería? Su pregunta rápidamente fue respondida, entre la penumbra pudo distinguir que el sujeto en cuestión traía una mujer, pero no era cualquiera...

Libertad.

—Leonardo, *farlo rapido* —ordenó la mujer lacónica.

El hombre también estaba a rostro cubierto, enganchó a Libertad a un garfio que pendía desde el techo, ella estaba indefensa, amordazada, esposada y aterrada. Leonardo, cuando la tuvo donde quería, comenzó a manosearla lascivamente, mientras ella gritaba, pero su clamor no era más que murmullos gracias a la cinta americana que la enmudecía. Nadie la iba a oír, por lo que Leonardo desabrochó el pantalón de ella hasta que la enorme mano de él se perdió en ese lugar, ella se paralizó.

—*Bella ragazza, bella, bella* —alabó lascivo, solo deseaba devorarla.

—¡No lo hagan, ella no sabe nada!, ¡malditos, no lo hagan!, ¡no la toquen! —rogó gritando, rompiendo sus cuerdas vocales, estaba seguro, la iban a violar en frente de él. No podía permitirlo.

Todo había llegado demasiado lejos, su venganza se había salido de control, pero no entendía cómo.

—Por supuesto, ella que no sabe *niente*, Marcos, solo lo estamos incentivando para que hable —admitió la mujer con desprecio—. Leonardo, *andiamo, continuare* —ordenó a que prosiguiera.

—¡Noooo! Les juro que solo tengo un respaldo —confesó a punto de llorar, era demasiado, no lo soportaba más—… Está en mi *pendrive*… en mi billetera, es una tarjeta roja… ahí está todo… todo… lo juro… déjela en paz, se lo suplico.

—*Bene… Leonardo, sufficiente. Silvio, nel portafoglio c'è un cartellino rosso, distruggerlo.* —La mujer indicó a Leonardo que se detuviera y a Silvio que buscara el *pendrive* y que lo destruyera. Los dos hombres obedecieron sin palabras y con eficacia.

—Espero que no nos esté mintiendo de nuevo Marcos… Si nos enteramos de que vuelve a contactar a la prensa o si intenta hacer algo estúpido, lo mataremos a usted y a su *famiglia* sin preguntar nada, no seremos tan civilizados como el día de hoy —advirtió, mirándolo a los ojos directamente, era verdad, esa mujer era capaz de todo—. Silvio, *elimina le informazioni.* —El hombre llevó a cabo la orden eficientemente, y en pocos minutos ya no había rastro de nada.

—Ahora, se lo voy a advertir solo una vez —amenazó, acercándose a solo centímetros de la cara de Marcos—. Si vuelve a intentar algo, lo matamos. Si vuelve a contactar a la *signorina* Libertad, lo matamos. Si habla a alguien de esto, lo matamos. Si contacta Ángelo o Sandro Larenas, lo matamos… No haga nada estúpido, se lo estoy advirtiendo ahora. Hoy no lo hemos eliminado, porque es una molestia cubrir una escena del crimen con un gusano insignificante y *maledetto* como usted ¿estamos de acuerdo con nuestro trato? —interrogó con dureza, ahora que esa información no existía podían seguir con el plan, no dejarían nada al azar, sus huellas ya estaban siendo cubiertas para poder actuar libremente y sin complicaciones.

—S-s-sí, sí lo juro, ¡por Dios, sí, lo juro!... lo juro —Marcos prometió con lágrimas en los ojos, ya no deseaba continuar, si lo que querían matar que lo hicieran ya. Estaba entregado a su destino.

—Bene. Silvio, portarlo al cimitero.

Un trapo le tapó sus vías respiratorias, Silvio le obligó a inhalar por eternos minutos... ¿Iba a morir? Ya le daba igual... su cuerpo ya no lo sentía.

Tres horas después...

Oscuridad... un horrible dolor de cabeza. Marcos intentó moverse, pero el lugar era estrecho, oscuro, húmedo y frío. Nuevamente, el terror se apoderó de su cuerpo. ¿Acaso, la tortura nunca terminaría? Intentó moverse de nuevo, el ardor de su piel le indicaba que acababa de lacerarla con una pared de concreto. No podía ver nada, palpó con sus manos el lugar... era una especie de caja de cemento.

Lloró de miedo, su cuerpo no aguantó y se orinó ahí mismo. Aulló angustiado... Era el fin, lo sabía.

Un haz de luz entró a la bóveda.

—Otro borracho más —masculló el nochero que inspeccionaba la zona de nichos. Había escuchado el llanto de un hombre y no se equivocó. Un novato se habría meado de miedo al escuchar los lamentos, pensando que era un alma en pena, pero los pies que sobresalían de la cavidad le indicaron que esos alaridos provenían de una persona que estaba más bien viva. Se agachó para poder ver mejor—. Oiga, amigo... Salga de ahí, es peligroso dormir dentro de los nichos vacíos. Hay arañas de rincón y hongos ahí dentro.

Nunca en su vida Marcos se había sentido de esa manera, creía que estaba delirando, y que esa voz era producto de su imaginación que le jugaba una mala pasada antes de morir... Solo podía sollozar. No dijo nada, solo quería que todo terminara de una puta vez.

—Voy a morir, voy a morir, ¡voy a morir! —gimoteaba con la cara llena de lágrimas y mocos.

—Mierda, éste aparte de borracho debe estar chiflado. —Sacó su radio y apretó un botón—. Atento, compañero, venga al sector de nichos, acá hay un retrasado dentro de uno de los que vaciaron en la semana. Cambio.

—Copiado, voy en camino. Fuera. —respondió la voz metálica del otro lado.

El nochero se irguió, poniendo sus manos en jarra, y negando con su cabeza.

—Eres un pobre y triste *hueón*… Ya te sacaremos de ahí.

Capítulo 30

*T*res horas antes…

Cuando sacaron a Marcos inconsciente del galpón, Leonardo y la mujer que comandaba la situación suspiraron cansados. El hombre se sacó el pasamontañas y liberó a Libertad que, al estar completamente despojada de sus ataduras se lanzó sobre él llorando y golpeándolo con desesperación sobre el duro pecho que le era tan familiar, tan amado. Él la abrazó fuerte para contenerla. Estaba dolida por el engaño, hasta solo hacía quince minutos pensaba que había sido secuestrada por la mafia italiana, y resultó que estuvo todo el tiempo involucrada, pero desconociendo totalmente el plan que habían orquestado los hermanos Larenas para silenciar a Marcos.

—¡Perdóname… perdóname, Libertad…! —suplicó Sandro con el alma en un hilo, pensando que ella no lo haría nunca—. Te lo imploro, esto era necesario —explicó, intentando justificar todo lo sucedido.

—¡¿Por qué no me dijiste nada?! —exclamó enojada y con las emociones totalmente fuera de control. No podía creer que Sandro la había sometido a semejante experiencia.

—No sabíamos si ibas a actuar con naturalidad si conocías el plan de antemano, no podíamos dejar eso al azar. Necesitábamos que Marcos se lo tragara todo y no cuestionara nada… Perdón, mi vida, no sé cómo compensarte. Perdóname, por favor —explicó, rogando al cielo que ella se apiadara de él. No deseaba perderla, ella era la mujer de su vida.

—Vas a tener que pedirme perdón por el resto de tu vida. En este momento estoy furiosa contigo.

—Todo lo que me quede de vida te lo compensaré… Te amo más que a nada, no quiero perderte.

—No me perderás… Sandro, estoy furiosa, pero no me perderás… yo también te amo.

—*Signorina* Libertad, permítame presentarme —interrumpió la mujer italiana que estaba un tanto divertida por la escena que estaba presenciando—. Soy Rossana Spada, esposa de Ángel…

Así fue como oficialmente Rossana conoció a Libertad. Sandro y ella le explicaron a la joven todo lo que aconteció en ese lugar con el fin de cerrar permanentemente la boca de Marcos Silva y, al parecer, el resultado del plan había sido exitoso. Pero no estaban al cien por ciento seguros de ello, eso solo el tiempo lo diría, porque Marcos iba a seguir siendo vigilado, pero con aquella treta aseguraron un valioso tiempo para que Ángel pudiera terminar su misión sin que nadie interviniera y echara todo por la borda.

Era increíble la importancia de las cosas que había en juego, y que Marcos estuvo a punto de destruir por venganza, egoísmo e insensatez. Afortunadamente, todo salió a la perfección gracias al gran defecto del Camboyano, llegar siempre atrasado a cualquier cita. Con aquella ventana de tiempo, Sandro pudo perpetrar la entrevista con Pascuzzo, haciéndose pasar por Marcos, logrando defraudar al periodista y hacer que desistiera de su interés en escarbar en asuntos que no debían ser revelados a la opinión pública. Luego, fue pan comido para Ángel hacerse pasar por el periodista para poder atrapar a Marcos y darle su merecido.

Simplemente, había cosas que nunca debían ser descubiertas… nunca. Bien lo sabía ahora el Camboyano.

Salieron del lugar en medio de la noche y Sandro junto con Libertad fueron a dejar a su cuñada a su hogar. A Yeison nuevamente le tocó ser niñera de Gloria, cosa que él disfrutaba mucho, porque la niña dormía como tronco y él tenía horas de descanso y ocio para ver series de animación japonesa en Netflix y Crunchyroll.

Pero cuando llegó Rossana al departamento, encontró a la «niñera» roncando en el sillón con el control remoto en la mano.

—Yeison, despierta, hombre —susurró Rossana, dándole una patadita en el tobillo.

—¡Yo no me robé las galletas, don Chapita! —balbuceó Yeison, despertando súbitamente y enfocando la vista, percatándose de que estaba soñando.

—Asumo que las galletas ya te las comiste —acusó divertida—. Límpiate las migas que tienes en el pecho.

—Ya *sabís* que las chocochips son una debilidad. Me las comí todas —admitió sin ninguna vergüenza y limpiándose los restos de galletas donde le habían indicado—. ¿Ya terminaron el trámite con el *hueón* de Silva? —preguntó.

—Sin complicaciones —aseguró, pensando en su cuñado y en cómo tendría que compensar a Libertad para que lo perdonara. Esa era en realidad la única «complicación».

—Me alegro, espero no verle la cara a ese imbécil en mucho tiempo. Si lo veo le voy a botar todos los dientes de un puro *guaracazo*. —Se estiró cuan largo era, quejándose exageradamente—. ¿Me voy a acostar o te acompaño hasta que llegue el Rucio?

—Vete a descansar nomas, ya sabes dónde está la habitación de invitados.

—No me haré de rogar. Buenas noches, pelirroja… —La miró de arriba a abajo y sonrió—. Pareces mafiosa en versión miniatura. Das miedo —ironizó y fingió un temblor en el cuerpo—. La italiana *malula* —apuntó su dedo, burlándose de ella—. ¿Cómo se tragó todo el Camboyano? —preguntó incrédulo de que Rossana provocara miedo.

—Tengo mis recursos para ser intimidante si lo deseo, Yeison. Todo está en el poder de la mirada.

—¿Matar con la mirada? Eso me suena familiar —cuestionó él, sonriendo con suficiencia.

—Matar con la mirada —repitió, entrecerrando los ojos y acercándose amenazadora.

—¿Has estado viendo la serie de *animé* que te recomendé? —interpeló guasón.

—No —respondió sonriendo. En realidad, sí la vio, completa.

—Mentirosa, ya vi los DVD de *Slum Dunk* que le presté a Ángel «para Gloria».

—Vete a la cama, Yeison Esteban —ordenó Rossana, aguantando la risa.

—*Buonanotte, testarossa* —se despidió, revolviéndole el cabello a Rossana. Sí, él estaba aprendiendo italiano con Ángel y las clases que impartía Rossana en el Instituto. Lo hacía por placer. En realidad, le gustaba mucho el idioma.

—*Buonanotte occhi di gatto* —respondió ella, «ojos de gato» era el apodo que ella le había puesto. A pesar de ser de la misma edad, para ella, Yeison era una especie de hijo mayor.

Ángel llegó una hora después con una maliciosa sonrisa que solo indicaba que la última parte del plan había sido de lo más divertido de realizar. Le hubiera encantado dejar una cámara grabando el momento en que Marcos fuera encontrado por el nochero, pero bueno, nada es perfecto. Rossana lo estaba esperando en la sala de estar viendo una película en la televisión. Cada vez que daban «*Hitman*» se quedaba pegada viéndola sin importar si iba a la mitad o si estaba terminando. Al ver a su Ángel entrar con su porte imponente, sonrió aliviada de su regreso y fue a su encuentro, abrazándolo y besándolo con pasión… como siempre.

—¿Cómo se lo tomó Libertad? —preguntó Ángel con curiosidad, pero temeroso de que la mujer de su hermano no lo perdonara y que lo dejara por haber mentido y haber simulado su secuestro.

—Como dije que se lo tomaría —contestó orgullosa de su premonición.

—«Se enojará, estará furiosa, pero te perdonará, porque eres increíblemente adorable, cuñadito mío» —parafraseó Ángel el augurio de Rossana—. Aunque discrepo con la parte de «increíblemente adorable».

—Lo hubieras visto, era como un cachorrito con ella —comentó ladina—. Lo perdonó a los dos minutos. Ustedes los Larenas son ovejas con piel de lobo, saben muy bien cómo pedir perdón.

—Pero lo somos solo con nuestras mujeres, y solo ellas saben guardar nuestros más oscuros secretos —admitió seductor sin dejar de abrazar a su mujer.

—Tenlo por seguro, cariño… Te amo.

—Y yo a ti… —respondió, sintiendo todo el cansancio en el cuerpo, estar con su mujer lo relajaba, y solo abrazándola lograba encontrar la real tranquilidad—. Estoy molido… vamos a descansar, preciosa.

—Vamos, mi vida. Esta noche podremos dormir tranquilos.

Esa noche y las que les sucedieron por casi tres meses más fueron tranquilas, cada día que pasaba era uno menos para el retiro de Ángel. Durante ese tiempo compraron la parcela en Codegua y Rossana se hizo cargo de habilitar la casa que había en ella. Todo estaba dispuesto para dejar la ciudad en cualquier momento. Habían ganado un tiempo precioso y valioso al desbaratar los planes del ex de Libertad.

Y hablando del rey de Roma, Marcos Silva apenas salía de su casa, paranoico y temeroso no hablaba con nadie y si veía a Sandro o a Libertad en la calle daba media vuelta y apuraba el paso para escapar muerto de miedo, y con razón, Ángel Larenas había desaparecido inexplicablemente de la noche a la mañana y nadie sabía de él en la población. Algunos decían que se lo habían cargado, otros decían que unos italianos se lo habían llevado en medio de la noche, y el más disparatado de todos los rumores decía que Ángel había muerto apuñalado por la espalda camino a Til Til.

Poco a poco, Ángel se estaba convirtiendo en una leyenda y lo único seguro era que el Rucio ya no estaba, que no volvería, y que Yeison, como el natural sucesor, había tomado su lugar en el negocio. Eran estilos diferentes de mando, pero ambos eran efectivos, y las cosas siguieron como si nada en aquella población. La lucha de poderes por el control de la droga era un lamentable ciclo sin fin que estaba destinado a perpetuarse, pero que con el trabajo que realizaban aquellos detectives encubiertos esperaban erradicarlo sin que la gente se diera cuenta. Gracias a Ángel habían eliminado la mayoría de las pandillas y microtraficantes y mantenían a raya la delincuencia. Nadie lo notaba, y esa era la idea. A Yeison le quedaba mucho camino por recorrer, pero sabía que siempre contaría con el secreto apoyo de Ángel. Pero así y todo debía buscarse un compinche confiable, o como él decía, «necesito un pequeño saltamontes que entrenar».

La relación de Ángel con su hermano mejoró en todas las maneras posibles, poco a poco volvían a ser una familia de nuevo. Gloria era la razón principal, su tío la iba a visitar casi todos los días que le era posible, y algunos domingos llevaba a Libertad para almorzar todos juntos.

Los hermanos Larenas empezaban de a poco a reconstruir ese lazo que los mantuvo alejados por quince años. Todavía había heridas que sanar y verdades que revelar, pero todo eso sucedería con el tiempo, y cuando Ángel estuviera totalmente fuera de la Policía de Investigaciones.

—¿Así que de esa manera conociste a Sandro? —dijo Rossana divertida—. Sí que fue accidentado, no sé si decir que fue buena o mala suerte —especuló socarrona.

—Buena suerte. Definitivamente, fue buena suerte —aseguró Libertad—. Claro que a Sandro, al principio, no lo hacía sonreír ni siquiera un ejército de payasos.

—Lib, no seas mentirosa, sí sonreía —se defendió Sandro, ofendido por esa afirmación.

—Bueno, sí lo hizo, pero después de que decidió tutearme cuando le dije mi nombre, y de haber sufrido dos golpes en la cabeza.

—Mi hermano es un hueso duro de roer. Definitivamente, cada vez me convenzo más de que soy mucho más flexible que él —argumentó Ángel socarrón.

—No sabes lo flexible que puede llegar a ser —afirmó con picardía Libertad, levantando las cejas.

—Gracias por la imagen mental, Libertad. Fue muy amable de tu parte, ahora será difícil no imaginar a mi hermano siendo «flexible» —rezongó Ángel haciendo muecas de asco.

Rossana reía a carcajadas, le encantaba tener a todos reunidos haciendo sobremesa después de un buen plato de comida que había preparado junto con Ángel. La pequeña Gloria comía helado de pistacho con avidez, sentada en el regazo de su tío y ajena a la distendida conversación de los adultos.

—Ustedes dos deben sacarme de una duda —dijo Rossana después de unos minutos de risa—. ¿Por qué diablos a Sandro no le gusta su nombre? Yo lo encuentro muy bonito.

—Es un trauma infantil —comenzó a explicar Sandro—. Este hombre que tengo a mi lado era muy, pero muy «travieso», por no decir que era un demonio, y tenía la habilidad de que cada vez que se mandaba una cagada, el que terminaba siendo sindicado como el gran artífice de todo era yo, y mi mamá cada vez que estaba enojada decía mi nombre completo, lo cual era muy seguido. Así que mi nombre es sinónimo de ser culpable de crímenes que no cometí.

—¿En serio que es por eso? —preguntó Ángel un tanto sorprendido—. No me acuerdo de nada.

—Claro que no lo recuerdas, si no te conviene. Apuesto que no tienes memoria de haber quebrado el ventanal jugando a David y Goliat y que saliste corriendo dejándome la honda en mis manos. ¿Y a quién atraparon con las manos en la masa?

—¡A Alessandro! —dijeron todos al unísono, riendo.

—Te juro que no me acuerdo —afirmaba Ángel intentando controlar las carcajadas.

Todos reían, Sandro tenía un listado completo de las trastadas de su hermano mayor; hacer una casa en un árbol que se desarmó apenas Sandro la probó, haciéndolo caer de dos metros de altura. Desarmar un reloj para ver las piezas internas, y al no poder dejar todo como antes, dejó todo regado debajo de la cama del pequeño Alessandro. Jugar con agua en pleno invierno, hacer hoyos en la tierra buscando huesos de dinosaurio, arruinando el jardín por completo. En fin, debían reconocer que tuvieron una infancia llena de aventuras.

—No puedes negar que secundabas todos mis planes, Sandrito. Sabías cómo era yo y era un riesgo asumido seguir mis juegos —declaró Ángel sonriendo, no recordaba que era tan malandro cuando era niño.

—Soy inocente de todos los cargos.

El sonido del móvil de Ángel interrumpió el ambiente familiar, era una llamada de *Skype*. Rossana miró de soslayo a su marido y notó ese imperceptible gesto de tensión que era tan evidente para ella.

Ángel pidió permiso para atender el llamado en la terraza del departamento, necesitaba un lugar fresco para contestar.

—Buenas noches, Matteo —saludó, sabiendo la diferencia horaria con Italia.

—Buenas tardes, Ángel… aunque debo corregirte, para ambos son buenas tardes. ¿Me puedes recomendar un buen hotel en Santiago?

Capítulo 31

Ángel hizo acopio de toda su voluntad, cerró los ojos con fuerza, mientras se repetía mentalmente «falta poco, falta poco». No comprendía por qué Matteo se había adelantado.

—¿Buen hotel?, ¿cuántas estrellas? —preguntó en italiano para decidir a dónde enviarlo.

—Lo normal, cinco —respondió Matteo con ligereza.

—Puedes ir al Radisson que está en La Dehesa —recomendó Ángel. Ese hotel era el que estaba más lejos de su familia.

—Muy bien… y putas, ¿alguna sugerencia? —consultó como si Ángel fuera su oficina de información turística particular.

—El hotel te puede recomendar servicio de compañía —respondió lacónico.

—Y esa putita que te compraste en Italia, ¿todavía la tienes? —preguntó, porque en una de esas todavía la tenía y se la prestaba para pasar un muy buen rato.

—Mariposa falleció hace tiempo. —Y era cierto, Mariposa había muerto en el momento en que la vida de Rossana y la de él se cruzaron.

—Una verdadera lástima —dijo Matteo, chasqueando la lengua. Bueno, tendría que buscar a otra.

—Cualquier persona que muere está en un mejor lugar que nosotros —comentó Ángel con un tono de voz monocorde.

—Y mientras tanto los vivos gozaremos la vida que los muertos no pueden —replicó ladino.

—¿Por qué estás en Chile? —interrogó, cambiando de tema bruscamente—. Se suponía que debías esperar a que tuviera todo preparado.

—Necesito acelerar las cosas —argumentó escueto. En realidad, era importantísimo asegurar el negocio a toda costa, su pellejo estaba en juego.

—Haré todo lo posible por apurar el embarque, me falta solo una parte —prometió, poniendo en funcionamiento sus engranajes mentales para poder cumplir antes de lo previsto.

—Perfecto. Creo que llegué en el momento preciso… Supongo que mientras tanto haré algo de turismo.

—Te llamaré cuando todo esté listo —propuso Ángel dando por terminada la conversación. No soportaba escuchar a Mastroianni.

—Estaré esperando.

—Hasta pronto.

—Hasta muy pronto —subrayó.

Ángel cortó la comunicación y se aferró a la baranda que rodeaba la terraza como si quisiera sacar de cuajo la estructura de hierro. Cómo odiaba a ese tipo, sentía una profunda aversión por él solo por el hecho de haber sido cliente de Avenati… Se le vinieron todos los recuerdos de ese viaje a Italia, había pasado tanto tiempo y todavía podía sentir en las entrañas ese mal sabor de boca de no haberle dado su merecido a Cesare por todo lo que le hizo a Rossana. La muerte rápida e inesperada había sido demasiado benevolente para todo el daño que había causado ese infeliz. Ángel de manera inconsciente dirigía todo ese odio y sed de justicia y venganza en contra de Matteo Mastroianni, y solo deseaba que pagara por respirar el mismo aire que su mujer.

Estuvo unos minutos intentando recuperar el control, inspirando profundamente, estaba tan cerca de terminar con todo y la inesperada presencia de ese sujeto en Chile lo sentía como una amenaza a todo lo que amaba.

—¿Con quién hablabas? —interrogó Sandro. Ángel no se había dado cuenta que estaba justo al lado de él.

—Es una historia larga —respondió, soltando de a poco la baranda, estaba mirando hacia el horizonte, observando cómo empezaba a ocultarse el sol por la lejana cordillera de la costa—. En resumidas cuentas es un integrante de la Sacra Corona que quiere hacerse de unas… —Empezó a sacar cuentas con los dedos, calculando mentalmente—… doce toneladas de coca. Hay tres carteles involucrados y yo soy el intermediario —explicó, ya no quería seguir ocultándole las cosas a su hermano.

—Es demasiada esa cantidad de droga, con razón son tres carteles, uno solo no da abasto para esa demanda —razonó Sandro sorprendido—. ¿Ese es el tipo del que le hablaste a Libertad cuando intentaste contactarme? —preguntó con interés.

—Así es… —afirmó, suspirando con pesar—. Si hubiera sabido que pertenecía a la misma mafia que mató a la familia de la Noni, créeme que hubiera sido más cauto, pero fue demasiado tarde —justificó—. No quiero ni saber de lo que es capaz de hacer ese hombre cuando se entere de todo… Tarde o temprano todo lo que he hecho se descubrirá —susurró con pesimismo. Con cada día que pasaba, Ángel sentía que su temple se desmoronaba.

Sandro se quedó unos minutos en silencio, pensando, su hermano y su familia corría demasiado peligro si todo salía mal. Ángel ya le había demostrado que no era quien él pensaba, no iba a permitir que nada les sucediera. Tendrían que pasar por sobre su cadáver.

—Estoy seguro de que encontraremos la forma, hermano… Ya no estás solo. —Lo abrazó fuerte—. No estás solo, Ángel, ya no.

Al sentir el fraternal gesto de Sandro, Ángel se quebró. Por primera vez en muchos años sentía que su vida estaba verdaderamente completa, que podía al fin contar con su hermano, que no lo odiaba, sino todo lo contrario, que lo quería a pesar de todo lo que los había separado durante tanto tiempo. Ahí estaba él entregándole su apoyo, afirmándole, transmitiéndole que ya nada iba a volver a destruir ese lazo que los unió tanto.

Ángel con un sollozo mudo se entregó a ese consuelo y ese cariño que tanto necesitaba de parte de Sandro, que representaba el último vestigio del pasado de aquella familia que solo había conocido tragedias y ahora él solo deseaba con todo su corazón evitar una más. Quería empezar de nuevo, de cero, y construir un mejor futuro para su mujer y su hija.

—Todo estará bien, hermano —tranquilizó Sandro, sintiéndose un poco torpe al notar el llanto silencioso de Ángel. Nunca imaginó verse en esa situación, siempre fue al revés, cuando eran niños Ángel era el que lo protegía y consolaba.

—Perdón, Sandro… por todo esto… perdóname, hermano —sollozó en voz baja, completamente abrumado—. Solo deseo terminar con esto…

—Y lo harás, Ángel. Ha pasado demasiado tiempo. Es
hora de terminar —declaró Sandro emocionado, a punto de llorar. Sus lágrimas inundaban sus ojos, pero él no les permitía
caer.

—Lo haré, te lo prometo —decretó Ángel completamente
seguro. Esa catarsis se convirtió en el impulso que necesitaba
para no caer en la desesperación. Sí, él acabaría con esto de una
vez por todas.

Ya era de noche, las visitas se habían ido, Ángel dormía
en la cama, el sueño lo había vencido esperando a Rossana que
estaba haciendo dormir a la pequeña Gloria.

Ella sabía que algo sucedía, no le había pasado inadvertido ese momento en que los hermanos se habían puesto a conversar durante largo rato en la terraza, luego de que Ángel con-
testara un llamado. Su marido en cualquier instante le contaría,
lo sabía.

Ángel no sintió cómo su mujer entraba silenciosamente
en la habitación. Tampoco percibió cuando ella se desnudaba y
apagaba la luz de la mesa de noche. Solo pudo notar algo cuando ella se metía a la cama. Inconscientemente, él abrazó a su
hada e inspiró profundo el aroma de la suave piel de su cuello…
pero seguía dormido.

—Te amo, mi Rossana —balbuceó desde el mundo de los
sueños.

Ella, que bien sabía lo hablador que era Ángel cuando
dormía profundamente, decidió seguir con la «conversación»
que él entabló.

—Yo también te amo, mi Ángel —respondió—. ¿Estás
dormido?

—Ajá —afirmó con la voz rebosada de sueño y le acarició
con pereza un seno. Ella dio una risita ahogada—. ¿Eres mía?
—preguntó él gravemente.

—*Sempre* —susurró. Ángel no solía ser posesivo estando
despierto, pero cuando dormía sacaba a relucir esa necesidad

de reafirmar que ella y su amor le pertenecía—. Siempre seré tuya —confirmó. Y así era, Ángel la poseía como nadie fue capaz, porque la amaba, la respetaba, la dejaba ser y, a su vez, él se entregaba a ella en cuerpo y alma. Rossana era el motor de su vida, la que le daba sentido y razón, sin el amor de ella Ángel era una cáscara vacía, un hombre sin propósito.

Ángel la besó profundo, todavía no despertaba, su conciencia deambulaba entre los sueños y la realidad. Rossana, por su parte, respondió a ese beso, entrelazando su tibia lengua con la de él, acariciándose, saboreándose. No podía negarse a él, y menos cuando él le demostraba que inclusive ella estaba en sus sueños, en cada rincón de su mente y su alma. Para Rossana no había mayor demostración de amor de parte de su Ángel.

Él le pertenecía.

Ella acarició la eterna barba a medio crecer de él, tan llena de esos matices blancos, grises y negros que la coloreaban y que Rossana siempre adoraba. Eran la huella del peso de esos años, pero a pesar de ello le daban un atractivo que ella no podía resistir. Ángel estaba a punto de cumplir treinta y cinco, y poseía esa perfecta y exquisita combinación de juventud y madurez que convertía a un hombre en un HOMBRE, con mayúsculas y todas sus letras.

Las manos inquietas de Ángel recorrían las curvas de ella sin detenerse demasiado tiempo en un solo lugar, acarició los pechos maduros, pero firmes una y otra vez, el vientre que había albergado a su hija y que estaba adornado de orgullosas estrías. Esa se había convertido en la parte favorita de él, le encantaba sentir la textura blanda, suave e irregular contra la palma de su mano. Lentamente, descendió y acarició el monte de venus hasta llegar a ese cálido lugar que poco a poco se llenaba de humedad anhelante de caricias.

—Esto también es mío —murmuró, introduciendo un dedo, penetrándola lánguida y dulcemente.

—Todo tuyo —respondió ella en voz baja, disfrutando el deleite que él le entregaba.

El sueño de Ángel poco a poco se disipaba gracias a los susurros sensuales y al roce erótico del tacto de Rossana, que paseaba sobre la piel entintada de él que había acumulado un par de tatuajes más los últimos años, una hada pelirroja y sensual en el pectoral izquierdo y la inicial con letra barroca del nombre de su hija en el brazo derecho. Él cambió de posición y se colocó sobre ella, entre sus piernas, sin dejar de besarla, sintiendo una necesidad de enterrarse en ella hasta lo más profundo, pero todavía no. Cada vez todo era más real, Ángel sentía las manos de su mujer en todas partes, en la espalda se incrustaban sus dedos, dibujando el contorno de sus músculos hasta llegar a sus nalgas, que ella apretó sin piedad y le hizo despertar del todo.

—Malvada, ¿qué estás intentando hacer? —preguntó haciéndose el inocente—. Te aprovechas de mí... —acusó con una sonrisa sexy que ella podía distinguir en la penumbra, tentando con su miembro el centro ardiente de ella—. ¿Quieres esto? —preguntó penetrándola con fuerza.

—Ssssssí... —siseó ella, gozando la ansiada invasión, arqueando su espalda, intentado encontrar aquel contacto celestial.

El cuerpo de él retrocedió unos centímetros, que a ella le pareció una voluptuosa tortura.

—*Ti amo*... —declaró, volviendo a acometer contra la tierna carne de ella, para luego retirarse lentamente—... *ti amo* —repitió con la voz entrecortada, embistiendo al mismo tiempo.

Rossana levantó las caderas, siguiendo el ritmo de las certeras estocadas de él, porque en cada rincón de su feminidad podía sentir esa maravillosa sensación de plenitud conjuntada con esa fricción que solo duraba una fracción de segundo, pero que era suficiente para elevarla cada vez más para alcanzar el placer que siempre encontraba con Ángel.

Suavemente, sensualmente, sus movimientos lograron esa perfecta sincronía, el silencio solo era rasgado por sus respiraciones agitadas y el murmullo de las sábanas con el contacto de sus cuerpos unidos. Ángel entraba y salía a un ritmo que rozaba lo bestial, pero era precisamente lo que ella quería al estar sus manos agarradas a las caderas de él, incitándolo, guiándolo, devorándolo, imponiéndole ese ritmo sensual y castigador.

Ángel sentía que ya no soportaba más, estaba a punto de romperse como una represa repleta de sensaciones. Estaba enloqueciendo con la respuesta de su mujer que lo apresaba sin piedad dentro de su feminidad. Lo sabía, Rossana también iba a estallar, lo estaba matando dulcemente rodeado de ese calor líquido que lo quemaba y que de pronto fue demasiado para seguir aguantando…

Y se dejó llevar… llenándola de él, marcándola con su simiente, al mismo tiempo que ella lo aprisionaba y seguía moviéndose furiosa en un éxtasis ensordecedor, húmedo e interminable.

Cuando ella exprimió hasta la última gota de placer de sus cuerpos, Ángel se sintió con la libertad de poder derrumbarse sobre ella, cansado, saciado y total y absolutamente despierto. Rossana sonreía extasiada, sentía sus mejillas acaloradas por la intensidad del momento. No era la primera vez que Ángel la asaltaba entre sueños, por lo menos, unas dos o tres veces al año la sorprendía de esa manera, y a ella le encantaba.

No importaba la hora o si había que levantarse temprano al otro día, porque cuando se trataba de amar no había horarios, cansancio, ni falta de tiempo.

—¿Ves cómo me tienes? —recriminó con ternura y en voz baja, todavía unido a ella—. Hasta en sueños te amo y te deseo.

—Es lo que más me gusta, saber que no te libras de mí ni siquiera durmiendo —susurró.

Ángel se separó de ella y la abrazó sin importar nada, después se asearían, primero los mimos, después los remilgos. Conversaron un rato de lo vivido esa tarde en familia, rememoraban contentos las risas y bromas fraternales que Sandro y Ángel se lanzaban. Era mejor que los viejos tiempos, porque ahora apreciaban de verdad lo que era estar reunidos alrededor de la mesa disfrutando de la compañía.

Por unos segundos, se quedaron en silencio. Rossana no dudó más, tenía que preguntar.

—Ángel… el llamado que recibiste hoy era de ese tipo, ¿cierto? —Él la abrazó más fuerte como respuesta afirmativa y ella apenas escuchó un «sí»—. No dejes que te afecte, amor.

—Está en Santiago —confesó. El silencio inundó nuevamente la atmosfera. Rossana estaba sorprendida, nunca imaginó que ese hombre y ella estarían en la misma ciudad de nuevo—. Quiero que te vayas a Codegua con Gloria antes del viernes… Por favor, te lo ruego —imploró con un tono de voz que dejaba entrever sus temores.

—No es necesario que me lo pidas. —Suspiró—. Esta ciudad es demasiado pequeña, a mí tampoco me gustaría tentar a la suerte y encontrarme con ese sujeto. Mañana empiezo a preparar todo, menos mal que ya renuncié al instituto para dar clases. Acordé con mi jefe que me ocuparé de trabajos de traducciones que me enviarán por correo electrónico.

—Gracias, mi vida. Estaré mucho más tranquilo si te vas para allá con Glo.

—¿Falta poco, cierto?

—Menos de lo que esperaba.

Sí, de eso no había duda, para Ángel, los días estaban contados en más de un sentido.

Capítulo 32

Era la última vez que él iba visitar ese lugar. Ángel tenía emociones encontradas, porque a pesar de todo iba a echar de menos su trabajo, ¡y cómo no! Toda su vida adulta se trató de su trabajo… pero nada se comparaba con vivir la vida tal como quería, haciendo lo que verdaderamente deseaba con todo su corazón.

Entró al edificio donde se encontraba la jefatura de la BRICO. Tal y como siempre, se identificó en la entrada y se dirigió a la oficina del subprefecto Reyes. No le hicieron esperar, entró de inmediato.

El subprefecto Reyes aguardaba sentado en su escritorio, en cuanto Ángel entró se levantó de su asiento y le tendió la mano como saludo, su relación había cambiado drásticamente después de su retorno a Italia. El subprefecto pasó de la frialdad y la desconfianza a un trato cordial y de compañerismo, cosa que agradecía Ángel, porque eso le facilitaba su trabajo enormemente al no sentir la presión de estar bajo el escrutinio de su superior constantemente.

Ángel respondió el saludo dando un apretón firme y Reyes lo invitó a tomar asiento, pero en ese preciso instante golpearon la puerta y se abrió de inmediato sin esperar autorización.

Era Yeison Esteban Barros Lara.

—Perdón por llegar tarde, subprefecto Reyes —excusó con un acento educado que Ángel desconocía totalmente, lo cual lo sorprendió mucho, porque Yeison siempre hablaba como toda la gente de la población. Sí que era un diamante en bruto, Yeison era camaleónico—. Buenos días, detective Larenas —saludó a su amigo y mentor con una sonrisa socarrona, ya que Ángel no podía ocultar fácilmente su sorpresa.

—No ha llegado tarde, detective Barros —refutó Reyes—. Llegó justo a tiempo. Tome asiento, por favor.

—Llegar justo a tiempo es llegar tarde, señor —replicó Yeison recitando su regla de oro, inculcada por Ángel, cinco minutos antes es llegar a la hora, justo a tiempo se considera tarde.

El subprefecto Reyes esbozó una sonrisa, Yeison era confiable, al igual que Larenas, esperaba que quien lo relevara de su cargo al retirarse confiara en él.

—Bien, ésta es la última reunión de coordinación que tenemos como equipo —inició Reyes ceremonioso—. Y deseo agradecer todo los esfuerzos que han realizado por la institución y por cumplir a cabalidad los objetivos que se han impuesto para ir eliminando las organizaciones criminales que abundan en nuestro país. Mañana, si Dios lo permite, atraparemos a tres cabecillas de los principales carteles que operan en Arica, Perú, y Colombia y, además, podremos apresar a Matteo Mastroianni que es uno de los más buscados por la interpol. El operativo será el más grande y ambicioso de la historia de la PDI. Larenas ya organizó el encuentro mañana en Valparaíso y ya tenemos en la mira a Mastroianni. Dado lo enorme del operativo, moveremos efectivos de la BRICO de la quinta región y de la región metropolitana. Lo ideal es que no se salga de control todo, estos tipos son peligrosos e impredecibles si se les da la oportunidad. —Miró a los dos agentes que tenía en frente que estaban serios y atentos a sus palabras—. Larenas, ¿tienes todo arreglado?

—Sí, señor. Solo necesito la ayuda que solicité para los asuntos legales de mi retiro.

—Delo por hecho. Me encargaré personalmente de ello.

—Muchas gracias, el detective Barros será mi intermediario —informó—. Después del operativo de mañana desapareceré por completo.

—Bien… —aceptó, asintiendo con la cabeza. Luego, miró a Yeison—. Barros, ¿algo que reportar antes de comenzar?

—Nada, señor. Está todo tranquilo en la población, hay un poco de miedo por la desaparición del «Rucio», así que nadie ha intentado nada estúpido —respondió seguro.

—Excelente, aunque como siempre, la tranquilidad no dura demasiado tiempo —acotó escéptico.

—Hay cosas que son complicadas de cambiar, señor —concordó Yeison.

La reunión prosiguió ultimando detalles e informando los pasos a seguir para los detectives. Por el bien de la operación y de los participantes de ella todo debía salir a la perfección.

Una hora después, Ángel salía del edificio acompañado por Yeison, caminaban relajados en dirección a ninguna parte. Iban en silencio, cada uno pensando en el día de mañana y en cómo cambiarían sus vidas definitivamente.

—Yeison, quiero pedirte un favor —Ángel interrumpió el silencio—. Deja esta carta mañana en la mañana en la casa de mi hermano.

—No hay problema —aceptó, recibiendo el sobre en blanco que le ofrecía Ángel—, confía en mí.

—Muchas gracias…

—De nada.

Se quedaron en silencio nuevamente durante unos minutos más, era un poco extraña la situación, pero no le incomodaba a ninguno.

—Rucio —dijo Yeison de pronto—… Te voy a echar de menos, amigo —manifestó con sinceridad y muy emocionado—. Siempre viste más allá, incluso lo que yo mismo no veía en mí, sabías que yo era más que un simple *hueón* sin futuro que pateaba piedras en la calle... Gracias por eso.

—En esta vida todo se devuelve, Yeison. Hice lo mismo por ti que lo que hicieron por mí… Tuviste el valor y la voluntad de cambiar tu destino. Te diste cuenta que había más mundo que la población donde viviste. El mérito es tuyo, no mío —respondió con convicción.

Yeison sonrió. Sí, Ángel tenía razón. Todo lo que deseó lo logró porque quería hacerlo de verdad. En el fondo, siempre quiso probarse a sí mismo que no era lo que decía su padrastro, un vago, un estorbo que para lo único que servía era para drogarse, emborracharse y robar, y que moriría solo y enfermo como un perro de la calle.

—Gracias, amigo… —insistió Yeison.

—No hables como si no fuéramos a vernos nunca más, tú sabes dónde está la parcela —aseguró Ángel, porque también echaría de menos a su compañero.

—Pero no será lo mismo de antes —rebatió pesimista.

—Te falta mucho camino por recorrer, mucho por vivir. Tienes que aceptar que los cambios van a suceder aunque no quieras —aconsejó conciliador con un tono paternal—. La vida no es vida sin los cambios.

—Lo sé, lo sé —admitió—. Tú fuiste lo más cercano que tuve como padre —confesó, sorprendiendo a Ángel—, ya sabes cómo era ese viejo de mierda que eligió mi mamita para que fuera mi «papá»… No voy a tener vida para agradecer todo lo que hiciste por mí. Me diste la oportunidad de no darle la razón a ese infeliz.

—Yeison…

—Ya, ya, si voy a terminar mi minuto emocional —interrumpió sin escuchar—. Maldición, antes no era así tan sentimental, era bruto, tonto, no entendía, ni sabía nada…

—No seas duro contigo mismo.

—Las malas costumbres se pegan, Rucio. —Rio fuerte, como siempre—. Sobre todo las tuyas. Mejor me voy… —Miró en dirección a un paradero de locomoción colectiva dando por terminado su «minuto emocional»—. Nos vemos mañana. Mándale saludos a la pelirroja y a la enana —se despidió dándole un abrazo y unas palmadas en la espalda—. Algún día me dejaré caer por allá.

—Nos vemos, Yeison —respondió a la despedida sin dejar de abrazarlo—. Te estaremos esperando. Recuerda que somos tu familia.

—Ya no me *sigai* diciendo eso, que me voy a poner a llorar —rezongó con los ojos brillantes, rompiendo el contacto—… Chao nomás.

—Adiós.

Ambos separaron sus caminos en direcciones opuestas, Yeison hacia la población y Ángel hacia el terminal de buses rumbo a Valparaíso.

Era medianoche en el puerto de Valparaíso, uno de los centros neurálgicos de la incesante actividad marítima de Chile. Hora tras hora, día y noche llegaban y salían los barcos de carga, militares, y cruceros. Esa misma actividad frenética era el perfecto disfraz para ocultar otros intereses. Si sabías a quienes pagar y cómo hacer las cosas, era relativamente fácil sacar algo de droga al extranjero.

Pero las cosas eran diferentes ahora, eran toneladas.

Las noches veraniegas en la costa eran muy frías y obligaban a usar ropa de invierno en plena época estival. Seis sujetos envueltos en abrigos y bufandas se reunieron en el puerto de la Terminal Pacífico Sur. El grupo se componía de tres líderes de diversos carteles, que eran los vendedores; un capo de la Sacra Corona era el comprador y dos sujetos más que eran el intermediario y su socio. Todos se encontraban sin guardaespaldas, ni armamento de guerra para no llamar la atención, la suerte no debía ser tentada.

—*Voglio vedere e provare il prodotto* —exigió Matteo Mastroianni una vez que hicieron las presentaciones.

—El cliente desea ver y probar el producto —tradujo Ángel a los vendedores, quienes asintieron con amabilidad—. Por acá, por favor.

Los guió hacia un contenedor que había pasado todos los controles de acceso bajo la supervisión de la BRICO para poder asegurar la redada y capturar a todos *in fraganti*. Hizo una señal a su socio y éste abrió los seguros de la puerta, dejando al descubierto los paquetes de cocaína sin siquiera ser escondidos, ahí a vista y paciencia de todos.

Ángel sonrió con suficiencia. Matteo entró a inspeccionar el interior con una linterna y eligió al azar uno de los paquetes. Sacó una navaja, abrió un agujero lo suficientemente grande como para sacar una dosis generosa del alcaloide en la punta e inhalo fuerte y profundo.

—*Eccellente qualità* —celebró, no fue necesario que Ángel tradujera—. *Autorizzerò il trasferimento.* —Matteo llevaba un portafolio, lo abrió y sacó una *laptop*. El socio de Ángel hizo lo mismo, también tenía en su poder un computador portátil. Transcurrieron unos minutos y Matteo hizo la transferencia del cincuenta por ciento del valor total del cargamento. En el computador de Ángel comprobaron la veracidad en las distintas cuentas bancarias destinadas para esas transacciones.

Todos muy satisfechos estrecharon sus manos, felicitándose por el éxito del negocio, sintiéndose los reyes del mundo y que nada podía detenerlos.

—Bien, ahora que todo está listo solo me queda hacer una cosa más —declaró Ángel con una sonrisa siniestra. Sin que nadie lo anticipara, Ángel desenfundó dos armas y apuntó en la cabeza de Matteo y otra en la de uno de los vendedores y, por su parte, el socio de Ángel también hizo lo mismo de manera sincronizada, apuntando las cabezas de los otros dos sujetos que los miraban con sorpresa —. Levanten las manos —demandó.

Lentamente, los tres hombres que oficiaban de vendedores obedecieron en el acto, pero Matteo no le temía a nada, hizo el amago de sacar su propia arma y Ángel desvió solo unos centímetros el cañón de su arma y le disparó sin piedad en un hombro.

Esa fue la señal.

En cuestión de segundos, todos fueron rodeados por agentes armados hasta los dientes.

—¡Manos arriba, Policía de Investigaciones! ¡Están todos arrestados! —exclamaban los detectives apuntando, desarmando y esposando con eficacia y rapidez abrumadora a los jefes de carteles, a los intermediarios y al herido Mastroianni que se retorcía de dolor, porque la bala dio justo en el hueso de la clavícula.

—¡Ustedes no me encerrarán nunca! —vociferó Ángel, forcejeando contra uno de los agentes que intentaba esposarlo, hasta que logró zafarse y quitarle un par de armas, aprovechando un torpe descuido de su captor—. ¡Nunca! —Desesperado se encañonó la sien y apuntando a todos con la otra arma que tenía. Varios agentes le apuntaron de vuelta—. ¡Bajen sus armas! —exigió y disparó en contra de uno de los detectives, pero la bala dio en el suelo, lo que provocó que todos automáticamente le dispararan al mismo tiempo.

Tres certeros tiros dieron en el pecho, uno en el costado del abdomen y dos en las piernas.

La sangre manaba como cascadas e instantáneamente Ángel soltó sus armas y cayó al pavimento pesadamente. El eco de los balazos enmudeció el lugar, incluso Mastroianni se sorprendió de la actitud irracional de Larenas que yacía en el suelo, inerte en un charco de sangre. Para qué decir cómo estaban los jefes de los carteles y el socio de Ángel, quedaron atónitos con la escena que acababan de presenciar.

Uno de los detectives se acercó al cuerpo, corrió las armas con los pies para no llevarse alguna sorpresa, se agachó y procedió a verificar los signos vitales.

—Mierda —masculló—. ¡Está muerto, no hay signos vitales! —aseguró lacónico—. ¡Muévanse, rápido, llamen una ambulancia, al Servicio Médico Legal y a los forenses! —decretó sus órdenes que los demás obedecieron sin cuestionar—. Te cagaron feo, Larenas, uno se salió del guión —susurró—. Fue un idiota.

Cubrieron el cuerpo sin vida con un plástico azul y acordonaron el área, dejando abandonado el lugar hasta que llegaran las autoridades correspondientes.

Doce toneladas de droga decomisada, cuentas bancarias identificadas, tres jefes de importantes carteles detenidos, un capo de la mafia italiana capturado, un delincuente menor aprovechó la puerta giratoria de la ley, amparándose en la pésima gestión de los juzgados y quedó libre en un par de horas.

Un conocido narcotraficante del sector sur de la capital muerto.

Después de diez años la operación «La joya del pacifico» había llegado a su fin.

Capítulo 33

La luz del amanecer invadía cada rincón del nuevo hogar de Rossana en Codegua. No había dormido en toda la noche, se suponía que Ángel debía llegar durante la madrugada, pero los malditos rayos del sol le recordaban que no había sido así y la inquietaban profundamente. Se preparó un té con canela y salió al porche para respirar aire fresco. Le encantaba su nuevo hogar, siempre soñó vivir tranquila en el campo, tener un huerto, criar algunos animales, almorzar al aire libre...

El celular de Ángel desde el día anterior estaba muerto, él se lo había advertido, ya no iba a usar ese teléfono ni el numero nunca más por seguridad y tampoco podía llamar a su cuñado por lo mismo. No tenía ningún indicio de que el fin de la operación hubiera sido exitoso. No había ninguna información en los canales de noticias.

Era como si la operación nunca hubiera existido.

Cada minuto que pasaba, la angustia aumentaba exponencialmente, no veía a Ángel desde hacía cinco días y su hija preguntaba por su papá todos los días, cada vez se le hacía más difícil contestarle que pronto volvería. Si en un par de horas más su hija despertaba y volvía a preguntar, estaba segura que no sería capaz de responder sin echarse a llorar.

Ni siquiera se atrevía a pensar en que Ángel jamás volvería, la pena que la embargaba ante tal escenario era infinita y le hacía sentir que moría lentamente.

—Ángel... ¿dónde estás, mi vida? —preguntó a la nada con los ojos anegados en lágrimas—... ¿Dónde estás? —Rompió en un llanto silencioso y doloroso, sabía que algo malo había pasado. Su intuición le decía que las cosas no habían salido como su esposo lo había planeado.

El sol cada vez estaba más alto, delatando el inexorable e implacable paso del tiempo, y Rossana no paraba de llorar.

No podía, se sentía completamente perdida.

Un sonido a lo lejos la alertó, y sus ojos se enfocaron en el chirrido del portón abriéndose de pronto...

Ángel.

Rossana corrió a su encuentro, no importaba si era verdad o su imaginación, simplemente corrió la distancia más larga de su vida hasta llegar a él, abalanzándose a sus brazos. Ángel dejó caer el bolso que llevaba en sus hombros y la abrazó fuerte. Sabía de la horrible angustia que estaba viviendo su mujer los últimos días pero, sobre todo, era consciente de lo que ella imaginó las últimas horas. La besó urgente y profundo, sintiendo la humedad de las mejillas de su hada, y se maldijo por hacerle sufrir lo inenarrable. Había llegado muy tarde y le había prometido lo contrario... pero algunas cosas no salieron como esperaba...

Todos los agentes tenían instrucciones de usar sus armas de fogueo para el momento en que Ángel disparara contra ellos, pero con la adrenalina y los nervios uno se equivocó de arma y usó la de verdad y la bala —gracias a Dios— apenas le rozó un costado del abdomen. El sistema de efectos especiales que usaron para simular el acribillamiento funcionó a la perfección. Apenas pusieron el plástico sobre su cuerpo, Ángel empezó a ejercer presión con su mano para detener un poco la leve hemorragia y así se quedó durante más una hora, escuchando a lo lejos cómo se desarrollaba el operativo, hasta que una forense lo destapó y él casi la mata del susto cuando se sentó, quejándose de su herida. El subprefecto Rojas, riéndose de la muchacha, lo envió a una ambulancia para que le dieran primeros auxilios. Luego lo enviaron al Hospital Doctor Eduardo Pereira y solo cuando Ángel firmó el documento que los liberaba de toda responsabilidad y habiéndose asegurado de que la herida no era de gravedad lo dejaron ir, porque él solo deseaba volver con Rossana y empezar de una vez por todas a vivir su vida en libertad.

—Ya estoy aquí, mi preciosa hada —susurró Ángel—. Perdóname por llegar tarde... ¡Auch! —se quejó cuando ella lo apretó más de la cuenta—. Tuve un pequeño percance.

Rossana rompió el contacto y empezó a palpar el cuerpo de su hombre por todos lados, asustada, hasta que encontró la abultada sutura y ahogó un grito de la impresión.

—¿Qué sucedió, Ángel?, ¿por qué estas herido?, ¿te sientes bien?, ¿necesitas un médico?

—No te preocupes, no es de gravedad, la bala solo me rozó —aseguró, intentando convencerla, pero sabía que ella no cedería—. De verdad, Rossana, solo debo ir a sacarme los puntos en una semana y ya. Tampoco debo hacer ninguna fuerza durante unos días… ninguna —recalcó con picardía, guiñándole un ojo para aligerar el ánimo de su mujer. Ella le devolvió el gesto con una sonrisa, Ángel secó lo que quedaban de sus lágrimas y la besó con dulzura.

—Tengo algo para ti —anunció Ángel, esculcando el bolsillo de su chaqueta, sacando una cajita forrada en terciopelo. Rossana sonrió y volvieron a salir lágrimas de sus ojos, pero esta vez eran de felicidad, sabía perfectamente que había en la cajita—. Ahora sí podremos usarlas —declaró, abriendo el contenedor, sacando a relucir dos sencillas alianzas de oro blanco que tenían grabada la frase *«Per sempre insieme»*, con la misma caligrafía que sus tatuajes de pareja. Ángel sacó la alianza más pequeña y la deslizó en el dedo anular de la mano izquierda de su mujer—. Te amo, señora Spada —susurró, besando el anillo y luego la palma de la mano de ella—. Gracias por soportar la vida que te he dado, por darme tu amor incondicional, por devolverme tantas cosas que creía perdidas para siempre, por darme una maravillosa hija, por darme una familia, por tu paciencia, por ser como eres. Te prometo que nunca dejaré de amarte, que seguiré apoyando todo lo que desees hacer, porque eres dueña y señora de toda mi vida y de mi corazón. Te amo, Rossana… *Per sempre insieme.*

Rossana estaba llena de felicidad, nunca iba a olvidar ese precioso momento que le estaba regalando Ángel, porque cuando el abría su corazón de esa manera, solo lograba que ella lo amara más, si eso era posible. Ceremoniosamente y con los dedos temblorosos tomó la alianza y la deslizó en el dedo anular izquierdo de él, Ángel sonreía feliz y sus ojos estaban húmedos por la emoción de ser libres de mostrar orgullosos que eran un matrimonio a través de sus anillos.

—Te amo, señor Larenas —dijo con la voz quebrada, besando la banda de oro blanco, y luego también besó la palma de la mano de él—. Nunca voy a dejar de agradecer que aparecieras en mi vida en el instante preciso. Gracias por salvarme la vida en más sentidos de los que puedas imaginar, gracias por amarme sin importar mi pasado, gracias por darme la libertad de elegir, por darme una hija que adoro, una familia, tu amor. Si volviera a nacer y tuviera que vivir de nuevo todo lo que viví, con la promesa de volver a estar contigo, ten por seguro que no cambiaría nada, porque tú eres mi vida, y sin ti... —empezó a sollozar—... sin ti nada tendría sentido... *Per sempre insieme*. Te amo tanto... tanto, mi Ángel.

Se abrazaron y se besaron con ternura y devoción ante esa nueva etapa de sus vidas que se abría ante ellos. Todo había cambiado para siempre. Después de largos quince años Ángel había llegado al final de su interminable camino iniciado por el valor de cumplir una promesa que hizo por amistad y por expiar sus errores de rebeldía y juventud, y que le trajo a su vida innumerables experiencias de vida que solo un hombre con un sentido del honor, que va más allá del simple deber, podía sobrellevar, y por obra del destino y la perseverancia, pudo cumplir en el momento en que más lo necesitaba.

La redención no era el final de su camino, era el comienzo de otro, uno mucho menos tortuoso y duro, el de la felicidad de vivir una vida tranquila y en paz.

¿Y qué pasó después?

Primavera, año 2016, dos años después…

—¿Quieren que Abril Daniela sea bautizada en esta fe de la Iglesia que todos juntos acabamos de profesar? —preguntó el sacerdote a quienes presentaban a la bebé.

—Sí, queremos —manifestaron padres y padrinos al unísono.

—Abril Daniela… Yo te bautizo en el nombre del padre y del hijo y del espíritu santo —declaró, derramando agua bendita, haciendo que la bebita llorara porque estaba un poco fría.

La pequeña tenía tres meses, y sus padres quisieron bautizarla en la Iglesia de Nuestra Señora de la Merced de Codegua. Sandro y Libertad lo prefirieron de esa manera porque, literalmente, iban a tirar la casa por la ventana, ¿y qué mejor lugar para celebrar esa fiesta? En la parcela de Ángel y Rossana.

Gloria era una niña de cinco años que tenía una ternura que desbordaba por cada poro de su piel y lo demostraba cada vez que estaba cerca de su pequeña primita. Al fin tenía otra personita con quien jugar, aunque estaba resignada a esperar a que creciera un poco más, pero no le importaba, ella era paciente y determinada como su padre.

Los Larenas habían crecido como familia, Sandro y Libertad se casaron cuando cumplieron un poco más de un año de noviazgo, después de una repentina e inesperada propuesta de Sandro antes de empezar una carrera casi clandestina en el autódromo de Codegua —pedir matrimonio sin decir «agua va» era una marca registrada de los Larenas—. A lo que ella respondió a modo de apuesta que si ella perdía se casaban cuando él quisiera, y si ella ganaba, se casaban en no menos de ocho meses más… Libertad perdió… a propósito la muy pilla.

Sandro se casó con ella tres días después, luego de presionar al oficial del registro civil de Codegua, cosa que le trajo más de un dolor de cabeza a ambos por no avisar a nadie a excepción de Ángel y familia. El embarazo que trajo a la pequeña Abril se produjo cuando tenían un año de matrimonio, justo en la época en que hicieron muchos amigos, y que por eventos inesperados y un tanto peligrosos, terminaron también conociendo a Ángel y a Rossana, quienes los alojaron en su casa una temporada. Así que la familia no solo crecía con lazos de sangre, sino también de amistad genuina a prueba de todo. Lo cual le hacía muy bien a la solitaria vida que los Larenas-Spada llevaban hasta ese momento en la parcela.

La fiesta estaba llena de gente y de bebés… muchos bebés. Isidora, una de las nuevas amigas de Libertad y de Rossana, era detective forense y había dado a luz a gemelas que tenían la misma edad que Abril. En una de las tantas conversaciones que disfrutaban en las visitas que le hacían a Ángel descubrieron que ella era la misma forense que destapó el cuerpo de Ángel y presenció su repentina «resurrección».

El mundo era un pañuelo.

Jesús, otra amiga de Libertad y cuñada de Isidora, tenía un embarazo recién confirmado y su pobre marido, Leonardo, estaba feliz y cagadísimo de miedo, y a cada rato preguntaba cosas de padres al ojeroso Sandro o al más ojeroso Manuel –su cuñado—, o al mismo Ángel que ya no tenía ojeras desde hacía mucho tiempo. Todo dependía de la duda que tenía y de quien tuviera a mano para resolverla.

En resumidas cuentas, a pesar de vivir en el campo, a Gloria y a su familia no les faltaba compañía de ningún tipo porque, regularmente, estaban acompañados por amigos o parientes.

Yeison los visitaba, por lo menos, una vez al mes. Ángel seguía siendo su mentor, y en su hogar encontraba ánimos, consejos y el calor de una familia que lo quería como un hijo más. Su trabajo en la villa como infiltrado había terminado también, se dio cuenta de que era una tarea que no terminaba nunca y deseaba hacer otras cosas aparte de trabajar. Al ver a Ángel haciendo lo que era realmente su pasión le había abierto los ojos y quería lo mismo para su vida, ahora que él tenía las armas suficientes para enfrentar el mundo con un buen pie, estaba buscando su destino. Seguía siendo detective, pero necesitaba algo más, un propósito superior.

¿Y cuál era la pasión de Ángel? Escribir.

Se había convertido en un misterioso escritor de todo tipo de novelas, pasaba del romance a las aventuras, o si quería narraba historias de suspenso o terror, su imaginación no tenía límites, y fiel a su estilo rupturista, publicaba y vendía él mismo sus historias. No le iba mal, solo le interesaba que las personas leyeran sus historias. Y no eran pocas, en dos años tenía a su haber siete libros, total él podía darse ese lujo de solo escribir. Ahorró todo su dinero durante toda su etapa de agente encubierto, pues ser narco le daba lo suficiente para vivir en ese momento. Siempre supo que ese trabajo no era para siempre, y su abultada cuenta bancaria fue destinada a invertir en propiedades que estaban a nombre de su mujer y que ambos administraban.

Rossana jamás estaba de ociosa y recibía trabajos esporádicos para hacer traducciones y nunca había amainado su afán por aprender, así que constantemente estaba inscrita en algún curso de pintura, confección de ropa, diseño gráfico digital, o lo que fuera que le llamara la atención. En fin, a ella le gustaba aprender, y ese era un placer que Ángel nunca se lo negaba.

Ellos eran muy felices y siempre estaban juntos… pero ella guardaba un secreto.

Aprovechando la fiesta, Rossana secuestró a Ángel y lo llevó al invernadero, ella cultivaba alstroemerias de todos los colores, eran sus flores favoritas desde que Ángel se las regaló la primera vez, siete años atrás cuando le pidió matrimonio y, sin duda, le traían maravillosos recuerdos.

—¿Qué pasa, preciosa? No me digas que te dieron ganas de hacer el amor acá —preguntó ladino y haciéndose la idea, estaba buscando mentalmente un lugar para llevar a cabo dicha tarea—. Hay mucha gente afuera.

—Ya están todos los hombres un poco achispados con el ron… y tú también. No nos tomará mucho tiempo.

Ángel sonrió, sí, estaba un poquitín achispado. No solía hacer rapiditos, pero si su hada se lo pedía…

—Bueno, si lo quieres así —se acercó a ella felino y seductor, y se fue directo al grano pegando su cuerpo al de ella.

—¿Recuerdas la última vez que estuvimos aquí? —preguntó de pronto Rossana, frenando el avance de su marido.

—Mmmmm, recuerdo que lo pasamos muy bien.

—Bueno, te informo que en este preciso lugar quedé embarazada... —confesó emocionada—. Vamos a ser padres de nuevo.

Ángel desde hacía un año que buscaba tener un hijo con su hada, pero no lo habían logrado, él siempre se preguntaba si por su edad estaba sufriendo algún tipo de infertilidad, porque estaba segurísimo de que su mujer era tan fértil como las tierras que poseían.

—¿Vamos a darle un hermanito a Glo?... ¿de verdad? —preguntó emocionadísimo, su hada solo le daba felicidad. La abrazó fuerte, procurando no aplastar el vientre de su mujer aunque todavía no se le notaba.

Rossana asintió con un hilo de voz, había esperado a que pasara un tiempo prudente para confesarle a Ángel que estaba nuevamente embarazada. Quería estar segura que el fruto de su fuerte amor estaba arraigado en lo más profundo de su vientre para no ilusionar en vano a su marido.

—Tengo tres meses...

—¡Tres meses! —interrumpió. La elevó unos centímetros del suelo, y la besó profundo, con emoción, estaba tan feliz, qué más podía pedirle a la vida.

—Son mellizos, o mellizas, o uno y uno, no sé —confesó interrumpiendo el beso.

Ángel se paralizó con esa revelación. La miró a los ojos y sonrió divertido.

—¿Dos?, ¿qué sucede con ustedes hay algún tipo de epidemia de embarazos múltiples? —preguntó divertido, recordando a Manuel el padre de las gemelas de Isidora y sus ojeras por las pocas horas de sueño. Afortunadamente, él no tenía que levantarse temprano para ir a trabajar como su amigo.

—No lo sé, tal vez lo intentamos demasiado —respondió ladina.

—Eso no te lo voy a negar, en intentos no nos quedamos atrás. —Sonrió ampliamente—. Gracias, vida mía.

—Te amo, mi Ángel.

—Te amo, mi hada.

Ambos salieron de la mano del invernadero, no hallaban la hora de darles la noticia a todos sus amigos y familiares.

Eso era la vida, un ciclo eterno donde se suceden una y otra vez el amor, el dolor, la dicha, el honor, la redención, pérdidas, nacimientos, la amistad, la familia y tantas cosas más imposibles de enumerar. Ángel y Rossana eran almas guerreras que le hacían frente a todas las batallas que la vida les daba, tanto las majestuosas y épicas como las pequeñas y cotidianas, y juntos estaban dispuestos a seguir avanzando de la mano por ese camino que todavía les deparaba mucho por delante.

Y así iban a continuar hasta el fin de sus días, y más allá.

Agradecimientos

$\mathcal{E}$sta es la primera vez que un personaje me deja una sensación de que me hace falta, de echarlo de menos y dejar un vacío en mi corazón al haber terminado de escribir sobre él. Gracias, Ángel, por mostrarme el camino para ser cada día mejor. *Grazie Angelo.*

Bien, después de ese arranque poético, quiero agradecer a las todas aquellas pobres almas que se prestaron para ser mis lectoras beta en esta historia: Jelly Reynoso, Nicole Contreras, Yasna Letelier, Margarita González, María Elena Rangel, Melina Vega, Karina Barrientos y Carolina Paredes. *Grazie mille.*

Tampoco pueden faltar mi otro grupo de conejillos de indias, quienes capítulo a capítulo siguen mis historias. Gracias a todas las lectoras del grupo «Novelas y algo más» y a los lectores de Wattpad. No hay nada más gratificante que te cuenten sus emociones, lo que la historia les provoca, lo que desean. Tener esa retroalimentación es de un valor inestimable. *Grazie a tutti.*

A mi familia, a mis padres, mis hermanas, mis hijos. Los amo por ser cómo son, los amo con todo mi corazón. *Grazie famiglia.*

Al señor A.C.A.A, seguiré poniendo tus iniciales, aunque todo el mundo sepa quién eres. Sabes que te amo, y que aunque no te agrade para nada el concepto del príncipe azul, tú eres mi príncipe en todos los tonos de azules que existen, tú te ves monocromático, mas yo puedo ver todos tus matices. Gracias por animarte a leer mis novelas, y decirme que soy buena en que lo que hago. *Ti amo con tutto il mio cuore.*

Gracias a todas las lectoras que se toman la molestia de asistir a un lanzamiento, de juntar dinero para comprar mis libros, de cruzar la cordillera y obtener un ejemplar, de gritar a los cuatro vientos en sus redes sociales cómo fue su experiencia al leer una novela salida de esta cabeza. Sin ustedes, este oficio sería un soberano desperdicio. Ustedes le dan sentido a la lectura, ustedes hacen que esta generación de escritoras trascienda géneros, estratos sociales y fronteras.

Gracias por devorar libros, gracias por todo.

Por estar conmigo una vez más.

Hilda Rojas Correa

Sobre la autora

Hilda Rojas Correa, es el seudónimo de Pamela Díaz Rivera, nació en julio de 1980, en Santiago de Chile. Es la mayor de tres hermanas, casada, madre de dos hijos, dueña de casa, y se autodenomina una romántica «sentimentaloide» empedernida.

La primera novela que escribió fue, «Yo, tú, ellos... Nosotros» en el año 2013. Nunca antes había hecho nada igual en su vida, y un día solo se puso a escribir a modo de exorcismo, y el resultado gustó tanto a los demás, que simplemente siguió sin mayores pretensiones.

Recién en el año 2015 se tomó en serio el hermoso oficio de escribir y desde entonces ha publicado en digital: «Libertad» en abril, «Un paso a la vez» en septiembre del mismo año. «Pide un deseo» en enero del 2016, en mayo «Te encontré en el olvido». En enero del 2017 publicó «Ángel, camino a la redención» y en el mes de junio se espera la publicación de «Contigo Aprendí». Todos los títulos, a excepción del último, también están disponibles en papel directamente con su autora.

Puedes seguirla en:

Página web *www.hildarojascorrea.com*
Twitter *@HildaRojasC*
Instagram *@hildarojascorrea*
Wattpad *@HildaRojasCorrea*
Fan page de Facebook *https://www.facebook.com/hildarojascorrea*
Grupo de Facebook *«Novelas y algo más - Hilda Rojas Correa»*